W0185909

BERNWARD SCHNEIDER

Berlin Potsdamer Platz

TODESLISTEN Berlin im Juni 1934: Gerüchte über einen geplanten Putsch der SA kursieren in der Stadt, SS und Gestapo fertigen angeblich Todeslisten an. Im Auftrag der Fabrikantenwitwe Henny von Tryska trifft der Anwalt Eugen Goltz den jungen SS-Mann Zerner, der ihr geheime Informationen verkaufen will. Doch das Treffen wird verraten. Goltz und Zerner werden von einem SA-Kommando unter der Führung des selbst ernannten Femerichters Rudolf Mantiss entführt. Im Gegensatz zum SS-Mann Zerner überlebt der Anwalt. Er ahnt, dass hinter der furchtbaren Tat mehr steckt als ein bloßer Verrat.

Bei seinen Nachforschungen stößt er auf weitere Morde, die auf das Konto von SA-Todeskommandos gehen. Hatte Mantiss auch bei diesen Terroraktionen seine Hände im Spiel? Was weiß die schöne Freundin des ermordeten Zerners? Während der Konflikt zwischen SA und SS in diesen heißen Junitagen auf einen Höhepunkt zusteuert, muss Goltz sich entscheiden, ob er die SS für seine Zwecke einspannt. Doch einmal in ihren Fängen …

Bernward Schneider, 1956 in Harsum bei Hildesheim geboren, studierte Jura und ist seit 1986 als Rechtsanwalt tätig. Er arbeitete in Berlin und lebt heute in Hildesheim.

Bisherige Veröffentlichungen im Gmeiner-Verlag:
Todeseis (2012)
Flammenteufel (2011)
Spittelmarkt (2010)

BERNWARD SCHNEIDER

Berlin Potsdamer Platz

Kriminalroman

GMEINER *Original*

Dieses Buch wurde vermittelt durch
die Literaturagentur erzähl:perspektive, München
(www.erzaehlperspektive.de).

Besuchen Sie uns im Internet:
www.gmeiner-verlag.de

© 2013 – Gmeiner-Verlag GmbH
Im Ehnried 5, 88605 Meßkirch
Telefon 0 75 75/20 95-0
info@gmeiner-verlag.de
Alle Rechte vorbehalten
1. Auflage 2013

Lektorat: René Stein
Herstellung: Christoph Neubert
Umschlaggestaltung: U.O.R.G. Lutz Eberle, Stuttgart
unter Verwendung eines Fotos von: © Imagno / Getty Images
Druck: GGP Media GmbH, Pößneck
Printed in Germany
ISBN 978-3-8392-1401-5

Personen und Handlung sind frei erfunden.
Ähnlichkeiten mit lebenden oder toten Personen
sind rein zufällig und nicht beabsichtigt.

1

Beim Anblick der unheimlichen Gestalten, die wie böse Geister hinter den Bäumen der kleinen Parkanlage aufgetaucht waren, dämmerte mir, dass meine Gutgläubigkeit mir erneut zum Verhängnis geworden war. Noch konnte ich die Gesichter der Männer nicht erkennen, aber schon die Art, wie sie sich uns langsam näherten, deutete auf etwas Schlimmes hin.

»Wer sind diese Leute?«, fragte der junge Zerner. »Was wollen sie von uns?«

Bei meiner Ankunft vor einigen Minuten war an der Straße weit und breit nichts Auffälliges zu sehen gewesen, doch jetzt fielen mir die beiden Mercedes-Limousinen ein, die ein Stück die Argentinische Allee hinunter geparkt hatten, und ich erinnerte mich vage des dumpfen Gefühls, das mich bei ihrem Anblick beschlichen hatte.

»Ich habe sie nicht bestellt«, antwortete ich, damit der junge Mann nicht dachte, dass ich es war, der den Männern einen Tipp gegeben hatte. »Ich befürchte, dass unser Treffen verraten wurde.«

Zerner war blass geworden, und die Art, wie er mich ansah, ließ mich spüren, dass er trotz meiner gegenläufigen Beteuerung Zweifel an meiner Redlichkeit empfand. Wir kannten uns erst seit ein paar Minuten, er wusste nichts von mir, und mehr als seinen Namen hatte auch ich von ihm bisher nicht in Erfahrung gebracht.

»Einige von ihnen tragen SA-Uniformen«, sagte der junge Mann, als er in die Richtung der finsteren Bedrohung sah. »Verdammt, so war es nicht abgesprochen.«

Sie waren zu sechst; vier Männer in gelbbrauner SA-Montur und zwei Männer in hellen Anzügen, und beim genaueren Hinsehen erkannte ich die beiden Zivilisten.

Der eine der beiden war Rudolf Mantiss, ein ehemals hoher Reichswehroffizier und obendrein mein Schwager. Der andere hieß Philipp Arnheim, Eigner der Dellbrück Bank. Beide waren zugleich führende Mitglieder einer okkulten Loge, die sich in der Inszenierung von Ritualen gefiel, die der schwarzen Magie zuzuordnen waren. Außerdem waren sie beide in meinen Augen gewissenlose Verbrecher.

»Die Namen der Zivilisten kenne ich«, sagte ich leise, als die Männer uns fast erreicht hatten. »Arnheim und Mantiss.«

»Mantiss?«, fragte Zerner. »Ja, tatsächlich! Mein Gott! Dann bin ich verloren!«

Er wollte noch etwas hinzufügen, doch er kam nicht mehr dazu. Zwei von den Uniformierten waren bereits hinter ihn getreten, rissen ihn grob an den Armen zurück und zogen ihn ein paar Meter weit von mir fort. Die beiden anderen Uniformierten stellten sich links und rechts von mir auf und nahmen mich fest in ihre Mitte.

Rudolf Mantiss trug einen Filzhut, der einen Schatten auf seine markanten Züge und seine stahlblauen Augen warf. Er stand mit dem Rücken zur Sonne, die von Westen her die Parkanlage beschien und deren Strahlen an diesem Juniabend kaum etwas von ihrer Kraft eingebüßt hatten. Sein hageres, gut geschnittenes und von der Sonne gebräuntes Gesicht war hart, fast wie Granit; er wirkte wie ein Herr über Leben und Tod.

»Eugen Goltz«, sagte er, nachdem er mich eine Weile

kalt gemustert hatte, »wo auch immer man unserer Gesellschaft zu schaden sucht, hat dieser Herr seine Hände mit im Spiel.«

Er war ein Ausdruck kalter Selbstgewissheit, ihn umgab eine schreckenerregende Aura von Macht, mit der er über mein Schicksal und das des jungen Zerner gebot. Er war ein gefährlicher Mann, und die Tatsache, dass er mit meiner Schwester Doris verheiratet war, gab mir keinen Grund, nicht besorgt zu sein.

Sein Freund Philipp Arnheim stand etwas abseits, als sei er nur zu seinem Vergnügen mitgekommen und nicht dazu verpflichtet, bei der Drecksarbeit mitzumachen. Doch so einfach war es natürlich nicht; jedes führende Mitglied der Organisation, der Mantiss vorstand, musste von Zeit zu Zeit Flagge zeigen, um seine rückhaltlose Treue zu beweisen.

Arnheim ergriff als nächster das Wort.

»Sie scheinen nichts dazu gelernt zu haben, Goltz«, sagte der Bankier. »Wie lange wollen Sie unsere Geduld strapazieren? Finden Sie nicht auch, dass Sie den Bogen allmählich überspannt haben? Was ist Ihre Erklärung?«

Er war ein Mann in den späten Vierzigern, etwas jünger als sein Freund Mantiss, ein schlanker, hoch gewachsener Mann mit einem kahl rasierten Schädel und einem grausamen, wenngleich nicht unattraktiven Gesicht. Sein heller Sommeranzug war maßgeschneidert. Er sah aus, als käme er direkt aus der Bank und hätte keine Zeit gehabt, sich umzuziehen; aber wahrscheinlich war alles Absicht.

»Was wollen Sie von mir?«, erwiderte ich, indem ich mich innerlich wappnete und zusammenriss. »Nicht ich, sondern Sie sind mir eine Erklärung schuldig. Weder dieser junge Mann hier noch ich selbst haben irgendetwas getan, das sich gegen die Interessen Ihrer Gesellschaft richten könnte.«

»Hören Sie auf, mich für dumm zu verkaufen«, erwiderte Arnheim scharf. »Ich weiß es besser als Sie. Mir scheint, dass die Zeit gekommen ist, einmal ein deutliches Exempel zu statuieren, damit Sie erkennen, dass wir bei der Verfolgung unserer Ziele unbeirrbar sind – und dass wir keinen Spaß verstehen, wenn sich jemand einen bösen Scherz mit uns erlaubt.«

Es war nicht zu übersehen, dass Mantiss und Arnheim die Anführer des Greifkommandos waren, das uns gestellt hatte, und schon in diesem Moment beschlich mich das Gefühl, dass alles, was von nun an geschehen würde, einem längst gefassten Plan entsprach. Sie hatten bereits entschieden, was mit uns geschehen sollte, und weder dem Jungen noch mir würde es möglich sein, auf diese Entscheidung Einfluss zu nehmen. Ich sah es ihren Gesichtern an, die uns auf kalte Weise zulächelten, und dem gnadenlosen Ausdruck in ihren Augen.

Mantiss nahm den Blick von mir und widmete sich dem jungen Mann.

»Wie heißen Sie?«

Zerner schluckte. »Aber Sie wissen doch …«

»Name!«, bellte Mantiss.

»Gerrit Zerner.«

»Ihre Wohnadresse?«

»Ich habe keine feste Anschrift.«

»Irgendwo werden Sie nächtigen!«

»In einer Laube, in einer Gartenkolonie.«

Mantiss starrte den Jungen an. »Gartenkolonie?« Er atmete tief durch, als müsste er sich beruhigen. »Welche Kolonie?«

»Südgelände in Schöneberg.«

»Südgelände in Schöneberg!«, wiederholte Mantiss und lächelte. »Aha! Habe ich es mir doch gedacht! Und die Parzelle? Auch diese Häuser haben Anschriften! Und lügen Sie mich nicht an, sonst wird es nicht nur Ihnen, sondern auch Ihrem Mädchen schlecht ergehen.«

Mädchen, dachte ich, woher wusste Mantiss, dass Zerner ein Mädchen hatte?

»Fliederweg 18«, sagte Zerner.

Fieberhaft überlegte ich, was ich sagen könnte, um dem jungen Mann zu helfen. Aber es gab nichts, das ich zu seiner Verteidigung hätte vorbringen können. Ich wusste nicht einmal, wessen wir uns aus der Sicht unserer Häscher schuldig gemacht hatten. Für mich war diese Sache nicht mehr gewesen, als dem Anliegen von Henny von Tryska, die eine Logenschwester der beiden furchtbaren Okkultisten war, zu entsprechen. Sie hatte mich gebeten, den jungen Mann in dem Park nahe der Siedlung Onkel Toms Hütte zu treffen. Ich sollte in Erfahrung bringen, was dieser ihr verkaufen wollte.

»Sie gehören einer Parteiorganisation an, nicht wahr?«, sagte Mantiss zu dem jungen Mann. »SA oder SS?«

»SS«, murmelte er.

»Ein SS-Mann also«, sagte Mantiss und nickte, als wären seine schlimmsten Befürchtungen bestätigt worden. »Es gibt in der SS eine Weisung, die lautet: ›Der SS-Mann ist das vorbildlichste Parteimitglied, das sich denken lässt.‹« Er machte eine unheilschwangere Pause, in der er den jungen Mann nicht aus den Augen ließ. »Wenn also jemand, der nicht der Partei angehört, für ein Vergehen hart bestraft wird, so verdient ein SS-Mann für das gleiche Vergehen eine ungleich härtere Strafe. Stimmen Sie mit mir darin überein?«

»Noch bin ich in der SS nur ein Bewerber«, verteidigte sich Zerner, musste aber schlucken, da ihm unter dem Blick von Mantiss klar wurde, dass ihm dieser Einwand kaum etwas nützen würde. »Man hat mich aufgefordert, der SS beizutreten. Meine endgültige Aufnahme ist bisher nicht erfolgt.«

»Umso schlimmer«, stellte Mantiss fest. »Dass Sie ein Bewerber sind, entlastet Sie nicht, sondern erhöht noch die Schwere Ihrer Schuld!«

»Ich wollte Sie doch nur warnen«, entgegnete der junge Mann.

»Warnen?«, fragte Mantiss drohend. »Wovor denn?«

»Vor einigen Herren in der SS, die Ihnen Übles wollen.«

Das Gesicht des Okkultisten wurde dunkel. »Lügen Sie mich nicht an!«, donnerte er den armen Kerl an. »Sie wollten die Interessen der Partei verraten, indem Sie zweifelhafte Informationen an den Meistbietenden zu verkaufen suchen. Sie sind ein Erpresser, und für jemanden wie Sie, der sich als Mann der SS auf dieses erbärmliche Niveau begibt, kann es keine Gnade geben. Das steht außer Frage! Da die Pflichten eines SS-Mannes auch für Sie bereits Geltung besitzen, können Sie sich einen Rest an Würde, sofern Sie ihn noch besitzen, nur dadurch bewahren, dass Sie die unweigerlichen Konsequenzen Ihres Verhaltens auf sich nehmen, und bei allem, was folgt, Ihre Haltung beweisen!«

Zerner begann zu zittern, sagte aber nichts. Die Angst hatte ihm die Sprache verschlagen.

Mir selbst ging es kaum anders. Nicht nur die Angst

vor dem, was kommen würde, sondern auch der Eindruck, dass jede Gegenwehr und jeglicher Erklärungsversuch vergeblich wären, rüttelten an meinen Nerven, und wenn ich auch äußerlich so tat, als ginge mich das hier alles nichts an, kostete es mich große Kraft, meine Haltung zu bewahren.

Mantiss betrachtete nachdenklich den jungen Zerner, und ich konnte deutlich spüren, dass der Logenführer Böses im Sinn hatte. Es war, als überlegte er, wie das Exempel aussehen sollte, das er entschlossen war, an uns beiden zu statuieren. Ich zweifelte, ob einer von uns beiden diesen Abend überleben würde, aber ich wusste, dass Zerner stärker gefährdet war als ich, und ich konnte spüren, dass auch er begriff, dass ihm etwas Furchtbares blühte.

»Der junge Mann hat mir keine Informationen verkauft«, unternahm ich einen Versuch, Zerner zu helfen. »Ich weiß nicht einmal, was ihm hier unterstellt wird. Wie dem auch sei: Die Vorwürfe bestehen zu Unrecht. Rudolf, du bist auf der falschen Spur!« Mantiss schenkte mir keine Beachtung, so wie er sich überhaupt in keiner Weise den Anschein gab, als ob er das, was er vorhatte, würde rechtfertigen müssen. Er wirkte wie ein Richter, der sein Urteil gefällt, aber noch nicht verkündet hatte, und der es deshalb nicht für nötig hielt, die Verhandlung fortzuführen.

»Unkenntnis und Dummheit schützen vor Strafe nicht«, sagte er verächtlich. »Ihr werdet uns begleiten. Wir machen einen kleinen Ausflug, raus aus der Stadt.«

Er wandte sich zu seinen uniformierten Schergen. »Auf dann!«, sagte er entschlossen.

Wir verließen den Park, Zerner und ich inmitten unserer Bewacher, und die wenigen Passanten, die uns begegneten, sahen schnell weg und gingen zügig weiter.

Ich blickte mich um, ob nicht doch jemand auf der Straße vorüberging, der uns helfen könnte; aber ich wusste, dass die Vorstellung illusorisch war. Wenn die Braunhemden in Erscheinung traten, suchte jeder das Weite. Auch wehren konnten wir uns nicht; jedenfalls nicht mit Aussicht auf Erfolg, die Männer waren in der Überzahl und obendrein bewaffnet. Der Überraschungscoup von Mantiss war gelungen.

Die schwarzen Wagen, die zu ihnen gehörten, waren dieselben, die ich zuvor an der Argentinischen Allee gesehen hatte. Massige Limousinen, deren Lack unheilvoll im nicht weichen wollenden Sonnenlicht glitzerte.

Automatisch registrierte ich das Kennzeichen des Wagens, zu dem sie mich führten, und obwohl ich Zweifel empfand, dass es mir noch einmal etwas nützen würde, prägte ich es mir ein.

Schon schubsten sie uns in die Wagen, Zerner in den einen, mich in den anderen. In meinem nahm auch Rudolf Mantiss Platz, und die Todesfahrt – denn den Eindruck machte sie von Anfang an auf mich – begann. Ein blonder SA-Mann, der sich hinter das Steuer gesetzt hatte, lenkte die Limousine in schneller Fahrt die Argentinische Allee hinunter, der zweite Wagen raste hinter dem unsrigen her.

Mantiss saß neben dem Fahrer, seine Schergen hatten sich rechts und links von mir positioniert. Einer der beiden hielt eine Pistole in der Hand, deren Mündung er auf mich richtete.

»Du hast einen ganz falschen Eindruck gewonnen, Rudolf«, sagte ich in Richtung meines Schwagers in dem

Bestreben, vielleicht doch noch etwas zu retten. »Ich weiß gar nicht, um was es hier geht, und ich bin ziemlich sicher, dass weder der junge Zerner noch ich in etwas verstrickt sind, das dich gerade umtreibt. Ich handle als Anwalt und mache nur meine Arbeit.«

Ich ahnte, dass es mir nicht helfen würde, wenn ich mich darauf berief, dass ich nur meinem Beruf nachginge, wollte aber nichts unversucht lassen.

»Spar dir deine Erklärungen«, entgegnete der Logenvorsitzende denn auch ungerührt, ohne den Blick nach hinten zu wenden, »sie interessieren mich nicht. Du kannst deine Situation nicht verbessern –«, hier machte er eine bedeutungsschwangere Pause, »wohl aber verschlimmern, wenn du weiter Unsinn daherredest. Also halt am besten ganz einfach den Mund.«

»Was du hier unternimmst, ist reine Willkür«, entgegnete ich trotzdem. »Die Gesetze gelten auch für dich.«

Er fuhr herum. »Ja, die Gesetze gelten auch für mich, nur sind diese Gesetze anders beschaffen als du denkst. Herrn Zerner als SS-Mann sind sie besser bekannt als dir.«

Der Fahrer jagte die Limousine weiter nach Südwesten, über Wannsee stadtauswärts in Richtung Potsdam. Wahrscheinlich suchten sie einen abgelegenen Ort außerhalb der Stadt, ging es mir durch den Sinn, wo sie ihr Vorhaben ungestört ausführen konnten.

Die Stunde war nicht eben günstig für eine geheime Aktion, wie Mantiss sie anscheinend plante. Es war ein heller Juniabend und so bald würde die Sonne nicht untergehen, der Schutz der Dunkelheit also auf sich warten lassen.

Mantiss schien sich seiner Sache dennoch recht sicher zu sein, und aufgrund der Anweisungen, die er dem Fahrer gab, machte es mir bald den Eindruck, dass er sein Ziel nicht suchen musste, sondern ganz genau kannte. Als wir die Stadtgrenze erreichten, dirigierte er den Wagen aufs Land hinaus, wo wir durch eine Sommerlandschaft aus Wäldern, Wiesen und Seen fuhren; gelegentlich waren Dächer von Dörfern zu sehen.

Es war ein herrlicher Abend, und man hätte die Fahrt genießen können, wäre sie nicht durch furchtbare Ahnungen getrübt gewesen. Die Sonne war noch kräftig und warf nur erste vorsichtige Schatten auf die Landschaft. In ihrer Glut pflügte links von uns ein Bauer mit seinem Trecker durch ein Feld.

»Langsamer«, sagte Mantiss zu dem Fahrer. »Da vorne rechts abbiegen.«

Die Limousine rumpelte über einen unbefestigten Weg und wir fuhren auf ein Gehölz zu. Es war ein Mischwald aus Buchen und Kiefern, und Mantiss dirigierte den Wagen in den Schatten einiger Bäume. »Aussteigen!«, kam das Kommando, und gleich darauf standen Zerner und ich in der milden Abendluft.

Ein leicht abfallender Weg führte in den Wald hinein, und aus dem Licht der frühen Abendsonne schoben unsere Häscher uns in das Dunkel der Bäume, in eine Welt aus dichtem Braun und Grün. Der Weg, dem wir folgten, schlängelte sich so eng zwischen nahe beieinander stehenden Kiefern fort, dass die Zweige des Unterholzes unsere Arme streiften, und endete schließlich an einer Lichtung, die eine Oase in der dunkelgrünen und braunen Schattenwelt bildete.

Nachdem der gesamte Trupp den Platz erreicht hatte,

machte Mantiss eine Handbewegung, die sich erkennbar auf Zerner bezog, und zwei der SA-Männer griffen ihn an den Armen und schoben ihn in die Mitte der Lichtung.

Der junge Mann blieb gefasst, auch wenn er ahnen mochte, dass die Weisung des Anführers, mit der er scheinbar einen stillschweigenden Befehl gab, ein stilles Todesurteil darstellte.

Mantiss trat auf ihn zu.

»Ich bin unschuldig«, sagte Zerner, der sichtlich mit den Tränen kämpfte. »Sie verstehen das alles ganz falsch, Herr Mantiss.«

Er wirkte noch so jugendlich und so jungenhaft, und es tat mir weh, als ich daran dachte, dass er die im Westen stehende Sonne vielleicht niemals wieder würde aufgehen sehen. Er war ein gut aussehender Kerl mit blondem Haar, einem bronzefarbenen Gesicht mit hohen Wangenknochen, und sein offen stehendes, kurzärmeliges Hemd zeigte einen Teil der glatten, schön gezeichneten Brust. Er besaß eine natürliche Anmut, und vielleicht gab diese ihm auch die Kraft, das Rückgrat aufrecht zu halten und auch angesichts des Geschicks, das ihm drohen mochte, nicht die ihm angeborene Haltung zu verlieren.

Mantiss lächelte. Fast genüsslich musterte er den jungen Mann, und ich ahnte, dass ihn ein besonders böser Gedanke beschäftigte.

»Ich verstehe das schon ganz richtig«, sagte er, nachdem er eine Weile stumm geblieben war. »Es ist auch ganz einfach: Schweigen ist das höchste Gebot! Verräter unterstehen der Feme!«

Der Junge wurde blass und seine Lippen begannen zu zittern.

»Bitte, mein Herr, lassen Sie mich gehen«, schluchzte er. »Ich habe Ihnen nichts getan. Geben Sie mir die Chance, die Dinge ins Reine zu bringen.«

Mantiss machte einen Schritt nach vorn, sodass er dem jungen Mann direkt gegenüberstand, dann erfasste er mit beiden Händen die Seiten des aufgeknöpften Hemdes und riss es auseinander, bis alle Knöpfe wegsprangen. Einer der Uniformierten trat hinter den Jungen und zog ihm mit einem Ruck das Hemd von der Schulter und von den Armen. Der Junge stand nun mit nacktem Oberkörper auf der Lichtung.

Der SA-Mann schüttelte das Hemd, ob etwas herausfallen würde, was aber nicht geschah. Er sah in die äußere Hemdtasche, die aber auch nichts enthielt. Daraufhin riss er das Hemd mit seinen groben Händen in der Mitte entzwei und warf es zur Seite. Es war eine Geste, die offensichtlich bedeuten sollte, dass der Junge kein Hemd mehr brauchte. Ohne dass jemand etwas gesagt hatte, schien der Stab über ihn gebrochen zu sein.

»Hose und Schuhe – alles ausziehen!«, befahl Mantiss.

Gerrit beugte sich nieder und löste mit zitternden Händen die Schnallen seiner Sandalen, und als er barfuß war, kam die Hose dran.

»Durchsucht seine Sachen!«, befahl Mantiss seinen Schergen.

Er musterte Gerrits erstaunlich makellosen und in harmonischen Verhältnissen gewachsenen Körper. »Es ist wirklich schade um die guten arischen Anlagen, um derentwillen man Sie in die SS geholt hat«, sagte er. »Aber als Opfer unserer Sache machen Sie auch keine schlechte Figur. Hoffen wir, dass die Erfahrungen, die Sie in diesem

Leben machen mussten, Ihnen im nächsten zugutekommen werden. Wenn alles auf die rechte Weise geschieht, werden Sie sogar unserer Sache noch dienen können.«

»Ich glaube, ich kann Ihnen als Lebender mehr nützen«, sagte Gerrit mit einem Ton in seiner Stimme, der das ganze Ausmaß seiner Verzweiflung durchschimmern ließ. »Ich bin wirklich unschuldig. Das müssen Sie mir glauben!«

Das Gesicht seines Peinigers blieb eisig und kalt. »Wir werden bald sehen, ob Sie unschuldig sind«, sagte er.

Es dauerte nicht lange, bis der SA-Mann, der die Sachen des Jungen aufhob und untersuchte, aus der Gesäßtasche der Hose ein gefaltetes Dokument zutage förderte, außerdem einen Schlüssel und anderen Krimskrams.

»Den Schlüssel und das Dokument«, sagte Mantiss, und sofort händigte man ihm beides aus. »Seine Sachen nehmen wir mit, das Zeug wird alles verbrannt!«

Mantiss faltete das Papier auseinander und überflog den Text.

»Sind Sie mit Rahn befreundet?«, fragte er und blickte von dem Papier auf.

»Rahn ist tot.«

Mantiss schaute zur Seite und nickte. »Sie waren also mit ihm befreundet?«

»Ja, ich kannte ihn«, bestätigte Zerner knapp.

Mantiss blickte wieder auf das Papier. »Es ist eine Abschrift«, sagte er, nachdem er den Text ein weiteres Mal überflogen hatte. »Wo ist das Original?«

»In einem sicheren Versteck.«

Mantiss lachte böse. »In einem sicheren Versteck, das Sie uns nicht verraten wollen, solange Sie nicht das Geld haben, das wir Ihnen bezahlen sollen. Sie sind mir ein schöner Erpresser.«

»Ich wollte Sie wirklich nur warnen«, begann Zerner von Neuem. »Die SS plant Rache an Personen, die auf Rahns Liste stehen, und auch anderen ...«

»Wer versucht, ein solches Dokument zu verkaufen, ist ein Schuft!«, unterbrach Mantiss den Jungen mit einem hasserfüllten Fauchen. »Aber Sie haben sich verkalkuliert, junger Mann! So eine Liste kann jeder schreiben. Die Abschrift beweist so wenig wie das Original. Böses Blut aber kann man mit einem solchen Wisch säen. Doch wer Hass sät, wird Hass ernten! Mag das Ding in seinem Versteck bleiben, wenn es dort sicher aufgehoben ist, ich brauche es nicht. Als SS-Mann sind Sie nicht nur ein Erpresser, sondern ein Verräter obendrein. Darauf steht der Tod. Das wissen Sie!«

Irgendetwas stimmte hier nicht. Die Entrüstung von Mantiss wirkte nicht echt. Auf das Original des Dokuments schien er verzichten zu können; aber den Tod Zerners wollte er unbedingt, als hätte er seine Freude daran, den jungen Erpresser sterben zu sehen. Sein Hass war nicht gespielt, aber es drängte sich mir auf, dass er aus einer anderen als der vorgeblichen Quelle stammte. Was trieb Mantiss an? War es der Wunsch nach Rache, der ihn motivierte? Durch welches Verhängnis waren Zerner und Mantiss miteinander verbunden?

»Bitte!«, bat der junge Mann zitternd. »Ich werde alles wiedergutmachen. Ich gebe Ihnen nicht nur das Original der Liste, sondern alles, was ich noch habe, nur lassen Sie mir mein Leben.«

In den Augen von Rudolf Mantiss war nichts als ein kaltes Leuchten.

»Das Femegericht, das hier zusammengekommen ist, um über Ihr Schicksal zu befinden, besteht aus meiner Person«, erwiderte er unbeeindruckt, als wollte er jeder weiteren Diskussion Einhalt gebieten. »Als Ihr Richter verurteile ich Sie hiermit zum Tode durch den Strang. Das Urteil wird noch vor Einbruch der Dunkelheit vollstreckt.«

Der Junge kämpfte mit den Tränen.

»Aber es wäre ein furchtbares Unrecht«, erwiderte er schluchzend. »Das können Sie doch nicht tun, Herr Mantiss! Bitte, seien Sie gnädig! Ich bin unschuldig!«

»Bewahren Sie Haltung!«, entgegnete Mantiss grausam. »Ihre Strafe ist einem jungen Menschen wie Ihnen angemessen und sollte von Ihnen akzeptiert werden. Das freiwillige Opfer gewährt den höchsten Gewinn.« Er wandte sich an seine Leute. »Fort mit ihm! Bindet ihn drüben an einen der Bäume, damit er nicht wegzulaufen versucht.«

Zwei der Männer ergriffen Zerner und zogen ihn in Richtung des Waldes.

»Halt!«, sagte ich. »Auch vor einem Femegericht hat ein Mann das Recht, sich zu verteidigen.«

Mantiss sah mich verächtlich an. »Ach, du bist auch noch da! Spielst den Verteidiger! Pass auf, dass wir mit dir nicht dasselbe machen wie mit ihm. Und was die Rechte angeht: Wir leben in einer neuen Zeit, und über die Rechte bestimme ich als der Vorsitzende dieses Gerichts. Dieser Mann wird sterben, weil es weiterer Beweise für seinen schäbigen Verrat nicht bedarf. Mein Urteil ist unumstößlich.« Er wandte sich zur Seite, wo sein Freund Arnheim stand, und die beiden lächelten einander zu.

»Rudolf, nimm doch Vernunft an!«, versuchte ich es weiter. »Du tust diesem jungen Menschen Unrecht. Er ist doch kaum erwachsen.«

Mantiss sah zu seinen Schergen. »Gebt dem Herrn Anwalt einen Spaten, damit er euch bei dem Ausschaufeln des Grabes hilft. So kann er etwas Sinnvolles tun.«

»Arnheim, tun Sie etwas!«, wandte ich mich an den zweiten Mann in der Hierarchie. »Das hier muss auf keinen Fall sein! Es gibt keinen Grund, Zerner zu töten, ob er nun zur SS gehört oder nicht. Sie haben kein Recht, ein solches Urteil zu verhängen!«

»Halten Sie sich da raus, Goltz!«, entgegnete Arnheim. »Dem Jungen kann niemand mehr helfen. Ein Erpresser und Verräter wie er hat den Tod verdient. Das war nie anders. Es kann keine Gnade für ihn geben.«

Mantiss machte eine Handbewegung, die mir galt, und seine Leute zogen mich ein Stück von der Lichtung fort.

Die SA-Männer hatten mehrere Spaten mitgebracht. Ein Handlanger hatte bereits begonnen, hinter ein paar Bäumen die Umrisse einer Grube abzustechen, die ausgehoben werden sollte, und damit wurde nun unverzüglich begonnen. Auch mir gab man einen Spaten.

»Los, fang an!«, befahl der Uniformierte, der mir am nächsten stand, und schob mich in Richtung der Stelle, wo das Grab des Jungen geschaufelt werden sollte.

»Und beeilt euch mit dem Ausgraben!«, hörte ich Mantiss sagen. »Wenn alle Vorbereitungen abgeschlossen sind, wird das Urteil vollstreckt.«

Als ich mich umdrehte, sah ich, wie die Männer Zerner an einen Baumstamm zerrten, der nur ein paar Meter von mir entfernt am Rande der Lichtung wuchs. Mit einem

Strick fesselten sie ihm zuerst die Hände auf den Rücken und schlugen den Strick dann um den Stamm und um seinen nackten Brustkorb herum.

Das Ganze war eine grausame Posse, wurde mir in diesem Moment klar; es war ein bis in die Einzelheiten geplantes, abgekartetes Spiel. Mantiss war kein Ermittler, der sein Opfer quälte, damit es ihm ein Geheimnis verriet. Er war ein Richter, dem es um seine persönliche Genugtuung ging. In Zerner hatte er ein Opfer gefunden, das diesem Bedürfnis genügte; ein Opfer, das jung und schön, aber nicht notwendig schuldig war.

2

Der Potsdamer Platz sah aus, als feierten sie dort ein Fest. Gegenüber an der Ecke Stresemannstraße präsentierte sich Haus Vaterland Kempinski in gleißender Beleuchtung, und überall an den Fassaden glänzten die Reklametafeln schamlos grell. Die Leute tummelten sich vor den Kneipen und Restaurants, daneben wühlten sich die Autos um die Normaluhr herum. Es war eine umtriebige Sommernacht, doch mir selbst kam die schillernde Dynamik, die den Ort beherrschte, seltsam unwirklich vor.

Die Limousinen bogen in die Leipziger Straße ein und rollten kurz darauf an den Bordsteinrand. Der Beifahrer sprang aus dem Wagen und riss die hintere Tür von außen auf, dann stieß man mich regelrecht auf die Straße hinaus. Ein paar Passanten blickten irritiert in meine Richtung, als ich neben ihnen über das Pflaster stolperte, bevor sie einen schnellen Blick auf die Fahrzeuge warfen, die mit laufenden Motoren am Rande der Fahrbahn standen.

Als ich mich zur Straße umdrehte, waren die schweren Limousinen wieder angefahren und hatten sich mit ihren pompösen Silhouetten recht weit entfernt; kurz darauf verschwanden sie vollständig in der von Gelbtönen erhellten Nacht.

Neben mir blinkte eine Leuchtreklame, die ein paar Schatten über das Pflaster tanzen ließ. Ich klopfte mir den Dreck von der Kleidung, dann entfernte ich mich zügig zur Leipziger Straße hin. An der nächsten Ecke bog ich ab und eilte die Wilhelmstraße hinauf, vorbei am imposanten Kaiserhof-Hotel und an den Stätten der Macht: dem Reichsfinanzministerium, dem Auswärtigen Amt und der Reichskanzlei.

Frau von Tryska saß im ›Schwarzen Ferkel‹ an der Ecke Linden und Neue Wilhelmstraße allein an einem Tisch. Obwohl wir verabredet waren, schien sie einen Moment lang überrascht, mich zu sehen.

»Ich warte schon länger als eine Stunde auf Sie«, begrüßte sie mich kalt und förmlich. »Sie finden mich ein wenig verstimmt.«

Sie war eine korpulente Frau nahe der Sechzig, mit stark dunkelblond gefärbtem Haar. Die Witwe eines rheinischen Stahlfabrikanten hatte vor einiger Zeit ihren Hauptwohnsitz vom Rhein an die Spree verlegt, und wie sie mir gestern erzählt hatte, wohnte sie nicht mehr in einem Hotel, sondern besaß eine eigene Wohnung.

Ich setzte mich zu ihr an den Tisch, ohne etwas zu sagen.

Sie betrachtete mich genauer. »Ist etwas schief gegangen?«

Ein Ober kam des Weges. Ich bat ihn um ein großes Glas Wasser und einen Kognak.

»Sprechen Sie!«, sagte Frau von Tryska.

»Alles ist schief gegangen!«

Sie betrachtete mich mit ihren kleinen Augen. »Wie – alles? Haben Sie das Dokument?«

»Wenn alles schief gegangen ist, habe ich auch kein Dokument.«

»Was ist geschehen?«

»Der Mann, den ich getroffen habe, ist tot«, erzählte ich ihr leise. »Er hieß Gerrit Zerner. Ich denke, dass der Name richtig ist. Er war noch fast ein Junge. Mantiss hat ihn hinrichten lassen. Er hat von unserem Treffen gewusst.«

Obwohl es in der Bar ziemlich dunkel war, konnte ich sehen, dass Frau von Tryska blass geworden war.

»Dieser furchtbare Mann!«, sagte sie, als sie endlich Worte fand. »Er hat kein Gewissen!« Sie griff zu ihrem Weinglas und nahm einen Schluck, wobei sie es vermied, mich anzusehen.

»Wie kann Mantiss von meinem Treffen mit Zerner erfahren haben?«

Ihr Blick ging an mir vorbei und konzentrierte sich auf das Fenster in meinem Hintergrund. »Das hätte ich selbst gern gewusst.«

Der Ober kam und brachte das Wasser und den Kognak. Ich leerte das Wasserglas in einem Zug und stürzte den Kognak hinterher.

»Woher sollte Mantiss von dem Treffen gewusst haben, wenn nicht von Ihnen?«

»Moment mal!« Sie richtete die unruhigen Augen auf mich. »Ich habe mit Mantiss nicht über das Treffen gesprochen.«

»Mit wem haben Sie dann darüber gesprochen?«

Sie atmete tief durch. »Haben Sie selbst keine Erklärung für Mantiss' Erscheinen?«

Die dumpfe Betäubung, die mich seit meinem Erlebnis draußen im Wald schützend wie ein Nebel umgab, bekam erste Risse.

»Lenken Sie nicht ab!«, entfuhr es mir in heftigem Ton.

Sie senkte den Blick. »War Philipp Arnheim auch bei dem Treffen zugegen?«

»Wo der eine ist, da ist der andere nicht weit. Außerdem hatten sie ein paar Schläger mitgebracht. Man hat uns in Autos verfrachtet und aus der Stadt gefahren. In einem kleinen Waldstück haben sie dem Jungen den Garaus gemacht. Also: Wer wusste von dem Treffen? Mit wem haben Sie darüber gesprochen?«

»Die undichte Stelle kann nur Philipp Arnheim gewesen sein«, gab die Dame mit einem Seufzer zurück. »Er hat nämlich auch einen Erpresserbrief bekommen. Wahrscheinlich wollte der Junge uns gegeneinander ausspielen, um die Summe hochzutreiben. Von unserer engen Verbindung hat er wohl nicht gewusst. Als Arnheim mir davon erzählte, erklärte ich ihm, dass ich der Sache nachgehen würde, und als der Junge wieder anrief, stimmte ich seinem Vorschlag zu, das Material einem Rechtsanwalt zu präsentieren. So kamen Sie ins Spiel.«

»Sie hätten doch wissen müssen, dass Arnheim seinen Freund Mantiss einschaltet und dieser sich den Jungen greift, um selbst in den Besitz des Materials zu kommen.«

Sie betrachtete nachdenklich das Weinglas vor ihr auf dem Tisch. »Musste ich das? Ich glaube nicht! Jedenfalls habe ich nicht damit gerechnet, dass Mantiss und Arnheim meine Pläne durchkreuzen könnten! Ich bin ehrlich entsetzt über das, was ich von Ihnen höre.«

Sie konnte mich nicht täuschen. Ich wusste, dass sie kaum besser war als Mantiss und Konsorten. Auch sie gehörte zu der ›Loge der Brüder und Schwestern vom Licht‹ und war zusammen mit Mantiss und Arnheim eines der führenden Mitglieder dieser zweifelhaften Vereinigung. Wenn die große Sache, der sie ihr Leben gewidmet hatte, es rechtfertigte, kannte auch sie keine Gnade. Und die große Sache, an die sie glaubte wie andere an

Gott, war der nationalsozialistische Sieg. Dieser Sieg war in gewisser Hinsicht bereits eingetreten, nur eben noch nicht ganz. Die alte Republik war in Teilen stets lebendig, und was die Umsetzung ihrer Ziele anging, wähnten sich die Anhänger der Bewegung immer noch am Anfang.

»Wer hat alles einen Erpresserbrief bekommen?«, fragte ich sie.

Frau von Tryska schüttelte den Kopf. »Mir ist außer Arnheim und mir niemand bekannt.«

»Als Sie mich gestern in meinem Büro aufgesucht haben, erzählten Sie mir, dass Sie belastendes Material über Mantiss ankaufen wollten. Jetzt stellt sich mir die Sache ganz anders dar. Sie haben mich getäuscht!«

Sie blickte sich um. »Reden Sie nicht so laut! Wir sind nicht allein. Lauscher sind heutzutage überall anzutreffen.«

Das Lokal, in dem wir saßen, hatte einst als Weinstube begonnen, aber der Inhaber hatte eines Tages erkannt, dass mit Wein allein der Frohsinn mühsamer aus den Startlöchern kam als mit härteren Sachen. Inzwischen war das Lokal für seine Auswahl an exotischen Branntweinen bekannt.

»Ja, dank Ihres lieben Führers.«

»Sagen Sie so etwas nicht! Sie wissen, das höre ich nicht gern.«

Um meine innere Verfassung war es nicht gut bestellt. Ich hatte das Gefühl, als könnte ich die Welt ohne Alkohol nicht länger ertragen, und ich winkte dem Ober, damit er mir einen neuen Kognak mit einem weiteren Glas Wasser brächte.

»Ich hätte es gleich wissen müssen, dass es nur Schwierigkeiten geben wird, wenn ich von Ihnen einen Auftrag übernehme«, sagte ich leise. »Die Quittung kam schneller, als ich es für möglich gehalten habe.«

Sie runzelte die Stirn. »Sie sind etwas voreilig, Herr Goltz. Abgerechnet wird erst am Schluss. Das Spiel ist noch nicht vorbei.«

»Was geht mich Ihr Spiel an?«

Ein Lächeln wanderte über ihr breites Gesicht. »Sie wissen, dass Sie keine Alternative hatten, als mir zur Seite zu stehen.«

»Es gibt immer Alternativen.«

Sie betrachte mich, als sei sie weiterhin amüsiert. »Sie haben nichts zu befürchten. Wäre es anders, wären Sie jetzt gar nicht hier.«

»Das klingt, als hätten Sie mit dieser Möglichkeit gerechnet.«

Sie sah mir unmittelbar ins Gesicht. »Hadern Sie nicht mit Ihrem Geschick, Herr Goltz! Am Ende wird es Ihr Nachteil nicht gewesen sein, mir geholfen zu haben. Man hat Ihnen schließlich nichts getan!«

»Man hat mich gezwungen, diesem furchtbaren Menschen bei seiner frevelhaften Tat zu assistieren«, widersprach ich ihr. »Für Mantiss war von Anfang an klar, dass der Junge sterben musste, als wüsste er über dessen Pläne schon vollständig Bescheid. Er kannte Zerner sogar. Der Tod des Jungen war ihm das Wichtigste, alles Weitere schien ihm fast gleichgültig zu sein. Man hat mich benutzt. Ich habe das Gefühl, am Tod des jungen Zerner mitschuldig geworden zu sein.«

»Genau darauf haben Mantiss und Arnheim spekuliert!«, entgegnete sie. »Was können Sie dafür, wenn Mantiss einen Mord begeht. Es passieren so viele Morde, die auf das Konto der SA gehen; einer mehr oder weniger – das muss Sie nicht belasten, zumal Sie keine Chance hatten, die Tat dieser Männer zu verhindern. Hören Sie also auf, sich zu quälen. Viel wichtiger ist das Dokument. Hat der Junge es nicht dabei gehabt?«

Die Art, wie sie zur Tagesordnung überging, ärgerte mich. Doch ich schluckte den Groll hinunter.

»Beim Durchsuchen seiner Kleidung haben sie ein Schriftstück gefunden«, berichtete ich. »Es war wohl eine Abschrift von einem Original, das irgendwo versteckt sein soll.«

»Was stand drin?«

»Mantiss hat mir den Inhalt nicht vorgelesen. Es war eine Liste mit Namen, weiter weiß ich nichts. Mantiss schien davon nicht sonderlich beeindruckt.«

»Und wo ist das Original? Hat Mantiss den jungen Mann nicht gezwungen, das Versteck preiszugeben? Er ist doch sonst nicht zimperlich.«

»Ich hatte das Gefühl, dass Mantiss das Original gar nicht brauchte«, erwiderte ich. »Trotzdem kann es dabei nicht nur um etwas Nebensächliches oder Ungefährliches gegangen sein, denn sonst hätte er den Jungen wohl nicht umbringen lassen.«

Das Einzige, das ich weiter über den Inhalt des Dokuments wusste, war der Name Rahn, den Mantiss bei Zerners Befragung in den Mund genommen hatte; doch diesen Namen wollte ich vorerst für mich behalten.

Henny von Tryska seufzte. »Wir sind also genauso schlau wie am Anfang.«

»Sie haben doch mit dem jungen Zerner telefoniert; hat er keine Andeutungen darüber gemacht, was er Ihnen verkaufen wollte?«

Sie zögerte einen Moment und gab sich dann einen Ruck. »Er sprach von brisanten Unterlagen, die Namen enthielten, die auf eine Todesliste gesetzt werden könnten«, erklärte sie und machte eine bedeutungsschwere Pause, bevor sie hinzufügte, »... wenn sie in unbefugte Hände gelangten.«

Ich bekam einen neuen Kognak und kippte ihn hinunter. Der Alkohol begann zu wirken.

»Eine Todesliste? Hat er das wirklich gesagt?«

»Genau dieses Wort hat er gebraucht.«

Ich blickte mich um. In dem Lokal ging es umtriebig zu. Kein Mensch beachtete uns.

»Dann verstehe ich erst recht nicht, weshalb Mantiss den Jungen umgebracht hat. Zerner beteuerte mehrfach, er habe Mantiss nur warnen wollen, aber der hat ihn überhaupt nicht angehört. Hat er gesagt, wer diese Todesliste aufstellen will?«

»Er dachte wohl an die Gestapo oder die SS.«

»Aus welchem Grund sollten die solche Listen aufstellen? Es kommt mir merkwürdig vor.«

»Es gehen Gerüchte um, dass die SA eine Revolte gegen die Regierung plant, obwohl Hitler die Revolution für beendet erklärt hat. SS und Gestapo bereiten Gegenmaßnahmen vor.«

Geschichten über eine bevorstehende Revolte der SA zirkulierten bereits seit geraumer Zeit in der Stadt. Bisher hatte ich auf das Gerede nicht viel gegeben. Aber wenn wirklich Todeslisten aufgestellt wurden, bekamen diese Gerüchte natürlich ein anderes Gewicht. »Und Sie selbst sind auch ein Kandidat für diese Liste?«

Sie nickte. »Angeblich ja.«

»Was haben Sie denn getan, dass man Ihnen gegenüber zu solchen Maßnahmen greifen möchte?«, fragte ich vorsichtig.

Sie zuckte die Achseln. »Ich habe wirklich keine Ahnung, was dieser Erpresser in der Hand haben könnte, um mich in Misskredit zu bringen. Deshalb wollte ich der Sache nachgehen. Soweit es mich betrifft, kann es sich bei dieser Liste nur um eine Fälschung handeln.«

Ich wusste, dass sie jede Menge Dreck am Stecken hatte. Sie war ein kaltherziger Mensch und eine radikale Anhängerin der nationalen Erhebung, und wenn sie auch mir gegenüber freundlich tat, wusste ich aus leidvoller Erfahrung sehr gut, dass sie bereit war, für ihre Überzeugungen über Leichen zu gehen.

»Verschweigen Sie mir nicht etwas?«, fragte ich sie. Sie hatte mir bisher keinen Grund gegeben, ihr zu vertrauen, und auch jetzt traute ich ihr nicht. »Hat Zerner Ihnen wirklich nicht ein paar Details genannt? Wenn er nicht wenigstens eine Andeutung gemacht hätte, würde es mich sehr wundern.«

Sie zögerte und nippte an ihrem Glas. »Das Dokument, das er mir verkaufen wollte, hatte irgendetwas mit dem Tod von Horst Wessel zu tun.«

Ich starrte sie an. »Wie? Meinen Sie *den* Horst Wessel, von dem alle reden?«

»Ja, den Märtyrer der Bewegung.«

»Der ist doch schon seit ein paar Jahren tot!«

»Wenn ich den Erpresser richtig verstanden habe, ging es wohl nicht um Wessel selbst, sondern um seine Mörder.«

»Sitzen die nicht hinter Gittern?«

»Die Vorgänge um diesen Mord wurden nie ganz aufgeklärt. Sicher haben Sie davon gehört, dass in der vergangenen Woche zwei weitere Mittäter zum Tode verurteilt worden sind?«

Die Erwähnung dieses Gerichtsverfahrens versetzte mich in Unmut. »Was für ein absurdes Urteil! Ich habe in der Zeitung davon gelesen. Die armen Kerle waren doch nur Mitläufer und hatten mit dem Mord an sich gar nichts zu tun! Eigentlich unbegreiflich, wie ein Gericht deshalb ein Todesurteil fällen kann; allerdings wirklich gewundert hat es mich nicht.«

»Haben Sie etwa Mitleid mit diesen Leuten? Das verdienen sie nicht! Die Sache wurde neu aufgerollt. Es wurden bisher nicht alle Täter gefasst. Man hat weitere Mittäter gesucht und gefunden. Die SA nimmt Rache. Der neue Prozess zeigt, welche Macht sich diese Organisation angeeignet hat und wie gefährlich sie geworden ist.«

Dass ausgerechnet Frau von Tryska sich um die Macht der SA sorgte, verwunderte mich.

»Unterhalten Sie nicht selbst enge Kontakte zu dieser Organisation? Zwischen der ›Loge der Brüder und Schwestern des Lichts‹ und der SA bestehen doch seit Langem ausgezeichnete Verbindungen.«

Sie machte eine abwehrende Handbewegung. »Es ist alles in Bewegung geraten! Die SA treibt die Dinge in eine falsche Richtung. Sie spaltet unsere Gesellschaft und ist zu einem Hindernis für die Fortentwicklung der neuen Ordnung geworden. Dagegen muss etwas unternommen werden.«

»Ist das der Grund, weshalb Sie Material gegen Mantiss und Arnheim sammeln? Sogar Material, das gefälscht sein könnte?«

»Beide Herren stehen mit führenden Kräften der SA in freundschaftlicher Verbindung«, erwiderte sie. »Ich brauche etwas, das genug Sprengstoff bietet, um ihren Einfluss auf unsere nationalsozialistische Bewegung zu stoppen. Ein Beweisstück, etwas Schriftliches.«

»Um was damit zu tun?«

Sie hob die Augen und sah mich offen an. »Um mich damit zum Führer zu begeben; nur er kann uns helfen. Wir müssen diesen Leuten zuvorkommen, nur darin liegt unsere Chance.«

»Zuvorkommen? Wobei denn?«

»Hitlers größte Sorge ist der greise Reichspräsident. Er bemüht sich ihm gegenüber konsequent um Korrektheit und Loyalität. Jede Bemerkung, jeder Hinweis von Hindenburg sind ihm Gebot. Hindenburg hat sich am 4. Juni – früher als üblich – auf sein Gut Neudeck zurückgezogen. Die Tage des alten Herrn sind gezählt. Es ist fraglich, ob er noch einmal nach Berlin zurückkehren wird. Mit dem nahenden Tod des Präsidenten ist die Frage akut geworden, wer neuer Reichspräsident wird.«

»Für Hitler gibt es da doch keinen Zweifel – er selbst.«

»So einfach ist es nicht – es gibt Kräfte, die das verhindern wollen.«

»Als Reichskanzler hat Hitler ein hohes Amt. Er braucht kein zweites.«

»Es darf nicht geschehen, dass einer seiner Gegner in das Reichspräsidentenamt gelangt«, widersprach sie mir scharf.

Ich lehnte mich zurück. Tatsächlich hatte man von Machtkämpfen in der Führung der Nationalsozialisten gehört. Von verschiedenen Seiten war Hitler aufgerufen worden, etwas gegen die willkürlichen Gewalttaten der SA-Männer zu tun. Besonders heftiger Kritik für seine

Untätigkeit in dieser Frage sah sich der Reichskanzler seitens der nationalkonservativen Kreise ausgesetzt, mit denen er gemeinsam die Regierung des Landes bildete. Der Vizekanzler Franz von Papen hatte Mitte des Monats an der Marburger Universität eine Rede gehalten, bei der er die Exzesse der Nationalsozialisten, insbesondere die andauernden Gewalttaten der SA, beklagt und ein Ende des Terrors gefordert hatte. Wie dieser Tage im Kollegenkreis auf dem Gerichtsflur gemunkelt worden war, hatte Hitler wütend auf die Rede reagiert, und der Propagandaminister Goebbels hatte deren weitere Veröffentlichung unterbunden. Hitlers Stellung als Reichskanzler erschien erstmals seit seiner Berufung in dieses Amt auch außerhalb der SA nicht mehr unangefochten zu sein.

»Hat der SA-Chef Röhm inzwischen Anspruch auf das Amt des Reichspräsidenten erhoben?«

Sie blickte auf. »Ein Homosexueller als Reichspräsident? Gott bewahre! Der Chef der SA hält seinen Gruppenführer Prinz Auwi von Preußen für den geeigneten Kandidaten. Die SA ist entschlossen, Gewalt anzuwenden, um ihre Pläne durchzusetzen.«

»Im Moment steht nichts zu befürchten«, entgegnete ich. »Wie ich hörte, hat Röhm seine SA für den ganzen Monat Juli in den Urlaub geschickt. Er selbst soll auf eine mehrwöchige Kur nach Bad Wiessee in Oberbayern gefahren sein. Es wundert mich, dass man Gegenmaßnahmen ausgerechnet jetzt ergreifen will und sogar Todeslisten zusammenstellt.«

»Egal, wie weit die Vorbereitungen der SA für einen Gewaltstreich gediehen sind! Der SA muss mit aller Entschiedenheit entgegengetreten werden. Es ist Zeit, dass gehandelt wird. Andere tun das bereits. Die Reichswehr hat Truppen zusammengezogen und die Wachen am Reichswehrministerium erheblich verstärkt. Nur der Führer hat sich noch nicht entschieden; es gilt, die Entscheidung vorzubereiten, die er zu treffen hat. Aus diesem Grunde bedarf es schriftlicher Beweise, die die Ruchlosigkeit wichtiger Personen in dieser Organisation offenbaren. Die Übergabe eines solches Beweises in meine Hände ist am Abend von eben diesen ruchlosen Gestalten, von denen ich sprach, vereitelt worden.«

Für eine Weile hatte die Unterhaltung mit der Fabrikantenwitwe die Erinnerung an mein abendliches Erlebnis verdrängen können. Doch in diesem Moment kehrte sie mit aller Macht zurück, und plötzlich war mir, als könnte ich die routinierte Gleichgültigkeit, die meine Gesprächspartnerin angesichts des Schicksals des armen Zerner an den Tag legte, nicht länger ertragen. Am liebsten wäre ich aufgestanden und hinausgegangen.

»Der Junge hat nicht gesagt, wo er das Dokument versteckt hat«, fuhr sie fort. »Könnte man es nicht herausfinden? Kann man das Original dieses Dokuments nicht beschaffen? Sie müssen es versuchen, Herr Goltz, und zwar schnell!«

Ihre Blässe war verschwunden, die lebhafte Röte, die ich bei ihr kannte, war wieder in ihre kräftigen, aber ausgeprägt weiblichen Züge zurückgekehrt.

»Da müssen Sie sich jemand anderen suchen.«

»Ich bezahle Sie gut!«

»So gut können Sie mich gar nicht bezahlen! Wie kommen Sie überhaupt darauf, dass ich Ihnen helfen könnte?«

»Sie haben im vorletzten Jahr bewiesen, dass Sie es können. Ich erinnere mich sehr gut an alles. Ich hätte nicht für möglich gehalten, dass Sie bis auf den Grund der Dinge gelangen, aber Sie haben es geschafft.«

»Ich habe einen hohen Preis dafür bezahlt.«

»Es hat sich doch gelohnt. Sind Sie nicht gestärkt aus all dem Ungemach hervorgegangen?«

»Das Leben, das ich davor führte, war angenehmer.«

»Aber es war kein richtiges Leben. Außerdem gibt es keinen Weg zurück.«

»Sie wissen: Ich bin kein Nationalsozialist. Mir liegt nichts daran, dass Hitler Nachfolger von Hindenburg wird.«

»Glauben Sie denn, Röhm und seine gewalttätigen Freunde sind besser für das Amt geeignet?«

»Schlimmer, als es jetzt ist, kann es kaum kommen«, sagte ich.

Sie betrachtete mich nachdenklich. »Vielleicht liegt Ihnen daran, maßgeblichen Leuten etwas an die Hand zu geben, das sich gegen Ihren Schwager Mantiss verwenden lässt. Ich weiß, dass Sie ihn aus persönlichen Gründen hassen. Ich nehme an, dass sich Ihre Gefühle ihm gegenüber noch verstärkt haben.«

»Meine Gefühle sind das eine; das andere ist die Tatsache, dass Mantiss nicht nur gefährlich ist, sondern auch über einen Einfluss verfügt, gegen den ich nichts ausrichten kann.«

Eine Weile blieb sie stumm. »Vielleicht können Sie es doch«, sagte sie dann leise. »Um diese Leute zu stoppen, sie politisch mundtot und handlungsunfähig zu machen, könnte gerade in diesen Tagen der richtige Zeitpunkt gekommen sein.«

»Beim Verhör des Jungen hat Mantiss geäußert, das Dokument würde nichts beweisen, so eine Liste könne jeder schreiben. Mir scheint, dass er nicht ganz Unrecht hatte.«

»Es geht nicht darum, gerichtssichere Beweise in die Hand zu bekommen, es reichen Indizien aus, um den Kreis der Personen zu ermitteln, deren Treiben unverzüglich unterbunden werden muss. Arnheim und Mantiss gehören dazu. Es geht darum, den Leuten, die später einen Grund dafür benennen müssen, weshalb sie einen Namen auf eine Liste gesetzt haben, etwas Plausibles an die Hand zu geben.«

Eine Weile dachte ich über das nach, was ich von ihr erfahren hatte. Im Jahre 1930 war Mantiss ein pensionierter Reichswehroffizier und Schriftsteller und spielte auch noch keine Hauptrolle in der okkulten Loge. Horst Wessel war damals ein Unbekannter. Was sollte Mantiss mit dem Tod dieses Mannes zu tun gehabt haben? Weder für Mantiss noch für Arnheim ließe sich so etwas vorstellen.

»Ich möchte Sie lediglich darum bitten, im Umfeld des Jungen ein paar Nachforschungen anzustellen«, sagte sie. »Finden Sie heraus, was Zerner mir verkaufen wollte. Es gibt niemanden, der besser geeignet wäre, diese Aufgabe für mich zu übernehmen, als Sie.«

Meine Gedanken schweiften ab und ich dachte an das Mädchen, von dem es geheißen hatte, dass es mit Zerner in der Gartenlaube auf dem Schöneberger Südgelände zusammengelebt hatte. Sie würde sich bald, wenn nicht schon in dieser Nacht, sicher fragen, was aus ihrem Liebsten geworden war. Wer sollte ihr von Zerners Tod berichten, wenn ich es nicht tat? Ob das Mädchen etwas von dem Dokument wusste? Nachforschungen über den Jungen anzustellen, lag – recht bedacht – auch in meinem

Interesse. Wenn ich herausfand, weshalb Mantiss ihm übel gesonnen gewesen war, hätte ich unter Umständen endlich einmal etwas gegen diesen Schuft in der Hand.

»Ich werde es mir überlegen«, gab ich zurück, wenngleich mir die Vorstellung, Zerners Mädchen aufsuchen zu müssen, nicht sonderlich behagte.

»Es ist keine Zeit, um lange zu überlegen«, entgegnete Henny von Tryska. »Sie müssen gleich morgen mit der Arbeit beginnen! Wie gesagt – ich bezahle Sie gut, wenn Sie mir helfen.«

»Es gibt gutes Geld und es gibt schlechtes Geld.«

Sie blickte mir direkt in die Augen. »Ich habe in der Vergangenheit immer ein gutes Wort für Sie eingelegt«, sagte sie. »Ich weiß gar nicht genau, warum ich es tat. Wenn es nach Mantiss ginge, wären Sie längst in einem unserer schönen Konzentrationslager verschwunden. Sie haben also hinreichend Grund, sich auf meine Seite zu stellen, auch wenn Sie nicht möchten, dass der Führer Reichspräsident wird. Es liegt in Ihrem ureigenen Interesse, dass Sie mir helfen, ihn kaltzustellen. Sie können nur gewinnen. Weigern Sie sich, werden Sie auf ganzer Linie verlieren.«

Sie hatte es leise gesagt, aber ich hatte den drohenden Unterton in ihren Worten nicht überhört, und ihre Stimmlage verfehlte nicht ihre Wirkung auf mich. Wenn es mir auch nicht gefallen würde, in die Dienste der rheinischen Witwe zu treten, hatte ich doch allen Grund, vorsichtig zu sein. Die Konzentrationslager, die überall im Land errichtet worden waren, brauchten ständig Nachschub, und ich wusste, dass es keiner besonders schweren Verfehlung meinerseits bedurfte, damit man mich ›zu meinem eigenen Schutz‹ an einer dieser furchterregenden Orte brachte. Außerdem steckte ich schon ziemlich tief im Schlamassel drin, sodass ich möglicherweise einmal auf die Unterstützung dieser Frau, die mit Kadern der Nationalsozialisten auf vertrautem Fuße stand, angewiesen war.

»Versprechen will ich nichts, aber ich werde mich mal umtun«, stimmte ich zu. »Als Gegenleistung erwarte ich von Ihnen, dass Sie Ihr Wort für mich einlegen, falls man mich vonseiten der Regierung und ihrer Hilfstruppen in Schwierigkeiten bringt.«

»Darauf können Sie sich verlassen!«, erwiderte sie. »Schreiben Sie mir die Nummer Ihres Postscheckkontos auf, damit ich Ihnen einen Vorschuss bezahlen kann! Am besten überlassen Sie mir die Höhe der Summe. Der Betrag, den ich Ihnen überweisen werde, ist sicher höher als der Betrag, den Sie von mir fordern würden.«

»Vergessen Sie bei der Höhe der Summe den heutigen Abend nicht«, ermahnte ich sie und notierte die Nummer auf einem kleinen Zettel.

Sie nickte. »Es mag der Tag kommen, an dem Sie froh sein werden, dass ich Ihnen etwas schuldig bin. Sie sollten sich immer vor Augen halten, dass Sie es bitter nötig haben könnten, jemanden wie mich an Ihrer Seite zu wissen – oder eine Fürsprecherin in mir zu haben.«

Ich dachte an Mantiss, meinen Schwager. Seine Untat hatte mir nicht nur Angst eingejagt, sondern auch den dringlichen Wunsch in mir entfacht, ihm ins Handwerk zu pfuschen. Der Mann war ein Unmensch, der unschädlich gemacht werden musste; er musste einfach weg. Ihn kaltzustellen oder ihn zu beseitigen wäre bei aller Gefahr eine Wohltat für all die armen Teufel, die sonst noch als Opfer seines Feme-Kommandos enden würden.

»Ja«, sagte ich, als ich aufstand, um mich von ihr zu verabschieden. »Wir leben in unruhigen Zeiten. Die Machtverhältnisse in diesem Land sind nicht vollständig geklärt.«

»Spätestens übermorgen erwarte ich Ihren ersten Bericht«, sagte sie. »Die Getränkerechnung von heute Abend geht natürlich auf mich.«

»Sie werden von mir hören«, erwiderte ich und verließ das Lokal.

3

Die Nacht war drückend. An meinem Körper klebte der Schweiß. Den ganzen Monat Juni hindurch hatten hohe Temperaturen geherrscht und die Stadt sich in den vergangenen Wochen so aufgeheizt, dass es sich nach Mitternacht kaum abkühlte. Am Himmel war die orangegelbe Sichel des Mondes zu sehen.

Ich hatte es nicht eilig, nach Hause zu kommen. Es erwartete mich dort nur eine schlaflose Nacht. Ich zog mein Jackett aus, warf es über den Arm und überlegte, was weiter zu unternehmen war.

Das Risiko, das ich einging, wenn ich subversiv gegen meinen Schwager Rudolf Mantiss arbeitete, war beträchtlich. Bisher hatten mich – trotz der verbitterten Auseinandersetzungen zwischen meiner Schwester Doris und mir – die geschwisterliche Bande so weit geschützt, dass man mir das Leben gelassen hatte; doch es war ungewiss, ob das so bleiben würde.

Bevor die Nationalsozialisten an die Macht gekommen waren, hatte ich nicht gewusst, wes Geistes Kind Mantiss in Wirklichkeit war. Bis zum Januar 1933 hatte ich mit ihm leidlich Kontakt gepflegt, und von seinem zweiten Leben, das er als Mitglied einer einflussreichen okkulten Geheimgesellschaft führte, hatte ich erst erfahren, als mir mein Wissen über seine Rolle in der Gesellschaft fast zum Verhängnis geworden war. An dem Tag, als in Berlin der Reichstag gebrannt hatte und Ereignisse ihren Lauf nahmen, in deren Folge ich auf eine Art schwarze Liste geriet, war zwischen ihm und mir offene Feindschaft ausgebrochen, die bald in einen tödlichen Hass aufeinander gemündet hatte.

Der Bankier Arnheim, sein Freund und Gesinnungsgenosse, stand ihm an Bosheit kaum nach. Arnheim war mir seit Herbst 1932 näher bekannt, doch über die Beweggründe, die ihn zu seinen Untaten trieben, hatte ich mir bisher keine Gedanken gemacht. Im Grunde war er nur ein Mitläufer und Opportunist. Ich vermutete, dass es letzten Endes die maßlose Geldgier war, die ihn inspirierte.

Was das Geld anging, war auch der Einfluss der Fabrikantenwitwe Henny von Tryska, deren Bewunderung für den Führer keine Grenzen kannte, nicht zu unterschätzen. Die Tryska-Stahlwerke, die ihrer Familie gehörten, waren eines der bedeutendsten deutschen Unternehmen in der Eisen- und Stahlproduktion, dem zugleich in der Herstellung von Rüstungsgütern eine Schlüsselrolle zukam. Die Inhaberwitwe war zweifellos eine Frau mit Einfluss; jemand, der sogar die Protektion des Führers genoss.

Ihre Stellung innerhalb des herrschenden Machtgefüges war auch der Grund dafür gewesen, weshalb ich sie nicht zurückgewiesen hatte, als sie mich darum gebeten hatte, mich mit dem jungen Erpresser zu treffen. Ich war zu gefährdet, um es mir mit allen Leuten, die über Einfluss verfügten, verderben zu können. In einer Zeit, die immer neue Bedrohungen brachte, war ich dringend darauf angewiesen, mich im Lager des Feindes um Fürsprecher zu bemühen. Anderswo fand man in diesem Land keine Hilfe mehr. Wenn man sich auf die Polizei und die Gerichte verließ, stand man in Deutschland mittlerweile auf verlorenem Posten.

Dass Frau von Tryska es für nötig befunden hatte, sich meiner Hilfe zu versichern, um sich gegenüber Mantiss und Arnheim zu behaupten, zeigte mir, dass sie sich ihrer herausragenden Stellung nicht mehr sicher war. Die Karten wurden wieder neu gemischt, und jeder musste zusehen, dass er genügend Trümpfe in die Hände bekam, wenn er nicht auf die Seite der Verlierer geraten wollte.

Langsam ging ich die Wilhelmstraße hinunter, vorbei an den alten Prachtbauten des deutschen Kaiserreichs und den Stätten der neuen Macht. Vor den Ministerien, an denen ich vorüberkam, standen hoch gewachsene Wachposten in schneidigen Uniformen, keiner der Posten beachtete mich. Im Zentrum der Macht war man stets am besten vor ihren Vollstreckern und Helfern geschützt. Irgendwo hier in der Nähe wälzte sich auch der Führer in seinem Bett. Konnte der erste Mann des Landes wohl ruhig schlafen? Mit ihrer Einschätzung in Bezug auf meine Gefühle meinem Schwager gegenüber hatte Henny von Tryska natürlich recht gehabt, aber ich fragte mich auch, was mit ihren eigenen geschehen war. War die Loge der Brüder und Schwestern vom Licht, der Arnheim, Mantiss und sie selbst angehörten, keine verschworene Gemeinschaft mehr? Wie konnte es geschehen, dass ausgerechnet die Fabrikantenwitwe ihre beiden Bundesgenossen plötzlich als ihre Feinde ansah? Die Erklärung, die sie mir gegeben hatte, schien zumindest nicht vollständig zu sein.

Aus dem eleganten Kaiserhof am Wilhelmplatz, eine der feinen Adressen Berlins, dem Treffpunkt einflussreicher Leute aus Wirtschaft und Militär, wo auch viele Gäste der Regierung abstiegen, drang Licht aus der Halle auf den Vorplatz. Das Hotel war ein Klotz mit über 300 Suiten, zahlreichen Konferenzräumen und einem Restaurant im Wiener Stil, dem ›Café Bauer‹, von dem es hieß, dass der Führer dort Stammgast war, um in der Gesellschaft von Anhängern und Bewunderern Hof zu halten. Vor dem Gebäude parkten schwarze Limousinen. Daneben standen ein paar Chauffeure, rauchten Zigaretten und warfen mir gelangweilte Blicke zu.

Gab es eine realistische Möglichkeit, Mantiss aus dem Verkehr zu ziehen? Hatte sich Frau von Tryska nicht zu viel vorgenommen? Es bedurfte erheblicher Raffinesse, um einen solchen Mann zu überlisten. In einer Zeit, in der die SA nicht mehr unumstritten war, könnten sich für jemanden wie Henny von Tryska immerhin ein paar neue Möglichkeiten eröffnen. Mantiss war nicht am Ziel seines Ehrgeizes angelangt, und das mochte ihn geneigt machen, Fehler zu begehen.

Warum hatte Mantiss den Jungen getötet? Die Sache erschien mir rätselhaft. ›Aha, habe ich es mir doch gedacht!‹ Was hatte Mantiss mit dieser Äußerung gemeint? Woher hatte er Zerner gekannt? Hatte der Junge eine Gefahr für ihn dargestellt und musste er deshalb sterben?

Ich fragte mich, ob Zerners Dokument wirklich eine Spur zu Horst Wessel und den Ereignissen um seinen Tod legen konnte? Es war nicht einmal vorstellbar, wie das Schicksal von Wessel, des frühen Blutzeugen der Bewegung, mit dem des jungen Zerner verknüpft sein könnte, wenn ich von der übereinstimmenden Tatsache absah, dass das Ende des einen kaum weniger schrecklich als das des anderen gewesen war.

Eines war sicher: Wessel war bei seinem Tod vor mehr als vier Jahren nicht derjenige gewesen, als der er heute galt.

Ein unbequemer Sturmführer, der unter den Kommunisten im Scheunenviertel ein Störfaktor war, ein junger Agitator, und wohl nicht einmal unsympathisch, – doch erst sein Tod hatte ihn zu einem nationalsozialistischen Idol gemacht, nach dem man im Reich inzwischen nicht nur Straßen und Plätze, sondern ganze Stadtviertel benannte. Der Mythos um den blonden Helden und neuen deutschen Siegfried, zu dem er von Reichsminister Goebbels hochgejubelt worden war, hatte im Jahre 1930 noch nicht existiert, sodass es unwahrscheinlich war, dass Mantiss oder Arnheim ihn überhaupt gekannt hatten.

Über mir glitt ein Nachtvogel in lautlosem Flug dahin. Vermutlich war es eine Schleiereule, die in einem der Dachgestühle der hohen Gebäude nistete, an denen gerade gebaut wurde, ein Nachtjäger mit scharfen Sinnen, der erst bei vollständiger Dunkelheit zum Beuteflug durch die Stadt aufbrach; ein geheimnisvoller Totenvogel, dem nachgesagt wurde, dass er auch ein heimlicher Beobachter des Bösen war, das die Menschen einander antaten. Er besaß die beneidenswerte Freiheit, vieles von dem, was sich in diesem Sommer in dieser Stadt ereignete, in gelassener Unangreifbarkeit von oben mit ansehen zu können. Als Mensch war man in eine Welt von Gut und Böse gestellt und zahlte einen hohen Preis dafür, dass man ein Wesen war, das auch die inneren Strukturen der Dinge erkannte.

Auch der Preis, den ich dafür würde zahlen müssen, dass ich mit der Stahlunternehmerin paktierte, war möglicherweise sehr hoch, und wenn ich nicht aufpasste, bezahlte ich ihn gar mit dem Leben. Aber ich hatte keine andere Wahl. Mantiss hatte das Tor zur Hölle geöffnet, und wenn ich mich gegen ihn zur Wehr setzen und ihn mit seinen Waffen schlagen wollte, blieb mir nichts übrig, als ihm ins Dunkel zu folgen. Ich hatte längst begonnen, mein Leben wie auf Abruf zu führen, und nach dem, was am zurückliegenden Abend geschehen war, konnte ich die Vorstellung, mein Schicksal noch länger in der Hand dieses Teufels zu wissen, nicht länger ertragen.

Der Nachtvogel hatte sich die richtige Gegend ausgesucht, dachte ich im Weitergehen. In den Straßen von Mitte konnte er das Böse finden, die Wohnungen zahlreicher Vertreter des Dunklen lagen quasi nur um die Ecke. Auch um Mantiss zu entdecken, der in der Hannoverschen Straße wohnte, hätte der Nachtjäger nicht allzu weit fliegen müssen.

Meine Gedanken schweiften weiter und ich dachte an Philipp Arnheim und an seine Vorliebe für junge Frauen. Stand nicht zu befürchten, dass Arnheim Zerners Mädchen etwas antat, oder sie zumindest unter Druck setzte, falls sie den Forderungen, die er an sie stellte, Widerstand entgegensetzte? Ich würde gleich morgen mit dem Mädchen sprechen müssen.

Ich kreuzte die Leipziger und die Prinz-Albrecht-Straße, und als ich mich am Belle-Alliance-Platz nach Westen wandte, erblickte ich das schwarz und tückisch glitzernde Wasser des Landwehrkanals, auf dem sich das Lichtermeer der Stadt in einen glitzernden Schlund von sphinxartigen Kräften verwandelt hatte; wie Signale des Untergangs stiegen sie aus dem trüben Wasser auf. Im Wasser des Landwehrkanals waren manche Schreie Verzweifelter erstickt worden, und ich musste einmal mehr an das böse Erlebnis denken, das mir unweit von hier vor bald zwei Jahren widerfahren war.

Zwei Schläger hatten mich überfallen, um mir zu drohen und mich auf einen Kurs zu bringen, den damals schon heimlich und ohne mein Wissen kein anderer als mein furchtbarer Schwager bestimmte, in dessen Auftrag die Männer mich abgepasst hatten. Mit diesem Überfall hatte alles begonnen, und die Parallele zwischen dem heutigen Abend und dem damaligen Geschehen drängte sich mir in beängstigender Weise auf. Damals war es um Arnheims Gattin gegangen, die man mit meiner Hilfe für ihren Verrat bestrafen wollte, und beim Blick auf das tückisch glitzernde Wasser des Kanals beschlich mich die Ahnung, fast schon die Gewissheit, dass es auch heute verborgene Zusammenhänge gab, die nur dann unter der Oberfläche sichtbar werden würden, wenn ich bereit war, unter Mühen und Gefahren danach zu suchen, und eingedenk meiner früheren Erlebnisse war das keine erfreuliche Aussicht.

Eines war heute anders als vor zwei Jahren, dachte ich, während ich über die Kanalbrücke schritt. Überfälle der Art, wie ich sie damals erlebt hatte, passierten einem nicht mehr. Da auf den Straßen Sicherheit und Ordnung herrschte, brauchte man vor Kriminellen keine Angst zu haben; dafür hatte man jetzt Angst vor der Polizei, und vor dem Staat und seinen Organen. Wenn es mir heute an den Kragen gehen sollte, würde ich abgeholt, und das sicher mitten in der Nacht. Deutschland hatte den Bock zum Gärtner gemacht, und wenn jemand Opfer fremder Machenschaften wurde, bekam er schnell das Gefühl, vom Regen in die Traufe geraten zu sein.

Die Straßen meines eigenen Viertels lagen südlich des Kanals unter der warmen Glocke der Sommernacht. Der Himmel war wolkenfrei, funkelte und glitzerte wie ein fernes Feuerwerk. Man konnte unzählige Sterne sehen.

Im Schutz eines Baumes blieb ich an der Straßenecke stehen, um mich zu vergewissern, dass der friedliche Eindruck, den die Straße zu dieser Nachtstunde machte, nicht doch eine Täuschung war. Weiter hinten waren ein paar Autos am Straßenrand geparkt. Es waren keine anderen Leute zu sehen, und in dem Haus schräg gegenüber, in dem ich wohnte, brannte hinter keinem der Fenster Licht, das Haus lag so dunkel wie die meisten Häuser um diese Zeit, man schien überall zu schlafen.

Seit meiner Scheidung vor mehreren Jahren lebte ich allein. Das Glück bei den Frauen war mir nicht versagt geblieben, aber die vertraute Nähe zu einer lieben Frau hatte ich nie gefunden. Ich wusste, woher der Mangel in meinem Wesen rührte, der dafür verantwortlich war, hatte aber wenig Hoffnung, ihn zu überwinden. Mit meinen mehr als 40 Jahren schmerzte mich nicht nur das Fehlen einer Gefährtin, sondern auch die Erkenntnis, dass ich wohl niemals eigene Kinder haben würde. Immerhin konnte ich mir sagen, dass es in einer Zeit wie dieser auch ein Vorteil sein mochte, wenn man keine Familie besaß, was insbesondere für jemanden in einer unsicheren und gefährdeten Situation wie mich galt.

Ich schloss die Haustür auf und stieg die Treppen zu meiner Wohnung hinauf.

Oben vor der Tür verharrte ich für einen Moment. Was, wenn das grässliche Erlebnis des zurückliegenden Abends nicht alles gewesen war, was meine Feinde mir zugedacht hatten, und man mich da drinnen erwartete? Mochte Mantiss nicht bereut haben, dass sein Feme-Urteil nicht auch gegen mich ergangen war?

Eine Weile starrte ich auf das Schloss, das aber keine erkennbaren Beschädigungen zeigte. Dann lauschte ich angestrengt durch die Tür, doch es blieb alles still. Schließlich schloss ich auf, mit klopfendem Herzen. Die Wohnung war leer. Ich schob von innen den Riegel vor, zog mich aus und legte mich auf das Bett. Kaum hatte ich die Augen geschlossen, versank ich wider Erwarten in einen festen traumlosen Schlaf.

4

Mein Anwaltsbüro lag nur ein paar Straßenecken von meiner Wohnung entfernt. Für halb neun Uhr am Morgen war ein Gespräch mit einem Mandanten angesetzt. Nachdem ich die Besprechung zügig hinter mich gebracht hatte, rief ich Ernst Rebling an, einen ehemaligen Redakteur der Vossischen Zeitung, von dem ich mir weitere Informationen über den Mordfall Horst Wessel erhoffte.

Die Vossische Zeitung hatte sich dem Druck der neuen Machthaber gebeugt und ihr Erscheinen vor ein paar Wochen eingestellt, aber das Archiv der Zeitung war natürlich vorhanden, und Rebling, der noch im Verlag tätig war, erklärte sich bereit, mir Zugang zu verschaffen.

Mit der Untergrundbahn fuhr ich nach Onkel Toms Hütte, wo in der Nähe des kleinen Parks mein Wagen stand.

Weißes Licht lag auf der neuen Siedlung am Rande des Grunewalds. Die schlanken Bäume, die entlang der Straße standen, bewegten ihre Wipfel im warmen Wind. Es war wie im Süden, wie in einer hellen Stadt am Meer. Der Park, in dem sie uns gestern Abend entführt hatten, lag hinter den Bäumen, doch angesichts des sommerlichen Charmes, den der Ort an diesem Morgen versprühte, kam mir die Erinnerung an das nächtliche Erlebnis fern und unwirklich vor.

Was für ein Glück, dass ich schon seit Jahren einen Autoführerschein besitze, dachte ich, als ich die Fahrertür öffnete und in den Wagen stieg. Wenn ich die Fahrerlaubnis erst in diesem Jahr beantragt hätte, wäre sie mir womöglich wegen politischer Unzuverlässigkeit verweigert worden.

Der Wagen war ein zweitüriger Ford, ein Roadster, der nicht in Amerika, sondern in Deutschland gebaut worden war, und in dem ich mit aufgeklapptem Verdeck durch die sommerliche Stadt streifen konnte. Bei den herrschenden Temperaturen war das eine schöne Sache, und wenn ein Auto auch nicht billig war, kam man damit immerhin schnell an sein Ziel. Doch ich hatte mir den Wagen nicht wegen dieser Annehmlichkeiten gekauft. In Berlin kam man auch mit der Elektrischen, den Omnibussen und der Untergrundbahn überall hin. Anders verhielt es sich, wenn man einmal gezwungen war, die Stadt schnell zu verlassen. Da stieß man zuweilen an unerwartete Grenzen.

Meine schlechten Erfahrungen mit der Reichsbahn hatte ich nicht vergessen. In der Nacht des Reichstagsbrandes vereitelte ein überkorrekter Bahnbeamter am Anhalter Bahnhof meine Flucht mit dem Nachtzug nach Paris, indem er mich daran hinderte, im letzten Moment auf den abfahrenden Zug aufzuspringen. Den Rest besorgten dann SA und Polizei. Meinen Pass hatte ich bis heute nicht zurückbekommen.

Über die breiten, sonnigen Straßen erreichte ich Tempelhof. Ich parkte vor dem Verlagsgebäude, wo Rebling, ein Mann von Ende dreißig mit schütter werdendem blondem Haar, mich bereits erwartete.

»Hast du gelesen, was sie mit den armen Schweinen gemacht haben, die letzte Woche wegen der Wessel-Sache vor Gericht standen?«, fragte er mich, nachdem wir uns begrüßt hatten.

Ich hatte die Sache während der vergangenen Wochen in der Morgenpost verfolgt. »Ja, zwei Todesurteile, es ist unfassbar.«

Rebling schüttelte den Kopf. »Nicht nur, dass keiner der Angeklagten einen tödlichen Schuss auf Wessel abgegeben hat – nein, keiner von ihnen war auch nur mit in der Wohnung, als der Haupttäter Höhler auf Wessel schoss.«

»Wie kam denn die Sache nach so vielen Jahren noch in Gang? Darüber habe ich nichts gelesen.«

»Die Schuld trägt Stoll, der dritte Angeklagte, der mit siebeneinhalb Jahren Zuchthaus relativ glimpflich davongekommen ist. Eines Tages im letzten Jahr kam er betrunken nach Hause und verprügelte seine Frau. Die flüchtete auf die Straße, der Mann hinterher. Stoll packte seine Frau und schüttelte sie vor Wut, worauf diese schrie: ›Du willst es wohl mit mir so machen wie damals mit Horst Wessel!‹ Das genügte, um hellhörige Nachbarn aufmerksam zu machen, und es dauerte nicht lange, da kam wegen dieses Ausrufs die Polizei. Bei seiner Vernehmung durch die Gestapo brachte er zwei weitere Namen ins Spiel, Hans Ziegler und Sally Epstein, und das Drama nahm seinen Lauf. Epstein ist obendrein noch Jude.«

»Die Zeitungen schrieben, die Angeklagten hätten bei den Ermittlungen eingeräumt, bei der Mordtat Schmiere gestanden zu haben.«

»Wenn das stimmt, waren sie wohl eher zufällig dabei. Die drei sind bei dem Trupp mitmarschiert, der von einer Kneipe aufbrach, um Wessel eine Abreibung zu erteilen. Sie haben dann unten auf der Straße gestanden, als oben in Wessels Zimmer das Verhängnis seinen Lauf nahm.

Wenn sie überhaupt dabei gewesen sind! Epstein hat im Prozess ausgesagt, die vernehmenden Kriminalbeamten hätten seine Aussage nicht zutreffend protokolliert und gewalttätig auf ihn eingewirkt. Mit anderen Worten: Sie hätten die von ihnen protokollierte Aussage aus dem wehrlosen Angeklagten herausgeprügelt.«

»Man hat es ihm natürlich nicht geglaubt, wen wundert es?«

»Ein SA-Sturmführer, der vom Gericht als Zeuge vernommen wurde, erklärte, dass Epstein oftmals bei Zusammenkünften der Hitlerjugend erschienen sei, um Unruhe zu stiften. Das war eigentlich alles, aber es hat für ein Todesurteil ausgereicht.«

Inzwischen waren wir ins Erdgeschoss des Verlagsgebäudes gegangen, wo routinierte Geschäftigkeit herrschte. Das Unternehmen gab weitere Blätter heraus, darunter die Morgenpost, und es beherbergte auch einen großen Buchverlag. Doch die Regierung machte dem Betrieb große Schwierigkeiten. Wie ich gehört hatte, sollten die jüdischen Eigentümer des Verlags enteignet werden; zahlreiche Mitarbeiter von Verlag und Redaktion waren angeblich bereits entlassen worden.

Rebling wechselte ein paar Worte mit einer Sekretärin, von der er sich einen Schlüssel geben ließ, dann stiegen wir die Treppen ins Archiv hinunter.

»Bist du bei dem ersten Wessel-Prozess auch im Gericht gewesen?«, fragte ich Rebling.

»Vom Anfang bis zum Ende.«

»Was hattest du für einen Eindruck? Ist damals alles mit rechten Dingen zugegangen?«

»Im Vergleich zu der Art und Weise, wie heutzutage Strafprozesse ablaufen, war das Verfahren beinahe vorbildlich«, antwortete Rebling. »Die Strafen waren für die damaligen Verhältnisse recht hoch.«

»Hieß es nicht, Wessel sei Zuhälter gewesen und bei dem Ganzen habe es sich um eine Auseinandersetzung im Milieu gehandelt?«

»So haben es die kommunistischen Zeitungen damals geschrieben. Die Nationalsozialisten dagegen haben behauptet, Wessel sei als aktiver SA-Mann in einem Berliner Arbeiterviertel kaltblütig von den Kommunisten ermordet worden.«

»Und was war wirklich der Grund, weshalb auf Wessel geschossen wurde?«

Rebling zuckte mit den Achseln. »Der Todesschütze Höhler war Zuhälter und Kommunist, und Wessel war Zuhälter und Nazi. Höhler kann durchaus mehr als nur ein Motiv gehabt haben, um den tödlichen Schuss abzugeben.«

Als wir im Keller waren, zeigte Rebling mir die Zettelkästen mit den Stichwortverzeichnissen, und half mir die wichtigsten Prozessberichte des Verfahrens im Bestand herauszusuchen. Danach ließ er mich mit den Zeitungsbänden allein, sodass ich ungestört den Stapel mit den Zeitungsnummern durcharbeiten und mir die notwendigen Notizen machen konnte.

Die Zeitung hatte über den Mordfall berichtet, mit Schlagzeilen, mit Bildern, mit Artikeln, ja, sogar mit Leitartikeln, und wie ich es bei der Vossischen nicht anders erwartet hatte, vermittelten die Prozessberichte in ihrer Gesamtheit ein recht aufschlussreiches Bild, sowohl was den Tathergang als auch was den Ablauf des Prozesses vor dem Berliner Landgericht betraf.

Mit einem simplen Streit um die Miete hatte das Unheil

seinen Anfang genommen. Wessel hatte sich geweigert, die von seiner Vermieterin Elisabeth Salm geforderte Mieterhöhung für seine Freundin Erna Jaenichen zu akzeptieren, die bei ihm eingezogen war. In einer Kneipe, in der kommunistische Gesinnungsgenossen von Salms verstorbenem Mann verkehrten, eines ehemaligen Rotfrontkämpfers, sah die Vermieterin sich nach tatkräftiger Hilfe um. Die Männer in der Kneipe interessierten sich zunächst nicht für die Probleme der Vermieterin, doch als der Name des als Nazi-Sturmführer bekannten Horst Wessel fiel, machte sich eine größere Gruppe der im Lokal anwesenden Mitglieder der kommunistischen Sturmabteilung gegen halb zehn Uhr abends auf den Weg zur Großen Frankfurter Straße 62, um dem SA-Mann eine ›proletarische Abreibung‹ zu erteilen.

Der Gruppe, zu der die Brüder Max, Willi und Walter Jambrowski, der Arbeiter Josef Kandulski und die Arbeiterin Else Cohn gehörten, schlossen sich unterwegs aus einer benachbarten Gaststätte die späteren Haupttäter Albrecht Höhler und Erwin Rückert an, die man zur Unterstützung hinzugeholt hatte. Zwanzig Minuten später war man am Ziel. Nachdem Frau Salm sich vergewissert hatte, dass Wessel zu Hause war, holte sie Else Cohn, Ali Höhler, Erwin Rückert und Walter Jambrowski in den Wohnungsflur. Höhler und Rückert entsicherten ihre Waffen und klopften an Wessels Zimmertür. Als Horst Wessel, der seinen Sturmführer-Kumpel Richard Fiedler erwartete, die Tür öffnete, sah er sich den Männern gegenüber, von denen einer eine Pistole auf ihn richtete.

Höhler schrie »Hände hoch!« und hielt Wessel die Waffe vors Gesicht. Nur einen Augenblick später fiel ein Schuss, der Wessel ins Gesicht traf. Dieser ging sofort zu Boden und schlug mit dem Hinterkopf an die Ofentür. Die Angreifer drangen in die Wohnung ein, durchsuchten das Zimmer und nahmen einen Gummiknüppel und eine Pistole an sich, die sie dort fanden. Bevor die Attentäter flüchteten, stieß Ali Höhler den verwundeten Wessel an und sagte: »Du weißt ja wofür.« Wessel lag schwer verletzt am Boden. Man rief einen in der Nähe wohnenden Arzt zu Hilfe. Gegen halb elf Uhr wurde Wessel zum Krankenhaus abtransportiert. Sechs Wochen später war er seinen Verletzungen erlegen.

Im Prozess von 1930 hatten die von der roten Hilfe organisierten Verteidiger der Angeklagten darum gekämpft, für die Angeklagten ein ›politisches Urteil‹ zu erwirken. Auseinandersetzungen zwischen Kommunisten und Nationalsozialisten waren damals an der Tagesordnung gewesen, und das bot die Chance, die Handlungen der eigenen Leute als Notwehrmaßnahme erscheinen zu lassen. Höhler hatte erklärt, Wessel habe beim Anblick der gezogenen Waffe versucht, seinerseits eine Pistole hervorzuziehen, sodass er selbst in Notwehr schoss. Wessels Freundin Erna Jaenichen hielt das für ausgeschlossen. Höhler aber beharrte darauf, dass er die Tat keinesfalls mit dem Vorsatz, Wessel niederzuschießen, begangen hätte. Man habe Wessel lediglich verprügeln und ihm seine Waffen abnehmen wollen, von deren Vorhandensein man durch die Vermieterin Salm erfahren habe.

Die Bemühungen der Verteidigung waren erfolgreich gewesen. In der Urteilsbegründung wurde allen Angeklagten attestiert, aus politischer Überzeugung gehandelt zu haben. Dass Höhler den Schuss versehentlich oder in Notwehr abgefeuert hatte, glaubte man ihm nicht. Die

Hauptangeklagten Höhler und Rückert wurden wegen gemeinschaftlich begangenen Totschlags an Horst Wessel zu langen Haftstrafen verurteilt. Sie erhielten mit je sechs Jahren und einem Monat Zuchthaus die härtesten Strafen. Die Strafen der anderen Beteiligten betrugen zwischen eineinhalb und fünf Jahren. Wessels Vermieterin Elisabeth Salm wanderte für eineinhalb Jahre ins Gefängnis. In der Urteilsbegründung hieß es: ›Die Angeklagten sind zu der Wohnung gegangen, um, wie sie selbst zugegeben haben, Wessel eine »proletarische Abreibung« zu geben. Es liegt daher vorsätzliche Tötung vor.‹ Das Gericht kam zu dem Ergebnis, dass alle Angeklagten als Mittäter anzusehen seien. Sie hätten sich am Abend des 14. Januar 1930 aufgrund eines gemeinsamen Verbrechensplan, der eine eventuelle Tötung Wessels eingeschlossen habe, auf den Weg gemacht.

Dies war zusammengefasst das, was ich in den Zeitungen über das Ereignis und seine Folgen in Erfahrung bringen konnte.

Ich war gut genug mit dem Strafrecht vertraut, um zu wissen, dass die Richter bei jedem Angeklagten individuell und in zeitlichem Zusammenhang den Täterwillen hätten feststellen müssen. Aber das war nicht geschehen, wie sich aus den Urteilsgründen eindeutig ergab. Aus der bloßen Tatsache, dass die Haupttäter Schusswaffen mit sich führten, zu folgern, alle Mitläufer hätten die Tötung Wessels in Kauf genommen, war abenteuerlich. Dies umso mehr, als es in Berlin sowohl für die Kommunisten als auch für die Nationalsozialisten ganz und gar Usus war, sich zu bewaffnen, bevor man sich zu einer Auseinandersetzung mit politischen Gegnern begab.

Höhler war in das Zimmer gegangen und hatte sofort

geschossen, kaum dass sich der Türspalt geöffnet hatte – was mochte ihn zu einem so unüberlegt erscheinenden Schuss bewogen haben? Der Mann mochte ein Verbrecher sein; aber er war zum Zeitpunkt der Tat kein jugendlicher Heißsporn mehr gewesen. Ein Verbrecher beging keine Tat, wenn diese ihm keinen Vorteil brachte. Doch ein Vorteil für Höhler war nicht erkennbar. Es musste ihm klar gewesen sein, welche Konsequenzen es für ihn hätte, wenn er Wessel mal eben das Gesicht zerschoss. Mir schien, dass er für seine Tat kein richtiges Motiv gehabt hatte, und das Gericht hatte sich erkennbar um die Aufklärung der Hintergründe des Geschehens gedrückt.

Das Urteil von damals ließ den heutigen zweiten Wessel-Prozess in einem besonders bösen Licht erscheinen. Die Haupttäter von 1930 waren zu mehrjährigen Zuchthausstrafen verurteilt worden. Allein Epstein und Ziegler sollten den bloßen Umstand, dass sie den Haupttätern bis in die Nähe von Wessels Wohnung gefolgt waren, nun mit ihrem Tode büßen, obwohl deren Tatbeteiligung noch geringer als die aller 1930 zu Gefängnisstrafen verurteilten Mittäter oder Mitläufer gewesen war. Hätte man die drei heutigen Angeklagten, die beim Prozess nicht einmal als Zeugen vernommen worden waren, damals vor Gericht gestellt, hätten sie ihre milden Strafen längst verbüßt.

Gegen zwei Uhr kam Rebling zurück. Wir räumten die Zeitungsbände ins Regal zurück und verließen zusammen das Archiv und das Gebäude.

»Ging es damals tatsächlich um eine proletarische Abreibung oder war es ein gezielter Tötungsakt durch Höhler?«

»Das war ein nie ganz geklärter Punkt«, sagte Ernst

Rebling. »Es blieb nebelhaft, weshalb er geschossen hat. Dem Gericht schien es egal zu sein. Sie haben nicht lange nach einem Motiv gesucht.« Er seufzte. »Dennoch, mit dem alten Urteil der damaligen Justiz konnte man leben. Aber was dieser Tage vor dem Schwurgericht passiert, ist erschütternd und ungeheuerlich. Leider kann ich im Tageblatt, wo ich als freier Mitarbeiter untergekommen bin, nicht darüber berichten. Selbst wenn man mich ließe, würde ich es nicht tun. Ich bin nicht scharf darauf, in einem SA-Keller totgeschlagen zu werden.«

»Was hat eigentlich der Höhler zu all dem gesagt? Ich meine jetzt, in dem zweiten Prozess gegen diese armen Schlucker?«

»Nichts, er wurde gar nicht vernommen.«

»Wie bitte? Derjenige, der es am besten wissen müsste, wurde nicht vernommen?«

»Er ist angeblich nicht auffindbar.«

»Sitzt er nicht mehr in Haft? Sechs Jahre sind doch noch nicht um.«

»Trotzdem ist er verschwunden – seit September letzten Jahres.« Rebling wurde leiser, obwohl wir beide ganz alleine waren. »Man spricht davon, dass er tot ist.«

Ich wurde hellhörig. »Wie ist er denn zu Tode gekommen?«

Rebling zuckte vielsagend die Achseln. »Man munkelt, die SA hatte ihre Hände im Spiel. Denen hat es nicht gereicht, dass Höhler mit sechs Jahren davongekommen ist.«

»Ein nachträgliches Todesurteil ohne Mitwirkung des Gerichts? Hat man ihn im Gefängnis umgebracht?«

Rebling zuckte die Achseln. »Wahrscheinlich hat man

ihn da rausgeholt und ihn in einen dieser berüchtigten Keller gebracht, von denen es angeblich eine ganze Reihe in dieser Stadt geben soll.«

»So etwas kann doch nicht ohne Wissen der Behörden geschehen?«

»Was du nicht sagst«, meinte Rebling vielsagend und richtete den Blick in den sonnigen Himmel hinauf.

5

Der östliche Teil des Schöneberger Südgeländes war ein ausgedehnten Gleisanlagenfeld der Reichsbahn, ein labyrinthartiges Durcheinander von Schienen, Signalmasten und Telegrafendrähten, zu dem auch ein Rangierbahnhof gehörte. Dampf speiende Lokomotiven schoben dort leere oder beladene Waggons vor sich her. Westlich der Gleise erstreckte sich Laubenpieperland. Es nahm den größeren Teil des Südgeländes ein.

Das Kleingartengelände war mir nicht unbekannt. Schon am Ende des vergangenen Jahrhunderts waren hier die ersten Gartenkolonien entstanden, und im Jahre 1902 waren auch meine Eltern Pächter eines Gartengrundstücks in einem dieser damals neu gegründeten Kolonievereine geworden; einige Jahre, bevor ein schrecklichen S-Bahn-Unglück meine Schwester Doris und mich zu Waisen gemacht hatte.

Es war ein azurblauer Tag, der nach Erde, Blumen und Sonne duftete. Während ich durch die kreuz und quer verlaufenden Wege der Anlage streifte, stiegen alte Gefühle und Erinnerungen in mir auf und drangen verschwommen ein paar lange vergessene Bilder auf mich ein. Die Erinnerungen waren fremd und doch vertraut, sodass sie in ihrer Unbestimmtheit sogar etwas Unheimliches besaßen. Doch ich schob die Gedanken, Bilder und Gefühle beiseite. Meine aktuellen Nöte wogen schwer genug. Im Augenblick hatte ich andere Probleme.

Das Gartengrundstück, nach dem ich im Gewirr der Wege eine Zeit lang suchte, lag hinter einer immergrünen Hecke und war mit wild wuchernden Büschen bepflanzt. Trotz des üppigen Sommerwuchses machte es einen gepflegten Eindruck. Zwanzig Meter vom Tor entfernt erhob sich ein bunt bemaltes, solide wirkendes Gartenhäuschen, das von einer linkerhand stehenden Linde Schatten empfing. Auf der Rückseite der Gartenpforte war ein rostiger Briefkasten befestigt, auf dem der Name des jungen Garteninhabers und der seines Mädchens mit einem Stift geschrieben standen.

Mir war bisher nicht klar, wie ich vorgehen sollte. Ich wünschte, jemand würde ihr vom Tod ihres Geliebten, der weitab in der märkischen Erde ruhte, erzählen. Inzwischen fragte ich mich, ob ich derjenige sein sollte, der ihr die schreckliche Nachricht überbrachte. Vermutlich hielt sie mich für einen der Mörder ihres Geliebten, wenn ich mit der schlimmen Botschaft zu ihr kam. Jedenfalls durfte ich nichts überstürzen. Zunächst würde ich sie ein wenig aushorchen müssen. Solange sie über das Schicksal ihres Freundes im Ungewissen war, standen meine Chancen günstig, etwas über die Hintergründe von Gerrits Tod von ihr in Erfahrung zu bringen. Es war sicher kein redliches Spiel, das ich mit ihr vorhatte, doch ich sah im Moment keine Alternative dazu.

Die Pforte ließ sich aufschieben. Zwischen den Beeten zog sich ein schmaler Steg inmitten vom Büschen und Sträuchern zu dem Häuschen hin. Daneben stand ein Fahnenmast, an dem ein bunter Wimpel flatterte.

Ich klopfte an die Tür.

Zunächst tat sich nichts, doch dann hörte ich energische Schritte und einen Moment später wurde die Tür ein Stück aufgemacht. Ein Paar heller blauer Augen spähte durch den Spalt, und dann erschien die ganze Gestalt. Vor mir stand ein schönes Mädchen von ungefähr zwanzig Jahren.

»Wollen Sie zu mir?«, fragte sie in hellem Ton.

Sie trug ein mehr als kniekurzes Sommerkleid ohne Ärmel, ein wohlgeratenes Geschöpf mit langen Armen und Beinen, ein überaus reizendes Exemplar der Gattung Mensch.

»Bin ich hier richtig bei Gerrit Zerner?«, setzte ich an.

Ein Schatten flog über ihre regelmäßigen, etwas hohlwangig wirkenden Züge. »Er ist nicht zu Haus«, gab sie zurück. »Ich warte auch auf ihn.«

Sie sah mich so eindringlich an, dass es mir wehtat, ihr nicht die Wahrheit sagen zu können – und gleichzeitig bekam ich Angst davor, es später tun zu müssen.

»Sie sind …?« Ich erinnerte mich an den Namen auf dem Schild. »Fräulein Halder.«

»Ja. Violet Halder.«

»Sie wohnen hier – Herr Zerner und Sie?«

Sie nickte.

»Dauerhaft?«

»Wir haben nur dies«, sie lächelte, »und uns. Gerrit ist mein Liebster. Da wir noch nicht verheiratet sind, kriegen wir keine Wohnung. Deshalb haben wir es uns hier gemütlich gemacht. Ist doch schön hier, oder? Überall Sonne. Das finden sie in den ollen Hinterhöfen nicht. Als Verlobte fehlt es uns hier an rein gar nichts.«

Ich wusste nicht, was ich sagen sollte. Ihre Schönheit hatte mich irgendwie überrumpelt, obwohl es ja nahe lag, dass ein attraktiver Bursche wie Zerner auch eine attraktive Freundin besaß.

»Wann kann ich Ihren Verlobten antreffen?«, fragte ich, um den Schein zu wahren.

»Ich hoffe, bald.« Sie strich sich mit der Hand über die Augen. »Er müsste längst hier sein.«

Da mir nichts anderes einfiel, stellte ich ihr eine Frage, die einer Lüge gleichkam. »Seit wann ist er denn fort?«

Ihr Blick wurde misstrauisch. »Wer sind Sie überhaupt?«

Wenn ich ihr meinen richtigen Namen nannte, war es zu spät, einen Rückzieher zu machen. Aber sie zu belügen würde mir auch nichts nützen. Falls das Mädchen Besuch von Gerrits Mördern erhielt, würden die Herren schon aus ihr herauskitzeln, dass ich hier gewesen war.

»Ich heiße Eugen Goltz«, sagte ich, »und ich bin Rechtsanwalt.«

Sie sah mich durchdringend an. »Sind Sie der Anwalt, mit dem sich Gerrit gestern Abend treffen wollte? Wo ist Gerrit?«

»Das Treffen ist geplatzt«, tischte ich ihr die nächste Lüge auf. »Er kam nicht.«

»Er kam nicht?« Sie starrte mich aus großen Augen an. »Wie kann das sein? Ist etwas passiert? Wissen Sie, wo Gerrit ist? Bitte sagen Sie es mir!«

Die Vögel zwitscherten, die Bienen summten, es war ein herrlicher Sommertag und vor mir stand ein wunderschönes Mädchen. Doch ein dunkler Schleier hatte sich zwischen uns gesenkt.

»Ich kann es Ihnen nicht sagen«, trieb ich das böse Spiel weiter voran.

Ihre blauen Augen musterten mich. Eine blonde Strähne war ihr in die Stirn gerutscht. »Warum sind Sie hier?«

»Ihr Freund wollte mir etwas verkaufen«, erwiderte ich. »Wissen Sie, was es war?«

Sie schüttelte den Kopf. »Nicht wirklich! Sagen Sie mal, woher haben Sie überhaupt unsere Adresse?«

Ich versuchte, ihrem Blick standzuhalten, aber es fiel mir schwer. »Ich habe einen anonymen Hinweis erhalten.«

Sie sah mich unsicher an, gab sich jedoch mit der Antwort zufrieden. Sie war wohl zu jung, um zu wissen, dass jemand in aller Regel log, der von anonymen Hinweisen erzählte.

»Sagen Sie mir, was Sie über Gerrits gestriges Vorhaben wissen«, machte ich aufs Geratewohl weiter. »Es könnte hilfreich sein.«

»Hilfreich für wen? Für Sie?«

»Für uns beide.«

»Ich weiß darüber fast nichts«, erwiderte sie, aber es klang irgendwie unbestimmt, und dann warf sie in einer reizenden Geste den schmalen Kopf zurück und meinte: »Na ja! Kommen Sie mal für einen Moment herein.«

Die Hütte wirkte recht wohnlich, das Mobiliar einfach, aber ansprechend. Vom Wohnbereich mit der Küche führten zwei Türen in weitere Räume. Eine Tür stand offen, dahinter lag ein Vorratsraum, der zu dem Anbau der Laube gehörte. Die andere Tür, die verschlossen war, führte offenbar in eine separate Schlafkammer.

»Ich kam gerade von der Arbeit und habe Kaffeewasser aufgesetzt«, erklärte sie. »Möchten Sie auch eine Tasse?«

»Gern.«

»Nehmen Sie dort am Tisch Platz. Ich bin gleich fertig.«

Ich setzte mich auf einen der Stühle, während sie zu

einer Anrichte unter dem Fenster trat, um den Kaffee aufzubrühen.

»Ich weiß gar nicht, warum ich Sie hereingelassen habe, aber Sie machen einen vertrauenswürdigen Eindruck«, sagte sie, als sie kurz darauf mit zwei Tassen an den Tisch kam. »Ich hoffe, dass mein Gefühl mich nicht getäuscht hat.«

Ihr Sprachgebrauch war gewählter, als ich es erwartet hatte; aber was hatte ich denn eigentlich erwartet? »Vielen Dank«, murmelte ich.

Sie stellte die Tassen auf den Tisch und setzte sich auf den Stuhl mir gegenüber. Das süße, betörende Aroma, das sich am Tisch verbreitete, strömte nicht allein von dem Kaffee, sondern vor allem von ihr aus. Auch der Kaffee war nicht schlecht.

»Wenn Sie nicht sagen können, was Ihr Verlobter mir verkaufen wollte … vielleicht, wie er an das Material gekommen ist?«, fragte ich.

Ihre Hände spielten mit der Kaffeetasse und eine Weile betrachtete sie stumm ihre langen Finger.

»Sie brauchen keine Angst vor mir zu haben«, versuchte ich, ihr kaum gerechtfertigtes Vertrauen in mich zu untermauern.

»Ich habe keine Angst vor Ihnen, und Sie können ruhig erfahren, was ich weiß«, sagte sie keck und richtete die wunderschönen Augen auf mich. »Die haben bei der SS Material gegen die SA gesammelt. Das hatte Gerrit gehört, und da fiel ihm ein, dass er etwas besaß.«

Ich nahm einen Schluck Kaffee. »Was könnte ›etwas‹ gewesen sein?«

Sie zuckte mit den Schultern. »Keine Ahnung!«

Ich erwiderte ihren Blick. »Ich gebe Ihnen fünfzig

Mark«, sagte ich und griff zu meiner Brieftasche. »Das ist viel Geld.« Sicher würde mir Frau von Tryska solche Spesen ersetzen, wenn es ihr half, Einfluss darauf zu nehmen, wer neuer Reichspräsident wurde, dachte ich.

Die junge Frau widerstand jedoch der Versuchung und schüttelte den Kopf. »Nein, was soll das? Sie müssen mit Gerrit sprechen.«

»Hören Sie! Ich bin weder in der SA noch in der SS. Und auch nicht in der Partei.«

Sie sah mich mitleidig an. »Schön für Sie! Und selten – wo es heutzutage so viele komische Parteivereine gibt.«

»Sie haben recht! Aber wie ging es denn weiter, nachdem sich Ihr Verlobter an das Material zurückerinnert hat?«

»Irgendwem hat er einen Brief geschrieben und den Adressaten ein paar Tage später angerufen«, erwiderte sie. »Ich weiß nicht, wie der hieß. Gestern Abend sollte dann ein Treffen stattfinden.« Sie schob sich eine blonde Haarsträhne aus der Stirn. »Das ist alles. Mehr kann ich Ihnen nicht sagen.«

Ich überlegte. »Hat Gerrit mal eine Namensliste erwähnt?«

Sie runzelte die Stirn. »Eine Liste? Nein, ich weiß davon nichts.«

»Kennen Sie jemanden namens Rahn?«

Auffallend schnell schüttelte sie den Kopf. »Nein.«

»Oder haben Sie den Namen mal gehört? Hat Gerrit ihn mal erwähnt?«

»Nein.«

»Wirklich nicht?«

Sie antwortete nicht.

»Was macht Ihnen Angst?«, fragte ich, nachdem es eine Weile still gewesen war.

Sie sah auf, und in diesem Moment bemerkte ich, dass Tränen in ihren Augen schimmerten.

»Ich habe Gerrit gleich gewarnt, zu dem Treffen zu gehen«, schluckte sie. »Ich hatte ein komisches Gefühl. Aber er hat nur gelacht. Er hat mich in den Arm genommen und gesagt: ›Bald …‹«, sie brach ab und rieb sich ein paar Tränen aus den Augen. »Verdammt! Er wollte letzte Nacht noch zu mir zurückkehren – und jetzt ist es Nachmittag, ohne dass ich etwas von ihm gehört habe! Stattdessen sind Sie nun hier!« Sie wischte die Tränen weg. »Ich musste heute Morgen ohne ihn zur Arbeit. Ich hätte ihn so gerne dabei gewusst.«

»Wo arbeiten Sie denn?«

Sie machte eine unwirsche Bewegung mit dem Kopf, als bereute sie ihre letzte Bemerkung. »Ach, tut nichts zur Sache!« Sie fasste sich und griff zu ihrem Kaffee.

»Wie alt sind Sie, wenn ich fragen darf?«

Sie nahm einen Schluck. »Einundzwanzig.«

»Und Gerrit?«

»Zwei Jahre älter.«

»Wie lange kennen Sie Ihren Freund schon?«

»Seit … Es sind jetzt eineinhalb Jahre her, dass wir uns begegnet sind. Wir wollen heiraten.«

»Wo haben Sie sich kennengelernt?«

Sie zögerte. »Bei der Arbeit.«

»Was arbeiten Sie? Darf ich das nicht fragen?«

Sie stieß einen Seufzer aus, als fiele die Antwort ihr schwer. »Eigentlich bin ich ein Barmädchen.«

»Und Gerrit?«

»Er hat in der Bar gekellnert, wo wir uns begegnet sind.«

»Und jetzt arbeiten Sie woanders?«

Sie seufzte erneut. »Nein, nur manchmal, aber diese Woche auch! Wir sind Aktmodelle.«

»Aktmodelle? Auch Gerrit?«

»Ja! Und ein anderes Pärchen, mit dem wir befreundet sind, macht auch noch mit.«

»Wo arbeiten Sie?«

»Bei Roller-Film in der Friedrichstraße. In einem Atelier ganz oben unter dem Dach.«

»Was genau müssen Sie denn da tun?«

»Na ja, Nacktturnen sozusagen. Für Fotos und Filme. Alles sehr schön und ästhetisch.« Sie sah mich an, als hätte sie allen Grund auf ihre beruflichen Leistungen stolz zu sein.

»Im Kino ist davon wohl nichts zu sehen?«

Sie lachte. »Das ist alles ›für privat‹, für Leute, die gut bei Kasse sind. Auch die Parteibonzen schauen sich gerne diese Sachen an, hat Gerrit mir erzählt. Deshalb lassen sie uns auch machen. Deutsche Jungs und deutsche Mädels, blond und schön gewachsen! Das macht die Herren an, auch die von der SS! Na ja, und auch manche Damen.«

Sie lächelte kokett. »Wir haben auch unseren Spaß dabei; die Filmfritzen wollen, dass wir unseren Gefühlen freien Lauf lassen.« Sie zuckte mit den Achseln. »Also tun wir es auch.«

Die Fotos oder Filme waren offenbar pikanter, als ich im ersten Moment angenommen hatte. Ich hatte genug gehört.

»Sehr viel Geld verdienen Sie wohl nicht mit den Fotos und Filmen?«

»Ach, alles zusammen reicht aus, dass man über die Runden kommt.«

»Trotzdem wollte Gerrit etwas hinzuverdienen. Das Geschäft, das er plante, sollte ihm doch einen ziemlichen Batzen Geld einbringen, oder?«

Sie nickte. »Wir könnten es gut gebrauchen.«

Ihr Bericht über ihre Arbeit hatte mich etwas aus der Spur gebracht, und ich musste mich anstrengen, den verloren gegangenen Faden wiederzufinden.

»Gegenüber der Person, die mich beauftragt hat, mich mit Gerrit zu treffen, hat Ihr Verlobter am Telefon etwas von einem Dokument erzählt, das mit Horst Wessel zu tun hat«, erklärte ich ihr und nahm mir vor, nun etwas deutlicher zu werden.

Sie blickte auf. »Na, da wissen Sie ja mehr als ich.«

»Sagt Ihnen der Name Horst Wessel etwas?«

»Den Namen kennt doch jeder!«

»Kannten Sie den Namen auch schon, bevor ›jeder‹ ihn kannte?«

Sie zögerte, blieb jedoch stumm.

»Hat Gerrit früher zu Wessels SA-Sturm gehört?«

Es war ein Schuss ins Schwarze, denn sie nickte, dann senkte sie den Blick. »Ja, er hat mal so was erzählt. Er war früher mal bei denen, obwohl er –«

»Obwohl er was …?«

»Obwohl er eigentlich auch Kommunist ist.«

»Auch?«

Sie hob den Blick. »Ja, natürlich!«, sagte sie, ohne sich zu zieren. »Ich bin Kommunistin … Ich weiß, man darf es heute nicht mehr laut sagen, aber in der Schönhäuser Allee, der Gegend, wo ich aufwachsen bin, waren doch alle Kommunisten.«

»Und wie war es bei Gerrit?«

Sie nickte. »Gerrit war mit 15 oder 16 auch bei ihnen, hat er mir erzählt. Ich kannte ihn damals ja nicht. Als er 18 war, hatte er was mit einem Mädchen, die Freunde bei der SA hatte, und weil er mit seinem Vater Ärger hatte – ein ganz strammer Kommunist – kam er zur SA, aber richtig wohl gefühlt hat er sich da nicht.«

»Hat er mal eine Andeutung wegen Wessels Tod gemacht? Wusste er etwas darüber?«

Sie schüttelte den Kopf. »Nicht mehr, als alle wissen.«

»Was für eine Meinung hatte er von Wessel?«

Sie nahm einen kleinen Schluck aus der Tasse, bevor sie sagte: »Gerrit hat sich nur gewundert, was heutzutage alles wegen Wessel veranstaltet wird. Er meinte, Wessel sei kein übler Kerl gewesen, sondern einer wie sie alle, ein ganz normaler Junge eigentlich.«

Ein wenig Sonnenlicht fiel durch das Fenster, ließ ihren blonden Haarschopf wie eine Aureole aufleuchten und liebkoste die zarte Haut ihrer Schultern und Arme.

»In diesem Dokument, das Gerrit verkaufen wollte, könnte es aber um den Mord an Horst Wessel oder dessen Mörder gegangen sein«, unternahm ich einen direkten Anlauf, in der Hoffnung, sie aus der Reserve zu locken. »Wissen Sie etwas darüber?«

Sie sah mich erschrocken an. »Nein, nein! Wie können Sie das denken! Auch Gerrit hat darüber nichts gewusst!«

Ich rieb mir nachdenklich das Kinn. »Das kann ich nicht recht glauben. Was wusste Gerrit denn sonst überhaupt?«

Sie legte die Stirn in Falten, als wollte sie eine zornige Antwort geben, doch sie tat es nicht, sondern sagte: »Er meinte nur mal, dass manch einer etwas zu verbergen hat.«

»Bei der SA?«

»Und bei der SS, wo er jetzt ist. Sie reden so viel von den guten Ariern und den bösen Juden. Dabei haben manche von denen selbst jüdische Vorfahren.«

Jüdische Vorfahren? Jüdische Vorfahren, die verheimlicht werden mussten, waren im Moment ein recht fruchtbarer Boden für Erpresser, aber irgendwie glaubte ich nicht, dass es bei Mantiss, Arnheim oder von Tryska um so etwas ging. Obwohl – genau wusste man ja nie.

»Hat er auch Namen von Leuten genannt, die etwas zu verbergen haben?«

»Nein.«

Das Gespräch drohte im Sande zu verlaufen.

»Warum hat er sich eigentlich bei der SS beworben?«

»Er kannte ein paar von denen. Da war auch eine Frau, die auf ihn ein Auge geworfen hatte, den Namen weiß ich nicht. Er hat auch nichts mehr mit ihr. Sie haben ihn jedenfalls aufgefordert, sich zu bewerben. Wahrscheinlich, weil er so gut aussieht. Echtes Arierblut, denken die. Aber es bedeutet ihm nichts, weder sein Blut noch die SA oder die SS. Am liebsten möchte er von all dem fort. Er ist nicht so wie die, auch nicht so wie Wessel. Aber sie lassen ihn eben nicht in Ruhe.«

»Sie meinen, es gefällt ihm bei der SS auch nicht besser als bei der SA?«

»Überall stellen sie ihm nach. Es gibt auch bei der SS viele, die vom anderen Ufer sind. Hoffentlich sind wir bald von hier weg!«

»Sie wollen weg? Was haben Sie denn vor?«

Sie machte eine unwirsche Handbewegung, und ich gewann den Eindruck, dass sie ihre vorangegangene Bemerkung bereute.

»Gibt doch noch andere schöne Orte auf dieser Welt!«, gab sie ausweichend zurück.

Ich musste noch etwas deutlicher werden, um sie aus der Reserve zu locken.

»Wenn Ihr Verlobter belastendes Material zum Kauf feilbietet, ist er ein Erpresser!«

Sie blickte mich böse an. »Gerrit ist kein Erpresser. Er hat es nur für uns getan.«

»Was nichts an den Tatsachen ändert! Außerdem ist jede Erpressung sehr gefährlich. Das Ganze wendet sich schnell gegen einen selbst.«

Ihre blauen Augen umschatteten sich.

»Was ist heutzutage denn ungefährlich?«, meinte sie trotzig. »Was er vorhatte, ist nicht gefährlicher als andere Sachen auch!«

Ich erwiderte nichts, sondern griff nach der Tasse, und fast eine Minute lang blieb es zwischen uns still.

»Sie müssen auf sich achtgeben«, nahm ich das Gespräch wieder auf und stellte die Tasse auf den Tisch zurück.

Ihr schönes Gesicht kam mir recht nahe. »Wie meinen Sie das?«

»Wenn Gerrit in Schwierigkeiten steckt, könnte vielleicht jemand herkommen, der …« Ich zögerte.

»Der …?«

»Der nicht so freundlich zu Ihnen ist wie ich.«

Sie senkte die Augen. »Glauben Sie das wirklich?«

»Ich halte es sogar für sehr wahrscheinlich.«

Sie erhob sich plötzlich von ihrem Stuhl und trat zum Fenster.

»Ich kann mich wehren«, sagte sie und blickte hinaus in das nachmittägliche sommerliche Grün.

Ich trank den Kaffee aus und stand ebenfalls auf und trat neben sie vor das Fenster.

»Können Sie nicht für eine Weile woanders hin?«

Sie nahm den Blick vom Fenster und starrte mich entgeistert an.

»Wohin denn? Warum? Nein, ich habe nichts anderes.«

»Haben Sie Eltern? Geschwister?«

»Eine Schwester, ja, und … Aber zu der kann ich nicht gehen. Das ginge nicht.«

Sie hielt sich gerade, die Wirbelsäule eine wunderbar gebogene Linie, den Arm in die rechte Hüfte gestützt. Ich spürte, dass sie nicht nur ein schönes, sondern auch ein nettes Mädchen war, nicht unzugänglich, auch sehr selbstbewusst.

»Nein, nein«, beharrte sie und schüttelte den Kopf. »Ich bleibe hier. Falls jemand kommt, damit komme ich schon klar. Ich habe da meine Möglichkeiten. Machen Sie sich meinetwegen keine Sorgen!«

Hinter ihr auf einer schmalen Kommode fiel mein Blick auf ein großformatiges Bild in einem Rahmen, und ich trat näher, um es zu betrachten.

Es zeigte Violet und Gerrit auf einem Karnevalsball und war ein ausgesprochen gelungenes und reizvolles Bild. Die beiden hatten einen Rollentausch vorgenommen und sich entsprechend kostümiert. Gerrit ging als Frau in einem schulterfreien Abendkleid, Violet trug eine raffinierte Jägeruniform mit Verzierungen und kurzem Rockschößchen, die aber ihre wohlgeformten Arme und Beine frei ließ. Dazu trug sie knöchelhohe Schaftstiefel und ein freches Federhütchen. Die Provokation der aufreizenden Kostümierung wurde noch durch den Umstand unterstrichen, dass Gerrit wie ein schönes Mädchen und Violet wie ein schöner Junge aussah.

»Gerrit und ich«, sagte Violet. »Es ist am Rosenmontag vor einem Jahr fotografiert worden. Sieht Gerrit nicht toll aus?«

»Sie selbst sehen auch ganz wundervoll aus«, konnte ich nicht umhin zu erwidern. »Letztes Jahr, sagen Sie? Also Rosenmontag 1933?«

»Ja. Wir hatten uns kurz davor kennengelernt und waren frisch verliebt.«

»Am 27. Februar«, sagte ich.

»Kann sein. An das Datum erinnere ich mich nicht.«

»Ich schon! Letztes Jahr Rosenmontag hat der Reichstag gebrannt.«

Sie sah mich an. »He, ja, Sie haben recht. Zu vorgerückter Stunde kam jemand rein und meinte, der Reichstag brennt. Ein paar Leute liefen raus, ob sie was sehen können. Aber die meisten Leute haben gelacht.«

Mein Blick fiel auf den Klavierspieler, einen älteren Mann am Bildrand, der in die Tasten griff und der mir bekannt vorkam, als hätte ich sein Bild schon einmal in der Zeitung gesehen.

»Wer ist denn der Mann am Klavier?«

»Das ist Meister Lincke, also Paul Lincke«, antwortete Violet. »Er hat das Lied vom Glühwürmchen gespielt. Irgendwer sagte ›Meister Lincke, einmal das Glühwürmchen noch‹. Dann hat er Gerrit und mich angesehen und genickt, und ein Freund von Gerrit das Foto gemacht. Es ist unser Lieblingslied. Ich glaube, er hat es für uns gespielt.«

Und sie begann es leise zu summen:

»Glühwürmchen, Glühwürmchen
flimmre, flimmre,
Glühwürmchen, Glühwürmchen,
schimmre, schimmre,
Führe uns auf rechten Wegen,
führe uns dem Glück entgegen …«

Ich hatte das Gesicht zur Seite gewandt, um es vor ihr zu verbergen, denn es war mir, als ob ich blass geworden war. Die Erwähnung der Glühwürmchen hatte mich an etwas erinnert und ich wollte nicht, dass sie meine Betroffenheit sah. Sie merkte trotzdem etwas, denn sie unterbrach ihren Gesang und sah mich an, wie ich aus den Augenwinkeln heraus registrierte.

»Was ist denn?«, fragte sie. »Mögen Sie das Lied etwa nicht?«

»Oh doch, Sie haben eine schöne Stimme.«

»Na ja«, seufzte sie. »Über mein Aussehen hat man mir viel erzählt, aber dass ich gut singe, hat noch niemand behauptet, selbst Gerrit nicht.«

»Er hat Sie doch sicher gern singen gehört«, sagte ich leise.

»Das ja, ich singe eben manchmal – meistens, wenn ich etwas zum Essen für uns koche. Ja, er hört es schon gerne, wenn ich singe.« Sie seufzte ein weiteres Mal. »Ach, mein Liebster, wo bleibst du nur?«

Sie stierte vor sich hin und begann wieder zu summen, während ich selbst hilflos dabeistand und schwieg.

Obwohl es mir auf der einen Seite schwer fiel, mich von dem schönen Mädchen zu lösen, spürte ich den starken Wunsch hinauszugehen und Violet und ihr Gärtchen zu verlassen.

»Vielen Dank für den Kaffee«, sagte ich. »Ich werde jetzt gehen.«

Ihr leiser Gesang verstummte und sie sah mich aus großen, traurigen Augen an. »Wenn sie ihn umgebracht haben, werde ich mich auch töten«, sagte sie plötzlich. »Ich möchte ohne ihn nicht mehr sein. Wenn er tot ist, dann folge ich ihm nach.«

Wo kam diese plötzliche Vermutung her? Wusste oder ahnte sie in der Tiefe ihrer Seele bereits, dass ihr Geliebter nicht mehr zu ihr zurückkehren würde?

»Aber nein, was reden Sie da!«, widersprach ich ihr heftig. »Sie sind noch so jung. Das Leben hält noch viel für Sie bereit.«

»Ja, wahrscheinlich – bloß nichts Gutes.«

»Sie müssen zuversichtlich sein, Fräulein Halder. Ein Mädchen wie Sie ... Sie haben alle Möglichkeiten dieser Welt.«

Sie sah mich spöttisch an, als sei es eine Anmaßung, dass ich ihr noch etwas über das Leben erzählen wollte.

Ich griff nach meiner Brieftasche und zog ein Kärtchen heraus.

»Hier, Fräulein Halder, nehmen Sie bitte meine Karte. Dort sind meine Kanzleianschrift, meine Wohnadresse und meine Telefonnummern verzeichnet. Wenn es ein Problem gibt, gleich welcher Art – da können Sie mich erreichen.«

Sie nahm das Kärtchen und betrachtete es eine Weile. »Ja, gut«, sagte sie dann leicht und legte das Kärtchen auf die Kommode neben dem gerahmten Bild, sodass ich fast bereute, ihr die Karte gegeben zu haben.

»Packen Sie das Kärtchen woanders hin«, sagte ich, »damit es nicht jedem gleich ins Auge fällt.«

Sie sah mich gelassen an. »Jaja, mach ich doch sowieso. Wenn Sie gegangen sind, werde ich es gut verstecken.«

»Verraten Sie mir noch die Adresse von Roller-Film?«

Sie lächelte traurig, überlegte einen Moment und nannte mir eine Hausnummer in der Friedrichstraße. »Wollen Sie mich da etwa besuchen kommen?«

»Mag sein. Oder wäre Ihnen das unangenehm?«

Sie lächelte zart. »Nein! Warum denn? Sie können mir gern zuschauen. Dafür mache ich es doch – damit man mir zuschaut.«

Sie begleitete mich in den sonnendurchfluteten Garten hinaus.

»Zögern Sie nicht, sich an mich zu wenden, falls Sie Hilfe brauchen«, sagte ich nochmals, als wir an der Pforte standen.

»Schon klar«, gab sie zurück. »Weiß Bescheid! Also dann, auf Wiedersehen!«

6

Draußen vor dem Lokal am Schlesischen Tor schien die Abendsonne auf die gut besetzten Tische, aber Harry und ich saßen drinnen, wo es schattig war, beim Bier zusammen, denn nur dort war es möglich, einigermaßen ungestört miteinander zu plaudern.

Harry war ein Anwaltskollege, der hauptsächlich als Strafverteidiger arbeitete; eine lose Freundschaft verband mich mit ihm. Er hatte ein braun gebranntes, gutmütiges Gesicht. Sein Haar war an den Schläfen ergraut.

»Hat das alles auch mal ein Ende, Harry, was letztes Jahr in diesem Land begonnen hat, oder ist wirklich das Tausendjährige Reich angebrochen? Was denkst du?«

Harry setzte das Glas ab und wischte sich den Bierschaum vom Mund. »Als es anfing, dachte ich, das geht kein Jahr lang gut«, antwortete er, »heute kommt mir manchmal der schreckliche Gedanke, das könnte für den Rest meines Lebens so weitergehen.«

»Eine bestürzende Aussicht. Vielleicht sollte ich doch besser das Land verlassen.«

»Ich habe sogar einmal gewisse Sympathien für die Nationalsozialisten gehabt«, meinte Harry. »Ihr Kampf gegen Kapitalismus und Bolschewismus, vor allem ihre entschiedene Ablehnung dieses verfluchten Versailler Vertrags konnte ich aus vollem Herzen unterstützen. Tja! Wie groß fing es an und wie dreckig sieht es heute aus. Der Antisemitismus hätte nicht dazukommen dürfen. Es ist ein Unfug anzunehmen, das Judentum wolle in Gestalt von Bolschewismus und Kapitalismus

Deutschland vernichten. Wenn es eine Weltverschwörung gegen Deutschland gibt, ist sie nicht jüdisch. Der Versailler Vertrag ist und bleibt die Wurzel allen Übels.« Er nahm ein Päckchen Overstolz aus der Tasche und zündete sich eine an.

»Blieb uns etwas anderes übrig, als den Vertrag zu unterschreiben?«, erwiderte ich. »Deutschland war schwach. Die Unterschrift zu verweigern, hätte einen Bürgerkrieg und in dessen Folge wohl gar den Bolschewismus über das Land gebracht.«

»Frankreich wollte einen unerfüllten Vertrag, um daraus das Recht zur Vernichtung Deutschlands abzuleiten«, entgegnete er mit bitterem Klang. »Es wäre besser gewesen, man hätte sich dem Druck der Franzosen nicht gebeugt. Die Saat, die der unselige Vertrag gelegt hat, ist aufgegangen. Ich glaube, bald werden wohl auch diejenigen, denen er nützen sollte, bitter bereuen, dass sie ihn geschaffen haben.« Er blickte mich an. »Wie geht es dir überhaupt? Du siehst so abgekämpft aus.«

Harry wusste, dass ich in Schwierigkeiten steckte, und hatte zu jeder Zeit ein offenes Ohr für meine Nöte gehabt. Manches schreckliche Erlebnis hatte ich ihm anvertraut; aber ich zögerte, ihm von meiner neuerlichen Begegnung mit meinem Schwager Rudolf Mantiss zu erzählen.

»Seit Februar 33 war ich mehr als einmal in der Situation, dass ich dachte: Schlimmer geht's nimmer«, erwiderte ich. »Ein ums andere Mal hat sich's als ein Irrtum erwiesen. Der letzte Irrtum passierte mir erst gestern. Ich darf gespannt sein, was noch alles kommt.«

Harry blies den Rauch seiner Zigarette in die Luft und musterte mich nachdenklich. »Du willst nicht darüber sprechen?«

»Besser, du weißt es nicht, vielleicht berichte ich dir später davon.«

Harry nickte. »Wie du meinst«, sagte er und griff zu seinem Bier.

Da ich wusste, dass er als Strafverteidiger über die wichtigsten Strafprozesse, die vor den Berliner Schwurgerichtskammern liefen, gewöhnlich gut unterrichtet war, sprach ich ihn auf den neuen Horst-Wessel-Prozess an.

»Ich konnte es kaum glauben, als ich in der Zeitung las, das Gericht hätte bei den Angeklagten einen Tötungsvorsatz festgestellt«, gab er zurück. »Beim ersten Prozess hat man sie nicht beachtet, weil sie unwichtig waren, vier Jahre später hält man sie für schuldig, vorsätzlich und mit Berechnung den SA-Sturmführer Wessel getötet zu haben. Bloß weil sie in ihrer Naivität mit zum Tatort gelaufen sind.«

»Der Angeklagte Epstein soll sogar erklärt haben, zur Tatzeit nicht einmal in der Großen Frankfurter Straße gewesen zu sein.«

»Man sollte die Richter aus dem Amt jagen«, meinte Harry und hustete einen Schwall Rauch in die Luft. »Jeder gemeine Mord ist besser als einer, den eine schlaue Justiz mit einer absurden Begründung begeht. Ja, viele Richter haben die Republik gehasst, das weiß ich nur zu gut. Ich muss mich bloß an die milden Strafen erinnern, die viele Nationalsozialisten in der Zeit der Republik wegen ihrer angeblich ehrenwerten Motive erhielten, selbst wenn es um Morde ging. Dennoch – ein Urteil wie dieses hat es in Deutschland in den letzten hundert Jahren nicht gegeben. Erst jetzt, im Jahre des Herrn 1934 ereignet es sich, dass mehrere Jahre nach der Tat und nach beendetem Prozess nachträglich gegen angebliche Beteiligte ein Verfahren wegen Mordes durchgeführt wird, nachdem der Haupttäter, der, wie unbestritten feststand, alleine geschossen hatte, nur wegen Totschlags verurteilt worden ist.«

»Unsere Tradition gilt nichts mehr, Harry. Man kann jetzt besichtigen, wohin das führt, was vor Jahren begann. Heute müssen sich unsere Richter dem Willen eines Einzelnen unterordnen. Der Führer setzt das Recht – so heißt es doch heute, nicht wahr?«

»Selbst wenn man die Angeklagten als Mittäter Höhlers behandeln wollte, hätte man sie nicht wegen Mordes, sondern höchstens wegen Totschlags verurteilen können«, entgegnete Harry. »Das alles liegt so klar auf der Hand, dass man am Verstand der Herren Richter zweifeln möchte. Nein, sie wissen durchaus, was sie tun – das Gericht hat den Mord einfach erfunden.«

»Offenbar haben sich unsere Kollegen auch nicht sonderlich hervorgetan. Die Verteidiger wurden in den Zeitungsberichten nicht einmal erwähnt! Dabei hätte sie niemand dafür belangen können, dass sie ihren beruflichen Pflichten nachgehen.«

Harry seufzte. »Bei diesem Gericht standen sie wohl so oder so auf verlorenem Posten, egal, was für Argumente sie vorgebracht haben. Und der Presse kann man sowieso nicht trauen.«

»Wahrscheinlich ist den Richtern nicht leicht gefallen, ihr Urteil zu sprechen.«

»Ja, das steht zu vermuten.« Harry rieb sich die Augen. »Sie haben sich dem Druck gebeugt – einem vermeintlichen Druck, der wegen des Namens Wessel auf ihnen lastete. Doch das kann sie nicht entschuldigen. Man hätte auch die Herren Richter nicht dafür belangen können, wenn sie die beiden Angeklagten zu einer Haftstrafe verurteilt hätten. Wovor hatten die bloß Angst? Jetzt wird ihr Gewissen sie plagen, wenn sie denn eines haben – spätestens dann, wenn sie merken, dass niemand die Angeklagten begnadigen wird.«

»Hätte das Gericht Haftstrafen verhängt, würde man Epstein und Ziegler spätestens nach Verbüßung der Strafen in ein Konzentrationslager ›einweisen‹.«

»Das kann kein Maßstab für die Rechtsfindung sein. Nein, man kann es drehen und wenden, wie man will: Ein Todesurteil wegen Mordes hätte dieses Gericht nicht verhängen dürfen.«

»Haben Epstein und Ziegler eine Chance, dem Fallbeil zu entgehen?«

»Die Verteidigung geht sicher in die Revision, aber du wirst sehen, dass sich das Reichsgericht in der Revisionsinstanz an dem Mord an den Angeklagten beteiligen wird. Wie unten so oben! Das Reichsgericht wird die Revision zurückweisen und die Angeklagten der Gnade des Staatsoberhauptes ausliefern.«

»Das ist Hindenburg.«

Harry hob die Augen. »Fragt sich, wie lange noch! In ein paar Monaten, wenn die Entscheidung ansteht, könnte er einen Amtsnachfolger haben, und ich glaube nicht, dass der ein größerer Menschenfreund sein wird als der alte Herr.«

»Das steht allerdings zu befürchten. Die konservativen Kräfte, die Hitler an die Macht brachten, haben nichts mehr zu melden. Womöglich wird noch Prinz Auwi Reichspräsident.«

Harry lachte, aber das Lachen klang bitter. »Wenn es wirklich so kommt, wird Auwi nicht gegen, sondern mit dem Willen von Hitlers Steigbügelhaltern in das Amt gelangen. Angeblich versuchen sie den alten Herrn dahin zu beeinflussen, dass er die Reichswehr zu einer politischen Intervention gegen Hitler aufreizt und gleich höchstpersönlich einen Prinzen aus dem alten Kaiserhaus zu seinem Nachfolger bestimmt.«

»Dann ziehen die Konservativen und die SA in dieser Frage sogar an einem Strang! Glaubst du wirklich, dass es gelingen kann, Auwi in das Amt zu hieven?«

»Hitler scheint immerhin nervös geworden zu sein, als hätte er Angst, auch die Reichswehr könnte am Ende gegen ihn revoltieren. Ohne die Armee geht in unserem Land nichts. Aber ich glaube, dass er die Reichswehr auf seine Seite ziehen wird. Er macht den Präsidenten dann zusätzlich zu seinem derzeitigen Amt.«

Die Reichswehr! Ich musste an etwas denken. Wer hatte mir gestern von ihr erzählt? Richtig, Frau von Tryska hatte behauptet, dass sich die Reichswehr gegen die angeblich bevorstehende SA-Revolte wappnete und ihr Ministerium durch zusätzliche Wachen schützte. Ob das wirklich stimmte? Man hörte in letzter Zeit recht oft von der Reichswehr. Ihr Selbstbewusstsein war wieder erstarkt.

»Kannst du dir vorstellen, dass unser Führer einen Juden wie Epstein begnadigt?«, fragte Harry.

»Eher fallen Weihnachten und Ostern auf einen Tag.«

»Der Henker wird die armen Kerle bekommen. Das ist längst ausgemacht.«

»In der Revision müsste man an die Tatsachen ran und Höhlers Delikt im Detail aufrollen.«

»Dieser Zug ist doch abgefahren, den kann keiner mehr stoppen.«

Der Wirt brachte neues Bier und Harry drückte die Zigarette im Aschenbecher aus.

»Ging bei dem alten Prozess von 1930 eigentlich alles mit rechten Dingen zu?«, fragte ich ihn.

Harry zuckte mit den Achseln. »Das Urteil hat die alte Justiz gesprochen und um die stand es auch nie zum Besten, wenngleich ich sie mir angesichts der heute herrschenden Verhältnisse von ganzem Herzen zurückwünsche!«

»Ich habe ein paar alte Zeitungsberichte durchgelesen. Es findet sich keine vernünftige Erklärung dafür, weshalb Höhler auf Wessel geschossen hat.«

»Hieß es nicht, dass die Sache aus dem Ruder gelaufen sei?«

»Der Tatablauf mutet eigenartig an. Der Aufbruch in der Kneipe und das Eindringen in die Wohnung von Wessel wirken ja so weit plausibel – aber dann nimmt die Sache einen völlig unerwarteten Verlauf. Höhler geht in Wessels Wohnung und schießt sofort auf ihn – mitten in den Kopf. Das wirkt nicht wie eine Tat, die aus dem Ruder lief, sondern wie eine, die genauso ausgeführt wurde, wie Höhler sie vorher geplant hat.«

»Ist schon komisch!«, gab Harry mir recht. »Hast du selbst eine Vermutung, weshalb Höhler geschossen hat?«

»Nein; aber man hätte Ali Höhler nochmals danach fragen müssen. Doch ausgerechnet jetzt, im zweiten Prozess, konnte er nicht vernommen werden, weil er verschwunden ist. Was für ein glücklicher Zufall!«

»Höhler ist tot«, sagte Harry. »Und das ist bestimmt kein Zufall!«

»Ist das sicher?«

»Die Spatzen pfeifen es von den Dächern und Felix Brucks – der Direktor von Tegel – hat es mir bestätigt. Wir halten gelegentlich ein Schwätzchen, wenn ich einen seiner Gefangenen besuche.«

»Brucks? Und wo hat der die Information her?«

»Von Leuten bei der Polizei oder gar der Gestapo, die es ihm gesteckt haben. Brucks ist ein auch bei seinen Häftlingen beliebter Mann und verfügt über ausgezeichnete Verbindungen.«

»Wie ist Höhler denn zu Tode gekommen? Wusste Brucks davon auch zu berichten?«

»Höhler wurde letztes Jahr im September aus der Haftanstalt in Wöhlau, einer Kreisstadt im Regierungsbezirk Breslau, wegen der Wiederaufnahme seines Verfahrens zur Vernehmung nach Berlin gebracht. Danach fuhr man ihn nach Wöhlau zurück, kam aber nie dort an. Der Gefängnisleitung in Wöhlau wurde mitgeteilt, Höhler sei in Berlin verstorben. Nach den näheren Umständen hat niemand gefragt.«

»Und was weiß man in den eingeweihten Kreisen?«

»Der Gefangenentransport wurde irgendwo gestoppt, der Gefangene aus dem Auto geholt und …« Harry bewegte die Hand in Höhe seines Halses von links nach rechts.

»Ist etwas über die Täter bekannt?«

»Sie genießen offenbar Schutz von höherer Stelle oder handelten sogar mit deren Rückendeckung.«

»Nach einer spontane Racheaktion wild gewordener SA-Männer sieht das jedenfalls nicht aus.«

»Bei allem, was man der SA zutrauen kann, ist es völlig ausgeschlossen, dass ein SA-Trupp aus einer spontanen Laune heraus einen Gefangenentransport überfällt. Nein, da war ein Exekutionskommando am Werk. Das war auch die Meinung von Felix Brucks, und der kennt sich aus wie kein Zweiter! Es handelte sich um eine gezielte Operation.«

Das Wort ›Exekutionskommando‹ hatte meine Aufmerksamkeit sofort zugespitzt. »Was meinst du mit Exekutionskommando? Was muss man sich darunter denn vorstellen? Eine Spezialeinheit?«

»Etwas anderes als ein reguläres SA-Kommando.« Harry legte die Stirn in Falten. »Wilde Aktionen werden von zahlreichen SA-Leuten verübt, und auch bei denen hat es schon Tote gegeben, aber es gibt Morde, die von planmäßig und gezielt vorgehenden Gruppen begangen werden. Es sind Leute wie Graf Helldorf oder der frühere Gestapo-Chef Diels, die unmittelbar dafür verantwortlich zeichnen, das ist jedenfalls die Ansicht von Brucks. Diese Leute sind sehr verschwiegen, die plaudern nichts aus; würde man einfache SA-Leute verwenden, wäre die Gefahr viel zu groß, dass die Dinge bekannt werden.«

»Höhler musste also sterben, damit er im zweiten Wessel-Prozess nicht beteuern konnte, man habe beim Aufbruch in der Kneipe lediglich verabredet, Wessel eine Abreibung zu verpassen?«

»Das mag auch eine Rolle gespielt haben. Vor allem wollte die SA Rache. Das Urteil von damals erschien denen zu mild. Und da ein neuer Prozess gegen Höhler schwer möglich war, hat man eben diesen Weg gewählt. Brucks meinte, die Sache Höhler sei nicht der einzige Fall, in dem missliebige Häftlinge für immer stumm gemacht wurden. Es sollen wenigstens zwei Kommandos existieren, die sich auf solche Mordaktionen spezialisiert haben.«

Bei all dem, was Harry erzählte, musste ich natürlich an Mantiss, an Arnheim und an ihre Schergen denken, und so fasste ich nun doch den Entschluss, Harry ein Stück weit ins Vertrauen zu ziehen, ohne ihm jedoch im Detail von meinen Erlebnissen am vergangenen Abend zu berichten.

»Einem dieser Todeskommandos steht mein Schwager Rudolf Mantiss vor«, sagte ich.

Harry sah mich verdutzt an. »Dein Schwager? Der Mann deiner Schwester Doris? Im Ernst? Ist er nicht Schriftsteller?«

»Ich weiß nicht, ob er noch zum Schreiben kommt. Aber bevor er Schriftsteller wurde und okkulte Romane schrieb, war er ein hoher Reichswehroffizier. Jedenfalls gehört er nicht zu den Leuten, die nur am Schreibtisch fähig sind, Morde zu begehen. Er ist ein Okkultist und ein skrupelloser Mörder, – ein Mann ohne Gewissen, den auch furchtbarste Taten nicht reuen können.«

»Ich erinnere mich, dass er dir übel mitgespielt hat. Gut! Du hast einen furchtbaren Groll auf ihn, nicht wahr? Aber ist er wirklich so schlimm?«

»Ein ganz übler Zeitgenosse!«, sagte ich. »Er ist einer der Allerschlimmsten, und das ist keine Redensart, sondern wortwörtlich gemeint. In diesem Land kommen sie inzwischen aus ihren Rattenlöchern gekrochen. Manche von denen sind nur Perverse oder Sadisten – schlimm genug für die Menschen, die unmittelbar von ihren Untaten betroffen sind, aber für die Entwicklung und den Bestand einer Gesellschaft nicht wirklich gefährlich. Doch Leute vom Schlage meines Schwagers Mantiss vermögen viel zu bewegen und verstehen es, ihren verhängnisvollen Einfluss auch an den höchsten Stellen geltend zu machen. Mantiss und seine Brüder im Geiste schrecken vor absolut gar nichts zurück, wenn es ihren geheimen Zwecken dient.«

Harry kratzte sich am Kopf. »An welche Zwecke denkst du?«

»Leute wie Mantiss verfolgen den Plan, rassisch höherwertige Menschen zu entwickeln, mindere Geschöpfe zu vernichten und eine neue Weltordnung zu schaffen – und zwar nicht nur in der Theorie, sondern ganz konkret. Sie glauben, dass die Zeit dafür gekommen ist, ihre irren Ideen in die Tat umzusetzen.«

Harry kniff die Augen zusammen. »Es ist nicht lange her, da hätte ich gesagt: Du übertreibst. Inzwischen kann ich nur sagen: Ich weiß nicht, wo das alles hinführen wird.«

»Man müsste etwas dagegen tun, aber ich weiß auch nicht, was. Ich fühle mich wie auf verlorenem Posten. Was meinst du? Ob Felix Brucks wohl mal mit mir spricht?«

»Worüber willst du denn mit ihm sprechen? Und warum?«

»Ich brauche ein paar Informationen. Eigentlich geht es darum, mich vor meinem Schwager und seinen Freunden zu schützen.«

»Wenn ich Brucks sage, dass er dir vertrauen kann, wird er einem Gespräch mit dir sicher nicht aus dem Wege gehen.«

»Tu mir den Gefallen und ruf ihn einmal an.«

Harry nickte. »Ich mache es gleich morgen früh und gebe dir dann Bescheid.« Er lehnte sich zurück. »Brucks ist ein wirklich feiner Kerl, ein bei Mitarbeitern und Häftlingen gleichsam gut gelittener Mann, der sich von Frohsinn und Humor, unbeirrbarer Gerechtigkeit und wohlwollender Güte leiten lässt. Er ist kein Nazi. In Bezug auf den sogenannten deutschen Gruß ist sein Spruch überliefert: ›Wenn es nötig ist, hebe ich nicht nur das Händchen, sondern auch das Beinchen‹.«

»Ein solcher Satz kann heutzutage böse Folgen haben.«

»Das ist ihm bewusst. Aber er hat ihn trotzdem gesagt.«

7

Ich nahm nicht den direkten Weg zu meiner Wohnung, sondern fuhr über den Anhalter Bahnhof nach Westen. Die Erinnerung an Frau von Tryskas Bemerkung über die Schutzvorkehrungen der Reichswehr hatte den Wunsch in mir geweckt, mich mit eigenen Augen davon zu überzeugen, ob die Reichswehr tatsächlich eine Revolte der SA befürchtete und Vorbereitungen für eine bewaffnete Auseinandersetzung traf. Harry hatte recht. Ohne die Reichswehr war kein Staat zu machen. Ihr Wiedererstarken und ihr Bestreben, eine neue deutsche Armee aufzubauen, hatten deutlich gemacht, dass ihr im Spiel um die Macht eine wichtige, wenn nicht die entscheidende Rolle zufallen würde, und es gab wohl niemanden, der das besser wusste als der Reichskanzler Adolf Hitler. Der Führer hielt große Stücke auf die Reichswehr. Es war bekannt, dass er versuchte, ihre erfahrenen Offiziere für das nationalsozialistische Deutschland zu gewinnen.

Die Sonne schien mit nachlassender Kraft auf den Landwehrkanal, als ich langsam an der Südseite des fünfgeschossigen Klotzes vorüberfuhr, der das Reichswehrministerium beherbergte. Das Gebäude mit den neoklassizistischen Stilelementen wirkte gut bewacht, und obwohl ich nicht wusste, wie stark der Schutz des Ministeriums normalerweise war, kam er mir stärker vor als es für gewöhnlich meiner Erwartung entsprach. Ich sah bewaffnete Posten mit Stahlhelmen und Mannschaftswagen mit aufmontierten Maschinengewehren, alles wirkte recht martialisch, eine diffuse Alarmstimmung schien tatsächlich zu bestehen. Anderseits machten die Soldaten, die bei den Fahrzeugen standen, einen gelangweilten und unaufgeregten Eindruck und erweckten nicht den Anschein, als hätten sie vor einem Angriff feindlicher Kräfte Angst oder stünden unter einem entsprechenden Alarmbefehl. Aber das musste nichts bedeuten.

Ich bog vom Tirpitzufer nach rechts in die Hildebrandstraße ein und fuhr dann bis zum Tiergarten an dem hohen Gebäudekomplex entlang, um ihn einmal vollständig zu umrunden. Mich selbst schien niemand zu beachten, und wenn überhaupt, war es wohl der Roadster, der dem einen oder anderen Soldaten, an denen ich vorüberrollte, einen zweiten Blick abnötigte. Auf der Bendlerstraße fuhr ich wieder südwärts an der östlichen Seite des Ministeriums entlang, und es war kurz bevor ich erneut das Tirpitzufer erreichte, als ich den schwarzen Wagen am Straßenrand erblickte.

Unwillkürlich trat ich auf die Bremse.

Im ersten Moment wollte ich es nicht glauben, doch beim nochmaligen Hinsehen war klar, dass ich mich nicht täuschte. Es war der Mercedes vom gestrigen Abend, dessen Kennzeichen ich mir eingeprägt hatte, derselbe Wagen, in dem ich zusammen mit Mantiss zu der im Wald gelegenen Hinrichtungsstätte hinausgefahren war.

Ich gab wieder Gas, bog links zum Tirpitzufer ab und dann nochmals links in die nach Norden verlaufende Straße hinein, um das dort angrenzende Karree zu umrunden, ohne durch ein Wendemanöver Aufsehen zu erregen. Als ich aus Richtung Tiergarten die alte Stelle in der Bendlerstraße wieder erreichte, fuhr ich den Roadster in Sichtweite der schwarzen Limousine an den Straßenrand.

Wie merkwürdig, dass eine SA-Limousine ausgerechnet neben dem Reichswehrministerium parkte, dachte ich, und versuchte, mir darüber klar zu werden, was es bedeuten könnte.

War Mantiss mit dem Wagen hierhergekommen? Oder nur der SA-Mann, der ihn gestern gefahren hatte? Gehörte der Wagen überhaupt der SA? Letzteres erschien mir keineswegs sicher. Wenn es ein Privatwagen war, gar der von Mantiss, wurde die Frage, was er im Reichswehrministerium zu suchen hatte, noch drängender. Ich überlegte, ob ich aussteigen sollte, um das Fahrzeug aus der Nähe zu inspizieren, in der Hoffnung, irgendeinen Hinweis zu erhalten, konnte mich aber nicht dazu entschließen. Zwar war es schönes Wetter und noch hell, so dass es nahe lag, am Ufer des Kanals ein wenig spazieren zu gehen und auf dem Hinweg und Rückweg einen Blick in den Wagen zu werfen, aber es war möglich, dass ich dadurch Argwohn erregte. Nein, im Auto war ich vorerst besser aufgehoben. Mal sehen, ob sich irgendetwas ergab.

Meine Geduld wurde nicht lange strapaziert. Es dauerte keine halbe Stunde, bis ich zwei Männer erblickte, die um die Ecke geschlendert kamen und die Bendlerstraße hinauf in meine Richtung gingen. Sie schritten sehr langsam nebeneinanderher und unterhielten sich dabei, während sie alle paar Schritte ihren Weg unterbrachen und für einige Momente stehen blieben. Der eine Mann war ein Zivilist, der andere uniformiert. Der Zivilist war Mantiss, er trug den Filzhut vom Vorabend über dem gebräunten, markanten Gesicht, der andere war ein Offizier, und zwar einer von hohem Rang, wie ich an dem Generalsrot seiner Kragenspiegel sah.

Es dauerte mehrere Minuten, bis die Männer auf Höhe der schwarzen Limousine verharrten. Sie machten beide sehr ernste Gesichter. Auf mich wirkte ihre Unterhaltung wie das Gespräch zwischen Verschwörern, aber vielleicht bildete ich mir das auch nur ein. Immerhin glaubte ich an der Art, wie sie miteinander sprachen, zu erkennen, dass sie beide unter einem gewissen Druck standen, der sie zur Eile zwang, als hätten sie Angst, die Dinge könnten sich sonst über ihre Köpfe hinweg entwickeln.

Während ich die Männer aus der Ferne beobachtete, dachte ich über mögliche Verbindungen zwischen Mantiss und dem Reichswehrgeneral nach. Es war bekannt, dass es zwischen Teilen der Reichswehr und der SA enge Beziehungen gab, aber anderseits sagte ich mir, dass es in Zeiten wie diesen merkwürdig wäre, wenn sich Mantiss, um etwas Konspiratives zu besprechen, ausgerechnet vor dem Reichswehrministerium mit einem Verbündeten traf; dazu noch mit jemandem von solchem Rang. Es musste einen besonderen Grund dafür geben, der ihn die an sich gebotene Vorsicht hintenan stellen ließ.

Oder stand Mantiss so weit über den Dingen, dass er auf solche Erwägungen keine Rücksicht mehr nehmen musste? War er denn überhaupt ein Mann der SA? Sicher war er einmal einer gewesen, das stand ganz außer Frage, aber war er es immer noch? Was hatte der Umstand, dass ein paar Typen in SA-Uniformen ihn bei seinem gestrigen Kommando begleitet hatten, denn schon zu bedeuten? Eigentlich nichts. Die Uniformen könnten auch von Unbefugten extra für die Mordaktion beschafft worden sein. Außerdem traute ich es jemandem wie Mantiss zu, dass er heimlich die Seiten wechselte, wenn es ihm um des persönlichen Fortkommens willen opportun erschien.

Als ich meine Aufmerksamkeit wieder auf den Reichswehrgeneral lenkte, fiel mir ein, dass Mantiss selber ein Reichswehrmann war, der bis vor ein paar Jahren einen hohen Rang in der Truppe bekleidet hatte. Mantiss – kein Mann des SA, sondern einer der Reichswehr? Der Gedanke ließ etwas in mir anklingen, und plötzlich dämmerte mir, wer der Offizier an seiner Seite sein könnte. Hatte ich dieses Gesicht nicht kürzlich im ›Völkischen Beobachter‹ gesehen, als über seine Beförderung berichtet wurde? Ich sah noch einmal genauer hin. Ja, er schien es zu sein! Dieser Mann mit den verwegen arroganten Gesichtszügen und den kalten Augen, in denen oft ein Monokel klemmte, war der Generalmajor Walter von Reichenau, die rechte Hand des Reichswehrministers von Blomberg und der Chef des Ministeramtes im Reichswehrministerium. Ich hätte zwar nicht beschwören mögen, dass er es wirklich war, doch je länger ich das Gesicht über dem Uniformkragen betrachtete, umso sicherer wurde ich mir.

»Hinein in den neuen Staat!« Diese Forderung Reichenaus war seinerzeit durch die Presse gegangen, und bei allem, was der General von sich gab, hatte er keinen Zweifel daran gelassen, dass – wenn es nach ihm ginge – die Reichswehr das neue Regime stützen werde. »Morsches im Staat muss fallen, das kann nur mit Terror geschehen. Die Wehrmacht steht Gewehr bei Fuß!« So lautete die von ihm überlieferte Rede. Ein radikaler und skrupelloser Mann, dem traditionelle Werte und preußische Tugenden nicht viel galten.

Bevor ich dazu kam, weiter darüber nachzudenken, was es bedeuten könnte, dass es zwischen Mantiss und diesem Mann aus der Reichswehrspitze vertraute Verbindungen gab, trat Mantiss um den Wagen herum und öffnete die Fahrertür, dann setzte er sich ans Steuer, und zu meiner großen Überraschung stieg kurz darauf auch der Reichswehrgeneral auf der anderen Seite zu ihm in den Wagen. Gleich darauf startete die Limousine und als sie nach zwanzig Metern das Tirpitzufer erreichte, leuchtete auf der linken Seite der Blinker auf.

Der Weg, den die Limousine nahm, war auch der meinige, wenn ich nach Hause wollte, und als der Wagen vor mir um die Ecke gebogen war, startete ich den Roadster und setzte hinter Mantiss und Reichenau her.

Die Fahrt ging zunächst nach Osten, und dann die Potsdamer Straße hinauf bis zum Potsdamer Platz, wo der Wagen in die Leipziger Straße einbog. An der nächsten Straßenecke ging es links in die Wilhelmstraße hinein, mitten ins Zentrum der Macht, aber der Wagen rollte nur das kurze Stück bis zum Wilhelmplatz hinauf, dann hielt er auf dem Vorplatz zum Hotel Kaiserhof.

Mantiss und Reichenau stiegen aus und waren gleich darauf in der Hotelhalle verschwunden. Ich fuhr den Roadster in der Kaiserhofstraße an den Bordsteinrand und warf einen Blick über den Platz. Das Ministerium für Volksaufklärung, das den Platz im Norden begrenzte, das Ministerium für Transport und Verkehr und das Borsig-Palais hinter mir, die beide dem Hotel gegenüberlagen, waren mit Hakenkreuzfahnen geschmückt. Auch weiter hinten in der Wilhelmstraße sah man Fahnen.

War der Führer in der Stadt? Zur Reichskanzlei, wo

er wohnte, war es nur ein Katzensprung. Oder saß er bei Kaffee und Kuchen im Kaiserhof, um im Kreis seiner Bewunderer Hof zu halten? Ich bezweifelte es. Es war nicht die rechte Zeit für Kaffee und Kuchen; nein, es war eher die Zeit, um sich in einem der zahlreichen Hinterzimmer des Hotels mit ein paar Verschwörern zu treffen.

Sollte ich Mantiss und Reichenau in die Hotelhalle folgen und versuchen herauszufinden, was sie im Kaiserhof wollten? Das Risiko, dass Mantiss mich bei der Gelegenheit entdeckte, war groß. Nein, warum sollte ich mich der Gefahr auch unnötig aussetzen? Was wichtig war zu wissen, hatte ich in Erfahrung gebracht. Mantiss hatte einen Kameraden, der nicht nur irgendein Reichswehroffizier war, sondern Verbindung zu den allerhöchsten Stellen besaß.

Ich wendete den Ford auf dem Platz vor dem Hotel und fuhr zurück zur Leipziger Straße und von dort weiter zum Potsdamer Platz. Die Stadt lag im weichenden Sonnenlicht. Wieder war es ein Mittsommerabend, wie man ihn sich schöner kaum wünschen konnte. Ich hatte nur nicht viel davon. Ob einmal wieder bessere Tage kommen würden? Manchmal zweifelte ich daran. In solchen Momenten war mir, als ob ich mich unaufhaltsam auf ein schwarzes Loch zubewegte, das mich schließlich verschlingen würde.

Am westlichen Himmel ging blutrot die Sonne unter und langsam kam hinter dem Potsdamer Platz der Abend herauf.

8

Harry hielt sein Versprechen. Gegen neun Uhr am nächsten Morgen rief er mich an und teilte mir mit, dass Brucks bereit war, mich zu empfangen.

Noch am Vormittag machte ich mich im Wagen auf den Weg nach Reinickendorf, wo sich die Tegeler Haftanstalt befand.

Angesichts der neuen Entwicklung hatten Orte wie dieses Gefängnis einiges von ihrem früheren Schrecken verloren. Man war dort zwar eingesperrt, aber man wurde nicht gefoltert und gequält. Ein gänzlich sicherer Ort war eine Haftanstalt, wie ich nach dem Stand meiner Erkenntnisse über den Tod von Ali Höhler wusste, allerdings auch wieder nicht.

Das Anstaltsgelände lag hinter einer dicken Mauer. Jenseits davon erkannte ich die markanten Türme der Gefängniskirche und vergitterte Zellentrakte aus rotem Backstein.

Mein Anwaltsausweis verschaffte mir Einlass. Der uniformierte Wärter der Gefängnisanstalt, der mich zu einem Büro führte, das am Ende eines langen Ganges lag, machte einen aufgeschlossenen Eindruck und so fragte ich ihn, wie lange sein Vorgesetzter das Amt als Anstaltsleiter schon ausübte.

»18 Jahre«, erhielt ich zur Antwort. »Und er macht seine Sache ziemlich gut. Er ist ein allseits beliebter Mann.«

Oberregierungsrat Felix Brucks, der Strafanstaltsoberdirektor von Berlin Tegel, kam um seinen Schreibtisch herum und schüttelte mir mit einem kräftigen Griff kurz die Hand. Er war ein Mann von ungefähr 60 Jahren, der mit seinen kleinen, aber wachsam blickenden freundlichen Augen, dem runden Kopf und den Hängewangen auf Anhieb sympathisch wirkte, und ich dachte, wer so aussah, war bestimmt kein schlechter Kerl.

»Sie haben ehrliche Augen«, sagte er, nachdem er mich eine Weile gemustert hatte. »Wenn Harry mir erzählt, dass Sie vertrauenswürdig sind, habe ich keinen Anlass, an Ihrer Redlichkeit zu zweifeln.«

Sein überraschender Hinweis auf meine Ehrlichkeit ließ mich für einen Moment an Zerners Mädchen denken, und ein unangenehmes Gefühl bemächtigte sich meiner, als ich mich erinnerte, wie ich die junge Frau hintergangen hatte.

»Nicht, dass Sie mich falsch verstehen«, fügte er hinzu. »Ich bin kein ängstlicher Mensch, aber ich habe eine Familie und eine gewisse Vorsicht ist daher auch für mich unvermeidlich.«

»Natürlich. Sie müssen sich auf mich verlassen können«, gab ich zurück. »Seit mehr als einem Jahr leben wir in einem Land, wo man vieles, was man denkt, besser für sich behält.«

Er nickte bedächtig mit dem Kopf. »Sie sagen es. Ein wahres Wort im falschen Ohr kann schnell unliebsame Folgen haben.« Brucks kehrte hinter seinen Schreibtisch zurück und verwies mit der Hand auf den Stuhl ihm gegenüber.

»Auf Ihre anwaltliche Schweigepflicht werden Sie sich nicht berufen können, wenn man Sie in einem Keller der SA einem Verhör unterzieht«, sagte er mit einem traurigen Lächeln.

»Ich habe bereits Bekanntschaft mit einem solchen Keller gemacht«, sagte ich, um sein Vertrauen zu rechtfertigen. »Zwei Tage habe ich dort verbracht, während meine Hoffnung, den Keller wieder lebend verlassen zu können, von Stunde zu Stunde sank. Man hat mich verprügelt, brauchte aber zum Glück keine Informationen von mir.«

»Weshalb wurden Sie eingesperrt?«

»Man wollte mir einen Denkzettel verpassen. Es war eine Art Warnung, mich nicht einzumischen.«

»Dennoch kommen Sie her, um mich in einer Angelegenheit zu befragen, die Sie – nach der Ansicht der Ermittlungsbehörden – vermutlich nichts angeht?«

»Es ist auch etwas Eigennutz dabei. Ich tue es nicht nur für andere, sondern auch, um mich zu schützen. Außerdem vertraue ich auf Ihre Verschwiegenheit.«

Er winkte ab. »Gut, wenn mich jemand zu belangen sucht, werde ich erklären, ich hätte mich Ihnen als meinem Anwalt anvertraut.« Er sah mich zweifelnd an. »Das wird mir wenigstens zu mildernden Umständen verhelfen.«

»Es ist zumindest ein Argument.«

»Werden sehen! Was ist der Grund Ihres Besuchs? Geht es um einen Häftling? Harry hat sich am Telefon sehr bedeckt gehalten.«

»Es geht eher um die Situation der Häftlinge im Allgemeinen«, begann ich vorsichtig. »Ich nehme an, dass Ihre Arbeit seit dem letzten Jahr nicht leichter geworden ist?«

»Sie vermuten richtig. Die Fronten verlaufen inzwischen ganz anders, als es früher der gewöhnlichen Erwartung entsprach. Mit ›früher‹ meine ich vor zwei Jahren.«

»Offenbar haben auch die Probleme mit den Ermittlungsbehörden zugenommen?«

Brucks nickte. »Die Situation ist inzwischen die, dass ich als Anstaltsleiter die hier einsitzenden Gefangenen vor den Ermittlungsbehörden beschützen muss. Meinen Kollegen in anderen Anstalten geht es nicht anders.«

»Harry erzählte mir von Ali Höhler, den verurteilten Haupttäter im Horst-Wessel-Fall. Ist das einer der Fälle, an die Sie denken?«

»Von der Höhler-Sache weiß ich nur vom Hörensagen«, antwortete Brucks. »Er hat ja nicht hier in meiner Anstalt eingesessen.«

»Was ist mit Höhler passiert?«

»Er verschwand letztes Jahr im September, nachdem er regelrecht aus der Haftanstalt Wöhlau entführt worden war, um nach Berlin gebracht zu werden. Dort soll er verstorben sein.«

»Und daran glauben Sie nicht?«

Brucks seufzte. »Von Freunden aus den Kreisen der Polizei habe ich gehört, dass er erschossen wurde. Ein SA-Kommando steckt dahinter. Gottlob war ich für den Höhler nicht verantwortlich. Mir reicht die Sache mit dem Rahn.«

»Rahn?«

Das war der Hinweis, nach dem ich gesucht hatte.

Der Strafanstaltsleiter nickte. »Günter Rahn! Er war ein Insasse bei mir hier in Tegel.«

»Und Rahn hat Schwierigkeiten bekommen?«

»Das kann man wohl laut sagen. Der Mann hat sich um den eigenen Kopf geredet.«

»Er sitzt hier noch ein?«, fragte ich, obwohl ich die Antwort schon kannte.

Brucks hob die Brauen. »Er ist tot.«

»Was ist passiert?«

Brucks rieb sich das Kinn. »Nun ja, die Sache ist ohnehin mancherorten bekannt. Warum soll ich also schweigen?« Er lehnte sich in seinem Sessel zurück. »Im Oktober 33 erhielt ich anlässlich des Strafprozesses gegen van der Lubbe wegen des Reichstagsbrandes eine Mitteilung des Strafgefangenen Rahn, worin dieser die SA verdächtigte, an der Brandstiftung beteiligt gewesen zu sein. Die Enthüllungen des Gefangenen habe ich an den Oberreichsanwalt weitergeleitet. Ich hätte Rahns Mitteilung lieber gar nicht erhalten, dann hätte ich sie auch nicht weiterleiten müssen.«

»Ließ es sich nicht vermeiden?«

»Ich habe vorausgesehen, dass am Ende nichts Gutes dabei herauskommen würde. Aber vermeidbar war es nicht! Rahn wollte unbedingt reden. Er wurde noch im Oktober zur Geheimen Staatspolizei ins Polizeipräsidium verbracht. Zwei Wochen später fand man seine Leiche.«

Er sagte es recht gelassen, aber gerade daran bemerkte ich, dass er eine Last an dem Tod seines Häftlings trug und ihm dessen Schicksal an die Nieren ging.

»Weiß man, wie Rahn zu Tode gekommen ist?«

»Ende November teilte mir die Gestapo mit, der Strafgefangene Rahn sei am 2. November beim Rücktransport von der Geheimen Staatspolizei in das Strafgefängnis Tegel entwichen. Er sei als Leiche in einem Walde bei Strausberg aufgefunden worden und sein Tod auf dem Standesamt in Garzau am 7. November beurkundet worden. Er war erschossen worden.«

»Auf der Flucht erschossen?«

Brucks zuckte mit den Achseln. »Ich war ja nicht dabei, aber andere Leute haben sich so ihre Gedanken gemacht, darunter auch die deutschsprachige Presse aus dem Ausland.«

Er beugte sich tiefer und entnahm einer Schublade seines Schreibtisches einen Aktenordner. Eine Weile blätterte er darin, dann machte er ihn auf und nahm einen Zeitungsausschnitt heraus, den er mir reichte, und ich machte mich sogleich an die Lektüre.

Die Zeitungsmeldung war am 13. Dezember 1933 von der deutschsprachigen Nachrichtenagentur Impress aus Frankreich verbreitet worden und vermeldete unter der Überschrift ›Ein unbequemer Mitwisser beseitigt‹ auf der Titelseite des Blattes folgenden Text:

›Das Pariser Tageblatt erhielt aus einer über jeden Zweifel erhabenen Berliner Quelle eine Mitteilung, die geeignet ist, die im Ausland verbreitete Meinung zu stützen, wonach die Nationalsozialisten selbst den Brand im Reichstag gelegt haben. Ende Oktober meldete sich in einer Berliner Strafanstalt ein dortiger Gefangener namens Rahn beim Gefängnisdirektor und sagte aus, er sei Mitglied des SA-Sturms 17 gewesen. Er habe sich vor Ausbruch des Reichstagsbrandes in dem unterirdischen Gang befunden, der den Reichstag mit dem Gebäude verbindet, das als Wohnung des Reichstagspräsidenten dient. Er habe mit angesehen, wie von verschiedenen Mitgliedern seines Sturms die Explosivflüssigkeiten hereingeschafft wurden. Die vom Gefängnisdirektor benachrichtigte Staatspolizei nahm Rahn zu Vernehmungen auf das Berliner Polizeipräsidium am Alexanderplatz mit. Vor Ort, in der Anstalt, hörte man nichts weiter von dem Fall. Auch als sich die Gefängnisdirektion nach einiger Zeit über den Verbleib der Personalakten Rahns erkundigte, erhielt man zunächst keine Antwort; sie bekam aber schließlich den Bescheid, der Gefangene sei auf dem Rücktransport vom Alexanderplatz in die Strafanstalt entsprungen. Vor etwa 14 Tagen hat man die Leiche Rahns in der Gegend bei Strausberg gefunden.‹

Ich sah von dem Zeitungsausschnitt auf und dem Gefängnisdirektor direkt in die Augen: »Woher hat das Pariser Tageblatt denn diese Informationen?«

Brucks schien etwas auf den Lippen zu liegen, und ich hatte das Gefühl, er wollte sagen ›von mir‹, doch er hielt sich zurück und zuckte nur mit den Achseln.

»Die Meldung ist also richtig?«

Er nickte. »Ich bin nicht geneigt, dem Pariser Tageblatt zu widersprechen.«

»Wie ist denn Rahn nach Strausberg gelangt, wenn er auf dem Weg vom Alexanderplatz nach Tegel entwich? Jemand, der vom Alexanderplatz nach Tegel fahren möchte, muss dabei kaum über Strausberg fahren.«

Brucks lächelte. »Rahns Rücktransport von Mitte nach Tegel hat offenbar ein paar Umwege genommen. Man fährt eben mal gern über Land, wenn man einen Gefangenen vom Präsidium am Alex in den Knast nach Tegel transportiert.«

»Anders ist es allerdings nicht zu erklären. Aber mal zu dem Reichstagsbrand … Was ist denn von Rahns diesbezüglichen Angaben überhaupt zu halten? Kann Rahn tatsächlich etwas über den Reichstagsbrand gewusst haben?«

»Nicht unmittelbar«, antwortete Brucks. »Am 27. Februar 1933 saß er wegen Autodiebstahls in Haft. Ende

März wurde er entlassen, aber im Oktober wegen weiterer Autodiebstähle erneut verhaftet und kurz darauf aus Moabit nach hier überstellt.«

»Also ist doch seine Behauptung, er habe sich vor dem Ausbruch des Reichstagsbrandes in dem unterirdischen Gang befunden, nachweislich falsch! Warum wurde er dann liquidiert?«

Brucks legte die rechte Hand an sein Gesicht und rieb sich nachdenklich das Kinn. »Die Angabe muss nicht falsch sein.«

»Das verstehe ich nicht.«

Er lachte, ohne dass es bitter klang. Es war sogar ein sympathisches Lachen, leise, fast verstohlen. Seine wenigen Haare gerieten in Bewegung, die silberne Halbbrille auf der wulstigen Nase schaukelte.

»Überlegen Sie doch mal!«, sagte er. »Rahn erklärte doch nur, dass er *vor* dem Reichstagsbrand in dem unterirdischen Gang gewesen sei, aber nicht, wann genau, also wie lange vor dem Brand, er dort gewesen ist!«

»Seit wann saß er denn in Haft? Ist das bekannt?«

Sein Gesicht wurde wieder ernst. »Verhaftet wurde er schon im Dezember 32.«

Jetzt war es an mir, die Stirn zu runzeln. »Dezember 32. Das war ja noch in der guten alten Zeit.«

Brucks lächelte erneut. »Aber Göring war am Ende der guten alten Zeit bereits Reichstagspräsident.«

»Will Rahn behaupten, es sei bereits vor der Machtübernahme durch die Nationalsozialisten Brandmaterial im Reichstag deponiert worden?«

»Nicht im Reichstag! Das hat Rahn auch gar nicht behauptet. Er sprach davon, dass er den unterirdischen Gang betreten hätte. Das Material wurde bereits vor

Rahns Inhaftierung Ende 1932 in dem Verbindungstunnel oder in Görings Palais deponiert.«

»Und da blieb das Material dann bis Ende Februar, also bis man es in den Reichstag schaffte und die Zündflüssigkeit über die schwer entzündbaren Einrichtungsgegenstände verteilte, kurz bevor van der Lubbe dort eindrang?«

»Sie sagen es.«

»Dann hätten die Nazis das, was sie nach dem Brand den Kommunisten vorwarfen, noch zu den Zeiten vor ihrem eigenen Regierungsantritt selber geplant?«

»Halten Sie das für unrealistisch?«

»Nein! Aber es ist eine Variante zum Hintergrund des Brandgeschehens, die den Schluss zulässt, die Nationalsozialisten hätten damals sogar eine gewaltsame Machtübernahme geplant.«

»Die Kommunisten planen sogar die Weltrevolution«, sagte Brucks. »Die SA war zunächst etwas bescheidener. Bevor Hitler Reichskanzler wurde, war ja immer mal wieder von der bevorstehenden ›Nationalsozialistischen Revolution‹ die Rede.«

Alles, was mit dem Reichstagsbrand in Zusammenhang stand, war von großem Interesse für mich. An dem Abend des Brandes war ich kurz vor Ausbruch des Feuers in seiner Wohnung in der Hannoverschen Straße meinem Schwager Mantiss begegnet, der zu mir von einem bevorstehenden Fanal gesprochen und Andeutungen gemacht hatte; im Nachhinein betrachtet wiesen sie in die Richtung des Brandereignisses. Bald darauf war ich am Reichstag von seinen Schergen, die ich damals nicht als solche erkannte, verhaftet worden, und was ich nun von Brucks erfuhr, bestärkte mich in meiner Vermutung, dass ein den

Nationalsozialisten nahestehendes Kommando hinter der Brandlegung steckte. Es nährte zugleich meinen Verdacht, dass Mantiss und Arnheim, die Verbindungen zur SA unterhielten, zwar nicht direkt, aber doch mittelbar, in die Ereignisse involviert gewesen waren.

»In der Zeitungsmeldung ist von einem SA-Sturm 17 die Rede«, fiel mir ein. »Wissen Sie, was es damit auf sich hat?«

»Es handelt sich um ein geheimes SA-Kommando, das für spezielle Aufgaben verwendet wird. Der Sturm setzt sich aus besonders zuverlässigen und fähigen SA-Männern zusammen.«

»Hat Rahn dazugehört?«

»Am Anfang wohl. Aber mit Rahn hat die SA-Führung aus ihrer Sicht einen Fehlgriff getan. Sie konnten ihm nicht vertrauen, und auf Verrat steht in diesen Kreisen der Tod.«

»Wer gehörte dem SA-Sturm außerdem an?«

»Einige Namen wurden genannt, wobei man wohl sagen muss, dass die Sturmbesatzungen wechseln können. Nicht alle sind bei jeder Aktion dabei. Aber auch führende Nationalsozialisten gehören oder gehörten dazu. Der frühere Gestapo-Chef Diels, der frühere Polizeipräsident Graf Helldorf, sogar«, Brucks zögerte kurz, »Prinz Wilhelm August von Preußen, der Kaisersohn, soll bei Aktionen des Sturms mitgewirkt haben.«

»Wie nett! Sollte Prinz Auwi demnächst Reichspräsident werden, hätte er sich damit für das Amt in idealer Weise qualifiziert.«

Brucks lächelte. »Sie sagen es! Und wenn mich dann jemand fragt, wer meiner Meinung nach den Reichstag angezündet hat, kann ich mit Fug und Recht antworten:

Es war der Reichspräsident!« Und dann lachte Brucks lauthals los, und auch ich musste lachen.

»Hat Rahn außer den gerade von Ihnen erwähnten noch weitere Namen genannt?«, fragte ich, als wir uns wieder beruhigt hatten.

»Sie fragen gefährliche Sachen.«

»Wenn Rahn damals geplaudert hat, sind diese Namen doch ohnehin protokolliert.«

»Das glaube ich nicht. Ich selbst habe keine Details zu Protokoll genommen, sondern Rahn samt Akte an die Staatspolizei weitergereicht. Ich habe ihm gesagt, er soll mir bloß nicht zu viel erzählen. Ich wollte das alles ja gar nicht im Detail wissen. Die Namen, die ich Ihnen eben nannte, zirkulieren seit Längerem in SA-Kreisen, sind aber nirgendwo schriftlich fixiert, jedenfalls nicht durch die SA, und wenn das doch geschehen sein sollte, wird die SA alles unternehmen, entsprechende Dokumente zu vernichten. Die SA wird sich hüten, ihren Gegnern handfeste Beweise zu liefern. Ob die Staatspolizei Aussagen Rahns protokolliert hat, bevor sie ihn liquidierten, weiß ich natürlich nicht.«

»Sind Ihnen mal die Namen Philipp Arnheim oder Rudolf Mantiss untergekommen? Sei es durch Rahn oder in einem anderem Zusammenhang?«

Brucks legte die Stirn in Falten und dachte nach, dann schüttelte er den Kopf. »Nein, diese Namen sagen mir nichts.«

»Wer, denken Sie, hat denn Rahn liquidiert? War es die SA oder die Gestapo?«

»Die Gestapo hätte an und für sich keinen Grund dafür gehabt, Rahn zu beseitigen«, meinte Brucks, »während der SA sehr wohl daran gelegen sein musste, einen plaudernden Mitwisser aus dem Verkehr zu ziehen. Sie dürfen jedoch nicht vergessen, dass die Fronten unscharf sind. Die Gestapo ist nicht der Gegner der SA, sondern manche Gestapoleute sind zugleich Mitglied bei denen. SA und Gestapo könnten also hier gemeinsame Sache gemacht haben.«

Ob und in welchem Umfang Mantiss und Arnheim an der Brandlegung im Reichstag mitgewirkt oder Kenntnis davon gehabt hatten, wusste ich nicht, aber wenn ich es recht bedachte, mochten sie gerade dann, wenn sie nicht unmittelbar daran beteiligt gewesen waren, qualifiziert dafür sein, ein Kommando anzuführen, das unbequeme Mitwisser beseitigte. Das galt sicher nicht nur in Bezug auf den Reichstagsbrand. Unter diesen Umständen konnten die beiden Männer inzwischen selbst zu Personen geworden sein, deren Taten sie erpressbar und deren Kenntnisse über die Beteiligung prominenter Gestalten an einzelnen Mordaktionen sie zu unbequemen Mitwissern machten.

»Wenn ich Sie richtig verstanden habe, steht der Tod von Höhler offiziell noch nicht fest?«

»Das liegt nur daran, dass seine Leiche nicht aufgetaucht ist. Die hat man offenbar besser versteckt als die von Rahn.«

»Rahn und Höhler – kennen Sie noch andere Namen von Opfern?«

»Nein, aber es geht das Gerücht, dass Rahn nicht der erste unliebsame Zeuge war, den die SA aus dem Weg räumte, weil er zu viel wusste«, antwortete Brucks. »Ich wünsche mir ja, dass es keine weiteren Namen gäbe. Aber es ist wohl ein vergeblicher Wunsch.«

»Ich könnte Ihnen einen weiteren Namen nennen.«

»Behalten Sie ihn bloß für sich«, meinte Brucks traurig. »Ich weiß sowieso schon viel zu viel. Mehr will ich davon nicht wissen.«

»Muss die SA wirklich befürchten, dass ihre Machenschaften bekannt werden?«, fragte ich Brucks. »Sie haben von den Gegnern der SA gesprochen. Ich nehme an, Sie haben nicht die Kommunisten oder die Sozis im Sinn?«

»Nein, ich denke vor allem an Herrn Himmler. Vor seiner SS muss die SA sich im Moment mehr fürchten als vor den Kommunisten.«

»Aber die SA ist mächtig. Zahlenmäßig ist sie der SS haushoch überlegen.«

»Exakt: Die Größe der SA ist ihr größtes Problem! Viele SA-Männer sind unzufrieden, ja verbittert, weil es keine Aufgaben im Staat mehr für sie gibt. Solche Leute sind schwer zu bändigen und stellen deshalb für die Regierung einen gefährlichen Unruheherd dar, gegen den es etwas zu unternehmen gilt.«

Was er sagte, war in den letzten Monaten offenkundig geworden. Die SA sah sich nicht nur um den Lohn ihres jahrelangen Kampfes betrogen, sondern hatte auch ihre alten Gegner verloren, vor allem die Gewerkschaften und die Kommunisten, ohne die sie praktisch arbeitslos war. Die SA hatte nicht mehr viel zu tun und brauchte dringend eine neue Aufgabe.

»Der Reichskanzler braucht Ruhe, um das Erreichte zu festigen und das Land zu befrieden«, fuhr Brucks fort. »Hitler hat das Ende der nationalen Revolution verkündet und ist entschlossen, die SA von der Straße zu vertreiben.«

»Röhm ist ein alter Soldat. Das Einzige, was der wirklich ersehnt, ist ein neues deutsches Heer, gebildet aus der SA und – mit ihm selbst an der Spitze.«

»Aber er ist von der Verwirklichung seines Traums eines Milizheeres unter seiner Führung weiter entfernt denn je. Hitler hat es abgelehnt, aus der SA eine Volksmiliz zu machen, sondern zeigt sich entschlossen, aus der Reichswehr ein schlagkräftiges Heer nach dem Vorbild der alten Armee zu formen.«

»Heißt es nicht, Röhm hätte Hitlers Entscheidung akzeptiert?«

»Na ja!« Brucks zuckte mit den Achseln. »Wie soll er das akzeptieren können! Was soll aus einer SA werden, die keine Gegner mehr hat und auch keine Volksmiliz sein darf?«

»Also glauben Sie auch daran, dass Röhm sich den Platz, den er für seine SA beansprucht, mit Gewalt erkämpfen will?«

»Man hört davon, dass die SA geheime Waffenlager angelegt hat, sodass man an einen Staatsstreich glauben könnte. Aber Röhm ist eine treue Seele. Er glaubt an seinen Führer. Er würde niemals offen mit ihm brechen. Nein, die Situation ist an sich nicht kritisch, soweit es die SA angeht. Röhm weiß, dass er eine Mammutorganisation anführt, in der eine große Unruhe herrscht. Er ist nicht dumm. Er sucht nicht die gewaltsame Konfrontation, sondern bemüht sich, die schlimmsten Auswüchse seiner Leute zu unterbinden. Das letzte, was Röhm in dieser Situation gebrauchen kann, wäre ein interner Machtkampf mit anderen Organisationen der Partei – oder gar mit Hitler.«

»Warum wird dann gemunkelt, dass die SA etwas plane – eine zweite Revolution, oder was auch immer? Irgendetwas scheint doch im Gange zu sein!«

Brucks ließ mit der Antwort eine Weile auf sich warten, als wollte er dadurch dem, was er folgen ließ, einen größeren Nachdruck verleihen.

»Die zweite Revolution wird nicht von denen gemacht, die sie heraufbeschworen haben«, sagte er, »sondern von ihren Feinden. Es hat sich eine starke Koalition von Röhm-Gegnern formiert, von denen jeder sein eigenes Interesse daran hat, die SA zu entmachten.«

»Wen meinen Sie damit?«

»Die neuen Männer an der Spitze der Reichswehr wie Blomberg und Reichenau wollen mit der Wiederaufrüstung Deutschlands beginnen, innerhalb dieser Bestrebungen stellte das Heer der SA einen Störfaktor dar. Himmler und Heydrich von der SS arbeiten daran, Röhm und seine SA auszuschalten und von den Hebeln der Macht zu entfernen, damit sie die Entwicklung Deutschlands, wie sie diese sich vorstellen, nicht mehr zu stören vermögen. Ministerpräsident Göring fühlt sich von der SA mit all ihren Sonderkommissaren, Stabswachen und Polizeipräsidenten in der eigenen Machtdomäne immer mehr eingeengt. Für all diese Leute ist die SA ein ungelöstes Problem.«

»Also wird etwas passieren?«

»Die Zahl derer, die Hitler bedrängen, gegen seinen alten Freund Röhm loszuschlagen, ist wie gesagt recht groß.«

Die Bilder des vergangenen Abends standen mir deutlich vor Augen. Mantiss und Reichenau am Reichswehrministerium und am Kaiserhofhotel. Hatte das Treffen der beiden mit den Revolutionsplänen der SA-Gegner, wie Brucks es genannt hatte, zu tun? Was plante der Mann, der den jungen Zerner des Verrats bezichtigt hatte, in seiner geschäftigen Heimlichkeit? Betrieb er selbst ein doppeltes Spiel? Mein Schwager wurde mir immer unheimlicher, er schien eine Art Verbindungsmann des Bösen zu sein.

»Woher wissen Sie das eigentlich alles?«, fragte ich Brucks.

»Ich kenne jemanden gut, der den Oberregierungsrat Rudolf Diels gut kennt«, erwiderte Brucks. »Das ist der Herr, der nach dem Reichstagsbrand von Ministerpräsident Göring beauftragt wurde, eine polizeiliche Sondertruppe zur Bekämpfung des Kommunismus zu gründen. Diese Truppe ist inzwischen unter dem Namen ›Gestapo‹ berühmt und berüchtigt geworden.«

»Ich habe schon von Diels gehört. Er hat bei vielen zweifelhaften Unternehmungen seine Hände im Spiel und scheint eine ziemlich undurchsichtige Figur zu sein.«

Brucks nickte zustimmend. »Von meinem Bekannten, einem Kripobeamten, erfuhr ich, dass Diels mit Röhm konspiriert und dadurch seinen Freund Göring verärgert hat. Das hat ihn inzwischen das Amt gekostet, die Gestapo hat ihn nicht mehr, er wurde als Regierungspräsident nach Köln versetzt. Himmler hat die Gestapo übernommen und seinem Adlatus Heydrich ist die Leitung des Geheimen Staatspolizeiamtes zugefallen. Der Bund mit Göring hat Himmler und Heydrich in die vorderste Riege der Röhm-Gegner gebracht und damit ist eine gefährliche Situation eingetreten.«

»Und was haben die Gegner der SA vor?«

»Was ich weiß, ist nur, dass sie Gerüchte über einen angeblichen Putschplan der SA verbreiten und Belastungsmaterial sammeln, um die SA bei Hitler in Misskredit zu bringen und einen Schlag gegen Röhm und seine SA-Führer zu provozieren.«

Provokation! Das war das entscheidende Stichwort und ich dachte sofort an die Manipulation von Beweisen. Wenn man etwas finden wollte, würde man auch etwas finden, und wenn man doch nichts oder nicht genug fand, würde man eben etwas fabrizieren, das man präsentieren konnte, und die Fälschung von Dokumenten gehörte sicher dazu.

»Wahrscheinlich können auch Berichte über illegale Mordaktionen der SA als Hinweise auf Putschabsichten der SA gedeutet werden, wenn man denn vorhat, sie so zu verstehen«, fiel mir ein.

»Jegliche feindliche SA-Information ist dem neuen Leiter der Gestapo willkommen«, erwiderte Brucks.

Der Tod eines jungen SS-Mannes würde nicht dazu beitragen, eine unruhige Lage zu entspannen, und ich fragte mich, ob es Mantiss wohl zuzutrauen war, dass er selbst ganz bewusst die Mordfälle inszenierte, über die andere sich empörten. Zerners Verrat musste ihm auf jeden Fall recht gelegen gekommen sein.

»Und Hitler?«, fragte ich.

»Hitler weiß, dass ihn die Aufpasser Hindenburgs genau beobachten und jedes Anzeichen von Schwäche dem alten Herrn melden würden. Der Alte steht stark unter dem Einfluss der konservativen Kreise in der Regierung. Papen und seine Genossen fühlen sich im Aufwind. Teile der Reichswehr, die Traditionalisten, sind auf seiner Seite. In der Reichswehr ist ein neuer Kurs in Fragen der Heeresplanung beschlossen worden, bei dem die SA als Miliz keine Rolle mehr spielt. Nicht die Stunde Röhms, sondern die der deutschen Generäle ist gekommen. Hitler muss sehr vorsichtig sein, dass er nicht den Unwillen Hindenburgs und der Reichswehr erregt.«

»Wenn ich das alles richtig verstehe, versuchen die einen, also Göring und die SS, einen Konflikt mit der SA zu provozieren, damit Hitler Alleinherrscher über Deutschland wird, und die anderen, also Papen und die Traditionalisten, versuchen dasselbe, damit Hindenburg gegen Hitler vorgeht und seine Macht beschränkt.«

»Sie haben mich richtig verstanden«, antwortete Brucks. »So stehen die Dinge, jedenfalls sehe ich sie so. Es ist eine recht undurchsichtige Gemengelage widersprüchlicher und einander überschneidender Interessen, die da ineinandergreift, aber dieser Kern kristallisiert sich heraus, und ich glaube, ich liege nicht ganz falsch.«

»Und wer gewinnt am Ende das Spiel?«

Brucks sagte langsam: »Mit der SS ist der SA ein schrecklicher Gegner erwachsen, aber ...«, er machte eine bedeutungsschwangere Pause und seine Stimme wurde leiser, »... am Ende, denke ich, wird innerhalb der Reichswehr darüber entschieden werden, wer das Spiel gewinnt. Wenn die Reichswehr sich entscheidet, mit der SS zu gehen, dann sind bei Hitler sowohl die Würfel gegen die SA als auch gegen die traditionellen Kräfte gefallen. Aber der Führer muss vorsichtig sein, die Reichswehr ist kein geschlossenes Heer – noch nicht.«

Frau von Tryska lag gar nicht so falsch, dachte ich. Hitler schien tatsächlich in eine für ihn nicht ganz ungefährliche Situation geraten zu sein, und im Gegensatz zu manchen anderen hatte sie das begriffen.

»Das alles, diese Machtspiele und Intrigen, werden Hitler nicht verborgen geblieben sein.«

»Gewiss nicht!«, meinte Brucks. »Daher ist für ihn nunmehr die Zeit gekommen, um zu handeln. Aber Röhm ist ein alter Freund, durch Röhm ist Hitler erst groß geworden. Trotzdem, der Führer muss etwas tun, bevor andere etwas tun und es zu spät für ihn geworden ist.«

»Es droht also ein offener Konflikt?«

»Wohl kaum! Nur wenn Hitler nicht aufpasst oder die falsche Entscheidung trifft! Ich glaube nicht, dass es zum offenen Schlagabtausch zwischen den verschiedenen Gruppen kommen wird. Wenn man die SA kleinkriegen will, muss man sich um die führenden Köpfe kümmern. Zweifeln Sie etwa daran, dass der treue Reichsführer SS eine solche Maßnahme erfolgreich durchführen wird, sollte sein Herr und Meister es von ihm verlangen?«

»Nein, aber wird der Herr und Meister es denn verlangen?«, gab ich zurück.

»Ich glaube, er wird schon sehr bald den Befehl erteilen, gegen die SA vorzugehen«, sagte Brucks leise und senkte das runde Haupt. »Himmler wird nicht die geringsten Skrupel haben, die SA-Führer liquidieren zu lassen, wenn Hitler es von ihm verlangt. Daran ändert auch die Tatsache nichts, dass es der SA-Chef Röhm war, durch den auch Himmler groß geworden ist. Himmler hat jetzt einen neuen Chef.«

9

Die Roller-Film hatte in einem fünfgeschossigen Gebäude Unterschlupf gefunden, einem Haus mit vier Meter hohen Etagen, und ich musste bis ganz unter das Dach steigen, um das Atelier zu erreichen. Im ganzen Haus herrschte eine Bullenhitze, aber oben unter dem Dach war es am schlimmsten. Wahrscheinlich war das auch der Grund, weshalb die Tür zu den Geschossräumen weit geöffnet stand.

Vor mir lag ein langer, halbdunkler Gang, von dessen Ende Geräusche zu mir herüberdrangen. Als ich nach zwanzig Metern aus dem Schatten ins Helle trat, befand ich mich bereits inmitten von Dekorationen und Requisiten eines Foto- und Filmstudios.

Es war eines der alten Dachateliers, wie sie zahlreich in der Stadt genutzt wurden, bevor die Filmgesellschaften in am Stadtrand gelegene, frei stehende Glashäuser oder fabrikähnliche Gebäude umgezogen waren. Dort fanden sie bessere Lichtverhältnisse vor und konnten aufwendiger und technisch anspruchsvoller filmen. Für kleinere Produktionen von der Art, wie sie hier entstanden, reichte ein Dachatelier mit seinen räumlichen und technischen Beschränkungen vollkommen aus; in diesem Fall erschloss sich mir das auf den ersten Blick.

Ein Mann mit blondem struppigen Haar, ein dürrer langer Kerl war bis zu diesem Augenblick damit beschäftigt, Fotos von einer Szene zu schießen, die sich im Mittelpunkt des Raums auf einer Filmbühne ereignete. Nachdem er mich wahrgenommen hatte, drehte sich zu mir herum.

»Raus!«, rief er mir zu, sah aber sofort wieder in den Sucher seines Fotoapparates zurück, ohne darauf zu achten, ob ich seiner Aufforderung Folge leistete, was ich auch nicht tat.

Drei junge Menschen standen nackt auf der Bühne umeinander und agierten im Scheinwerferlicht, alle drei blond und schön gewachsen. Violet war auch eine von den Dreien. Außer ihr gehörten ein Junge und ein anderes Mädchen dazu, ungefähr mit ihr im gleichen Alter.

Violet blickte her. Sie erkannte mich und ihr Gesicht verzog sich zu einem wie um Verzeihung bittenden Lächeln.

»Er darf hier bleiben«, rief sie dem Fotografen zu, und dann weiter an mich gewandt: »Schauen Sie uns ein wenig zu!«

Außer den drei Nackten und dem Blonden war noch ein weiterer bekleideter Mann im Atelier anwesend, der die drei Akteure mit einer auf ein Stativ montierten Kamera bei ihrem aufreizenden Tun filmte. Er ließ für einen Moment den Sucher des Fotoapparates aus den Augen und befahl mir: »Setzen Sie sich auf einen Stuhl, damit Sie die Aufnahme nicht stören!«

Ich tat wie geheißen und betrachtete den erotischen Akt, den die drei jungen Turner geschickt in Szene setzten. Sie waren wirklich sehr fotogen, besonders natürlich die beiden Frauen, aber auch der Junge war sehr attraktiv. Man sah, dass sie so etwas nicht zum ersten Mal vor der Kamera machten, und es war hauptsächlich ihrem ästhetischen Talent zu verdanken, dass sie bei allen Umarmungen und Berührungen die Grenze zum Obszönen nicht überschritten; jedenfalls dann nicht, wenn man ein Auge zudrückte und die Kamera nicht allzu genau hinsah.

Die freizügigen Jahre der Republik waren vorbei, aber es gab etwas in Berlin, das so tief und ungehemmt babylonisch war, dass politische Veränderungen nur am Rande daran zu kratzen vermochten; und ich hätte nicht hier sein müssen, um darum zu wissen. Durch Gesetze konnte es nicht beeinflusst werden; das Laster existierte immer, ob nun offen wie früher oder aber im Verborgenen so wie jetzt; auch den städtischen Behörden und der Sittenpolizei war das natürlich bekannt.

Es war wohl nicht anzunehmen, dass die Verantwortlichen der Roller-Film komplette Ignoranten waren, und da sich niemand wegen meiner Anwesenheit Sorgen machte, schien es sich tatsächlich so zu verhalten, dass – wie Violet angedeutet hatte – die Aufnahmen nicht nur mit Duldung, sondern auch zur Erbauung einflussreicher Kreise der Partei auf Zelluloid gebannt wurden.

Hatte es mit diesem Wissen zu tun, weshalb ich beim weiteren Betrachten der reizvollen Szenerie das Gefühl nicht loswurde, dass es nicht ungefährlich war, wie sich die drei jungen Menschen vor den gnadenlos forschenden Blicken der Kameras ins Licht setzten und präsentierten? Aber warum war es gefährlich und von wo drohte ihnen eine Gefahr?

Es waren nicht die Behörden oder die Sitte, die mir Sorge machten. Mein Unbehagen hatte etwas mit dem Tod des jungen Gerrit Zerner zu tun. Zerner war der Vierte im Bunde gewesen, der eigentlich zu seinem Mädchen auf die Bühne gehört hätte, nun aber nicht mehr dabei sein konnte. Die drei anderen wussten noch nicht, dass sie nicht nur heute, sondern für immer ohne ihn würden auskommen müssen. Waren die Fotos und Filme, an deren Herstellung Zerner mitgewirkt hatte, vielleicht mit dafür verantwortlich, dass er auf der Atelierbühne fehlte?

Eine böse Erinnerung schob sich über das reizende Bild vor meinen Augen und rückte es in ein neues und unheilvolles Licht. Mantiss und Zerner hatten einander gekannt, jedenfalls voneinander gewusst; und es war so etwas wie ein intuitives Wiedererkennen, das mich plötzlich eine Verbindung zwischen den Bildern, die die Kamera machte, und dem Bild in meiner Erinnerung wahrnehmen ließ. Die Grenze zum Verbotenen, die die drei Darsteller nur zögerlich überschritten, hielten Menschen wie Mantiss von vornherein nicht ein. Im Blick eines bösen Betrachters seiner Prägung waren die Bilder beidseits jener Grenze austauschbar, und je länger ich zusah, umso deutlicher zeichnete sich eine beklemmende Spur ab, die das reizende Bild vor meinen Augen zu dem furchtbaren Bild in meinem Gedächtnis legte.

Endlich ließen die drei voneinander ab. Der Fotograf und der Filmkameramann machten zufriedene Gesichter.

»Pause!«, verkündete der blonde Wuschelkopf.

Violet schlüpfte in einen Westenkittel, der an einem der Stühle gehangen hatte, und gab mir dann mit der Hand ein Zeichen, ihr zu folgen.

»Da drüben ist eine kleine Küche, da können wir reden.«

Sie hatte dunkle Ringe unter den Augen; ihr schönes Gesicht wirkte entspannt, aber auch erschöpft.

»Gerrit ist immer noch nicht zurück«, sagte sie, nachdem wir über den dunklen Gang den kleinen Raum erreicht und uns an dem Küchentisch niedergelassen hatten. »Er hätte eigentlich hier dabei sein müssen. Konnten Sie etwas in Erfahrung bringen?«

»Leider nein.«

»Warum sind Sie dann hier? Doch nicht nur, um mir bei der Arbeit zuzusehen?«

»Ich muss Ihnen noch ein paar Fragen stellen.«

»Habe ich mir schon gedacht! Was wollen Sie denn wissen?«

»Wie sind Gerrit und Sie an diese Arbeit gelangt?«

»Lina und Walter haben früher schon mit solchen Fotos und Filmen Geld gemacht, und als Roller-Film ein zweites Darstellerpaar wollten, haben wir zugesagt.« Sie warf mir einen kecken Blick zu. »Finden Sie was dabei? Wir sind eng befreundet, alle vier.« Sie lächelte. »Wir haben eine moderne Einstellung! Ohne falsche Hemmungen!«

»Kennen Sie denn den Boss der Firma, für die Sie hier arbeiten?«

Sie schüttelte den blonden Schopf. »Ich kenne nur die Fotografen.«

»Hat man Sie vergattert, über Ihre Arbeit zu schweigen?«

»Nein, warum denn?«, sagte sie. »Wir machen das hier überhaupt nicht heimlich. Es hat niemand was dagegen.«

Ich ließ das Thema auf sich beruhen und fragte: »Waren Sie wegen Gerrit bei der Polizei?«

»Ach jehchen, was soll mir denn die Polente nützen? Wenn ich zu denen hingehe, passiert mir womöglich doch noch was.«

»Sie haben kein großes Vertrauen zu den Behörden?«

»Nee, bestimmt nicht, auch kein kleines.«

»Kann ich auch gut verstehen, aber dann sollten Sie zu mir etwas mehr Vertrauen haben! Kennen Sie nicht doch jemanden namens Rahn? Das habe ich Sie gestern schon gefragt, und ich frage Sie es noch einmal.«

»Und ich sage noch einmal: Nein.«

Zerner hatte Rahn gekannt. Das stand fest. Deshalb glaubte ich ihr nicht.

»Warum lügen Sie mich an?«

Sie zuckte kaum merklich zusammen und warf mir einen unsicheren Blick zu. »Ich lüge nicht. Ich kenne ihn wirklich nicht. Ich weiß nur, dass er tot ist.«

»Immerhin! Das ist doch schon was! Wissen Sie auch, woran er gestorben ist?«

Auf ihren Armen bildete sich eine Gänsehaut. »Also gut: Wie ich hörte, wurde er umgebracht.«

»Haben Sie auch gehört, weshalb er umgebracht wurde, und von wem?«

»Gehört ja heute nicht viel dazu, umgebracht zu werden – kann ja jeder ungestraft wen anders umbringen, wenn er bloß die richtige Uniform trägt. Schöne Sitten sind das. Ich weiß aber nicht, wer Rahn auf dem Gewissen hat. Nein, keine Ahnung!«

»Haben Sie eine Vermutung?«

»Absolut keine!«

»Waren Sie mit Rahn befreundet?«

Sie schüttelte den Kopf. »Ich war früher Kommunistin! Habe ich Ihnen doch gestern schon gesagt.«

Ich verzichtete auf den Einwand, dass auch ihr Liebster kein lupenreiner Kommunist mehr gewesen war.

»War Gerrit mit Rahn befreundet?«

»Die beiden kannten sich so lala.«

»Wenn Sie schon keine Vermutung habe, was Rahns Tod angeht, würde ich selbst gern eine äußern. Darf ich?«

»Bitteschön!«

»Rahn könnte von der SA umgebracht worden sein, weil er über etwas geplaudert hat, über das er besser geschwiegen hätte. Leider hat er nicht nur geplaudert, sondern seine Erinnerungen zuvor auch noch zu Papier gebracht und diese schriftlichen Aufzeichnungen dann Ihrem Verlobten anvertraut. Der ist dann selbst, als er davon hörte, dass man Belastungsmaterial gegen die SA suchte, auf den Gedanken gekommen, Rahns Material zu Geld zu machen. War es nicht so?«

Sie warf mir einen herausfordernden Blick ihrer blauen Augen zu. »Tja! Wenn Sie so gut darin sind, Vermutungen anzustellen, dann sagen Sie mir doch, was mit Gerrit passiert ist.«

Eine Zeit lang herrschte Schweigen, und ich musste mich zwingen, ihr eine Antwort zu geben.

»Ihr Freund wäre lieber bei der Filmerei geblieben«, sagte ich schließlich. »Die ist zwar auch nicht so ohne, wie Sie glauben, aber so gefährlich wie das, was Gerrit dieser Tage unternommen hat, ist sie nicht.«

Sie sah mich an. Es war etwas Verlorenes in ihrem Blick.

»Sie glauben, dass er in Schwierigkeiten steckt?«

»Halten Sie das für abwegig?«

Sie senkte den Kopf und ich sah, dass in ihren Augen Tränen glitzerten. Ihre forsche Art war anscheinend eine Fassade, die sie nur mit Mühe aufrecht halten konnte.

»Verdammte Scheiße!«, sagte sie und wischte mit der Hand die Tränen weg. »Ja, es stimmt«, fügte sie hinzu.

»Rahn hat Gerrit etwas gegeben, das er für ihn aufbewahren sollte.«

»Hat es sich um ein Schriftstück gehandelt?«

»Ja, ich glaube schon.«

»Wann ist das gewesen – wann hat er Gerrit das Schriftstück übergeben?«

Sie legte die Finger an die Schläfe, als dächte sie nach. »Ach, irgendwann im letzten Jahr, er war da schon im Gefängnis.«

»Hat Gerrit Rahn im Gefängnis besucht?«

»Er hat die Sachen Gerrit nicht direkt übergeben, sondern sie seiner Mutter zugesteckt, als die ihn besuchte, und die sollte sie Gerrit geben. Von Rahns Mutter hat Gerrit auch erfahren, dass Günter tot ist, und die weiß es von dem Direktor des Gefängnisses, wo Rahn einsaß, aber auch nur unter der Hand. Offiziell hat ihr bis heute keiner gesagt, was aus ihrem Sohn geworden ist.«

»Hat Gerrit Ihnen gesagt, was in Rahns Schreiben drinstand?«

»Nur, dass es etwas Wichtiges war, das man zu Geld machen könnte, mehr habe ich nicht mitbekommen.«

»Mal angenommen, Gerrit hätte dieses Schriftstück irgendwo versteckt – haben Sie eine Idee, wo es sich befinden könnte?«

Sie sah mich unsicher an. »Nein«, sagte sie bestimmt, aber so wie sie es sagte, klang es eine kleine Spur zu heftig.

»Sie könnten mal darüber nachdenken oder danach suchen.«

»Ich gebe mir Mühe«, gab sie ausweichend zurück, und mir kam der Gedanke, dass es ein Fehler von mir war, dass ich ihr den Tod ihres Liebsten bisher verheimlicht hatte. Sie würde ihre Zurückhaltung bezüglich dessen, was sie wusste, sicher aufgeben, wenn sie nicht mehr in der Annahme gefangen wäre, auf Gerrit Rücksicht nehmen zu müssen. Aber es war hier nicht der rechte Ort und die rechte Zeit, um ihr die schreckliche Nachricht zu überbringen.

»Haben Sie nach mir noch anderen Besuch erhalten?«

Sie blickte mich aus den feucht glitzernden Augen an. »Ich habe ja direkt darauf gewartet, um den ›anderen Herren‹ Fragen nach Gerrit zu stellen, aber bei mir hat sich leider keiner gemeldet.« Sie schüttelte den Schopf und schluchzte ein weiteres Mal. »Gibt es denn keine Hoffnung für Gerrit? Bitte sagen Sie mir, was Sie wissen. Steht es so schlimm um ihn?«

»Es sind schon Leute für weniger umgebracht worden. Jemand könnte auf Gerrits Verkaufsofferte in einer sehr bösen Weise reagiert haben.«

»Was haben sie ihm denn nur getan?«

Ich sagte nichts und sie fing an zu weinen, ohne dass sie ihre Frage wiederholte.

»Oh, ich liebe ihn doch so sehr«, schluchzte sie dann. »Er ist mein Ein und Alles. Ohne ihn – ich darf gar nicht daran denken! Wenn er nicht zurückkommt, will ich auch nicht länger leben.«

Von der Tür kam ein Geräusch, der blonde Fotograf mit dem struppigen Haar steckte den Kopf durch den Spalt. »He, alles in Ordnung?«

»Ja, verschwinde!«, gab Violet zurück und wischte sich die Tränen weg.

»Die Pause ist zu Ende«, meinte er. »Wir machen weiter.«

»Hau ab, ich komme gleich!«

Der Blonde brummte etwas und verschwand.

»Anscheinend hat sich Gerrit sehr gefährliche Feinde gemacht«, sagte ich. »Vielleicht nehmen die doch noch Verbindung zu Ihnen auf. Sie müssen in nächster Zeit gut auf sich aufpassen. Ich will Ihnen ja helfen. Aber Sie müssen sich auch helfen lassen, und dazu gehört, dass Sie mich in alles einweihen, was Sie über Gerrits Vorhaben wissen.«

Sie funkelte mich wieder mit ihren feucht schimmernden Augen an. »Aber sich selber wollen Sie doch bestimmt auch helfen, nicht wahr? Sie tun das doch nicht aus purer Nächstenliebe, oder?«

»Nicht nur, aber auch! Lassen Sie mich so sagen: Ich glaube, wir beide sitzen in einem Boot.«

»Violet, komm jetzt!«, rief es von draußen vom Flur. »Wir haben noch viele schöne Sachen vor.«

»Ich ja – du nicht!«, rief sie zurück.

Sie richtete sich auf. »Ich muss mal über alles nachdenken«, sagte sie. »Ich melde mich bei Ihnen. Ihre Visitenkarte habe ich ja.«

»Wann sind Sie wieder zu Hause?«

»Außer heute ist nachmittags die beste Zeit, wenn Sie mich besuchen kommen wollen. So wie gestern. Egal!« Sie wischte mit der Hand die letzten Tränen weg. »Ich muss mich erst wieder pudern gehen und dann wieder an die Arbeit. Hauptsache, ich komme für die Szenen wieder in Wallung. Das Gespräch mit Ihnen hat mich ziemlich runtergebracht!«

Sie erhob sich, reckte den anmutigen Körper, zog den Kittel aus und warf ihn entschlossen in eine Ecke. »Ach verdammt! Jetzt erst recht!«

Schön und nackt ging sie mit festen Schritten aus dem

Zimmer. Ich atmete tief durch, erhob mich und folgte ihr.

Im Flur stand der blonde Aufnahmeleiter. Violet war im Aufnahmeraum verschwunden.

»Mein Gott, was für ein Mädchen«, sagte er, halb zu sich selbst, aber auch in meine Richtung gewandt, und wischte sich den Schweiß von der Stirn, »normalerweise macht es mir nichts aus – aber bei der …!«

»Sie werden dafür bezahlt, nehme ich an«, sagte ich. »Was denken Sie, womit ich mich in meinem Beruf so herumschlagen muss.«

Er sah mich erstaunt an. »Na ja – so kann man es auch sehen.«

Ich ließ ihn stehen und verließ durch den langen Gang das Atelier.

Draußen brannte die Sonne am wolkenlosen Himmel, und mir kam der Gedanke, dass die Gelegenheit günstig war, um einen Ausflug in die Laubenkolonie zu unternehmen. Es würde sicher noch eine ganze Weile dauern, bis Violet in ihr Häuschen zurückkehren würde.

10

Am Priesterweg glänzten die Bahngleise in ihrem schwarzgrauen Schotterbett. Ein schwarzes, Funken versprühendes und schwitzendes Ungetüm von Lokomotive zog eine Kolonne von Waggons durch die Mittagssonnenglut. Abseits davon, zur westlichen Seite hin, wo die Gärten lagen, herrschte Ruhe.

Die hochstehende Sonne schien gnadenlos. Ich hatte das leichteste Sommerjackett angezogen, das ich besaß, aber auch in diesem schwitzte ich fürchterlich. Ich zog es aus und legte es in den Wagen; darunter trug ich zum Glück nur ein dünnes, kurzärmeliges Hemd.

Die Schatten waren so dünn gesät, dass man sie suchen musste. Ebenso wie die Kleingärtner oder ihre Angehörigen, von denen viele im Sommer in ihren Lauben wohnten. Kaum jemand von ihnen war zu dieser Stunde zu sehen, und nachdem ich eine Weile gegangen war, bekam ich das Gefühl, als ob ich mich ganz allein durch die sommerliche Gartenwelt bewegte.

Ich stieß auf einen der Hauptwege und schlug die Richtung ein, in der sich nach meiner Erinnerung Violets Garten auf dem kürzesten Weg erreichen ließ. Doch bald merkte ich, dass mich meine Erinnerung täuschte. Das Problem in diesen Gartenanlagen war, dass sich alles mehr oder weniger glich und ein Muster sich wiederholender Einheiten aus Gärten und Häuschen bildete, in dem man schnell den Überblick verlor. Beim letzten Mal hatte ich den richtigen Weg sofort gefunden, was wahrscheinlich nur ein Zufall gewesen war, denn je weiter ich nun den kreuz und quer verlaufenden Wegen folgte, umso mehr bekam ich das Gefühl, fehlgegangen zu sein.

Schließlich sah ich jemanden, der mir vielleicht helfen konnte; einen Schrebergartenbesitzer, der im Schweiße seines Angesichts die ersten Erdbeeren pflückte. Aus einem rot glänzenden Gesicht sah er zu mir auf, als ich an seinem Gartenzaun stehen blieb.

Ich fragte ihn nach dem Fliederweg.

»Da hinten irgendwo«, knurrte er, »ein paar Wege weiter!« Er deute mit der Hand unbestimmt in südwestliche Richtung und wandte sich wieder seinen Beeren zu.

Ich erreichte den größeren quer verlaufenden Weg, der sich schon weit im westlichen Teil der Anlage befand. Von diesem Weg zweigten kleinere Stichwege ab, an denen weitere Gärten wie Hinterliegergrundstücke in Sackgassen lagen, und an einem dieser Stichwege, so meinte ich mich zu erinnern, musste sich Violets Gartenlaube befinden.

Nachdem ich dem Querweg eine Weile gefolgt war, blieb ich stehen, weil mir die Anordnung der sich kreuzenden Wege irgendwie bekannt vorkam.

Ich sah in alle Richtungen. Ja, irgendwo hier in der Nähe musste Violets Garten sein, dachte ich, und überlegte, wohin ich mich als nächstes wenden sollte, und als mein Blick in der flimmernden Hitze erneut dem nach Westen eilenden Abzweig folgte, ließ mich etwas innehalten, ein unbestimmter Eindruck, der mich für den Moment von meinem Plan abbrachte und meinen Gedanken eine ganz andere Richtung gab.

Die Gasse vor meinen Augen lief an Gartenhecken und Lauben entlang, aber anders als die anderen Abzweige, die ich zuvor passiert hatte, endete sie nicht vor einem einzelnen Grundstück, sondern berührte eine dicht bewachsene Böschung, die Teil einer kleinen bewaldeten Lichtung war. Birken, Pappeln und allerlei Gestrüpp bildeten mit ihr zusammen einen kleinen Hain. Dahinter machte der Weg einen Bogen um die rechts gelegenen Gärten herum, wie ich plötzlich wusste, und führte nach einer Weile wieder auf einen der größeren Wege zurück.

Ich kniff die Augen zusammen und blinzelte ins Sonnenlicht. Kannte ich denn diesen Weg? Woher wusste ich, wohin der Weg führte?

Der Mittag war an seinem Höhepunkt angelangt. Die Sonne brannte, aber ich stand da, ohne nach einem schattigen Plätzchen zu suchen, und als ich mir mit der Hand den Schweiß von der Stirn wischte, begriff ich, dass dieser nicht allein von der Hitze herrührte.

Ich war schon einmal hier gewesen, wurde mir klar, nicht nur einmal, sondern gar öfter, und zwar vor langer, langer Zeit.

Mein Gott, wie lange war das her? Die Spuren der Kindheit schienen wie verweht. Alte Träume verloren im Nichts, vergessen und unwiederbringlich, und nirgendwo ein Trost, der mich mit der verlorenen Zeit hätte versöhnen können. Das Glück der Kindheit wog nichts mehr; und das Schlimmste war, daran denken zu müssen, was aus dem Glück von damals geworden war. Ach, hatte es denn überhaupt existiert?

Etwas Fremdes hatte mich beim Blick auf den Hain am Ende der Gasse berührt; etwas Fremdes und doch Vertrautes, das wie der Einbruch von etwas Mysteriösem in meine Alltagswelt war, das ich aber dennoch kannte. Das Licht meiner Gedanken, das gewöhnlich nur die schmale

Linie meines Weges beleuchtete, war auf etwas gefallen, das sonst in einem unerforschlichen Dunkel lag.

Ich dachte an den letzten Sommer mit Doris und den Eltern zurück. Es war ein heißer Sommer wie dieser gewesen, und bei der Erinnerung an das allerletzte Wochenende, das wir vier gemeinsam in unserem Garten verbracht hatten, legte sich eine eisige Klammer um mein Herz.

Am letzten Abend hatte Zwielicht geherrscht, als ich unterwegs zu unserem Garten war und von der Stelle aus, wo ich jetzt stand, Doris erblickte, die hinten an der Böschung zu dem schmalen Bachbett am Boden kniete, um etwas zu betrachten, das ihr Interesse fand.

Der Weg, der an die Böschung grenzte, lag in tiefem Schatten, und an den Bäumen und den Pflanzen regte sich kein Blatt. Langsam glitt ich vor, schlich lautlos entlang der Zäune, dann war ich dort.

Das schlichte Haar fiel in ihr ebenmäßiges Gesicht. Mit ihren kurzen Hosen und der weißblauen Matrosenweste wirkte sie fast wie ein Junge. Die Weste stand weit offen und unter dem Stoff zeichnete sich der kleine, wohl geformte Busen ab. Die Mahnungen der Mutter, sich als das junge Mädchen, das sie nun war, nicht mehr so knapp zu bekleiden, bekümmerten Doris nicht. Sie liebte es, ihre ranken Glieder zu zeigen, und wenn es das heiße Wetter nicht war, fand sie dafür einen anderen Grund. Die Besorgnisse der Eltern waren nicht unbegründet, mir aber gefiel sie gerade so wie sie war.

»Gleich kann man die Glühwürmchen sehen«, sagte Doris. Ihr Blick war noch immer auf die Böschung gerichtet, aber sie hatte mein Anschleichen längst bemerkt.

»Gerade hier an dieser Stelle habe ich sie gestern Abend und auch vor einer Woche schon beobachtet. Sieh doch! Kannst du sie sehen?«

»Ja, jetzt erkenne ich sie auch.«

Ihre Augen betrachteten mit Gefallen die kleinen Lichtpunkte, die in der Dämmerung über der Böschung tanzten.

»Sie feiern ein Paarungsfest«, flüsterte sie, als hätte sie Angst, die Wesen bei ihrem Liebestanz zu erschrecken. »Die Weibchen können nicht fliegen; sie leuchten nur. Es sind die fliegenden Männchen, die man umherschwirren sieht.«

Sie lächelte glücklich, als ob die kleinen Lichtwesen irgendetwas in ihr mit Intensität berührten. »Sie machen sich über die Weibchen her, um sie zu begatten«, fügte sie hinzu. »Was meinst du, ob die Glühwürmchen auch Freude dabei empfinden – so wie die Menschen?«

»Hm, ich weiß nicht, aber ein bisschen Freude bestimmt, denn ohne einen Anreiz würden sie sich nicht lieben.«

Sie blickte auf und sah mich an. »Ich habe dich gesucht. Die Eltern sind fort, zu einer Geburtstagsfeier gegangen, ein paar Gärten weiter.« Es klang fast verschwörerisch, wie sie es sagte, als wäre es ein Glück, das wir beide endlich miteinander allein sein konnten.

Sie erhob sich aus der Hocke und trat neben mich, schob ihren schlanken Arm um meine Taille herum und lehnte sich an mich an.

»Du bist schön, Eugen«, flüsterte sie. »Ich habe dich sehr gern.« Der Blick, den sie mir zuwandte, war zärtlich, aber auch entschlossen und fest, und ihre Augen leuchteten.

»Du bist das schönste Mädchen, das ich kenne, Doris«, flüsterte ich zurück, »ich liebe dich auch.«

Sie sah wieder hinüber zu den tanzenden Wesen, und leiser, aber deutlich setzte sie hinzu: »Ich möchte auch einmal ein Glühwürmchen sein. Eines, das ein bisschen Freude empfindet. Nur für einen Abend, nur für eine Nacht.«

Sie presste sich noch enger an meinen Körper und als sie das Gesicht wieder mir zuwandte, streiften ihre warmen Lippen meine Ohren, und ich hörte, wie sie raunte: »Nur für ein Stündchen in einer warmen Sommernacht. Heute – ist so eine warme Sommernacht.«

Wir redeten nicht mehr, sondern standen dicht nebeneinander, und als wir uns voneinander lösten, folgten wir dem Weg, der an der Böschung weiterführte – vorbei an den Gärten, in denen die Menschen gesellig beieinander saßen und den Sommerabend genossen.

Meine Augen verengten sich zu einem schmalen Schlitz. Mein Gott, warum hatte alles so kommen müssen! Warum hatten die Eltern uns verlassen, wir hätten sie noch so dringend gebraucht! Nur zehn Tage nach jenem Abend war das Unglück geschehen, das sie uns genommen hatte, und es war mir, als hätten sie sterben müssen, weil diese Sache zwischen Doris und mir geschehen war; ja, es war, als hätten wir die Eltern umgebracht! Bald dreißig Jahre lag das zurück und nie wieder danach war es so gewesen, wie es bis zu jenem Abend in meinem Leben gewesen war, und während ich still dastand und auf die Böschung starrte, eilten die Jahre an mir vorüber; furchtbare Jahre, in denen ich gewissermaßen tot gewesen war.

Das Zwielicht der Erinnerung verschwand, und hell und gleißend war das Mittagssonnenlicht.

Der alte Garten, der meinen Eltern gehört hatte, musste sich ganz in der Nähe befinden! Ob es wohl unser Häuschen dort noch gab? Ob ich dem Weg noch einmal folgen sollte, der an der Böschung einen Bogen beschrieb und weiter zu dem alten Garten hinführte?

Nein, dachte ich, *geh nicht dort hin!*

Ich blickte zur Sonne.

Nein, geh nicht dort hin!

Es war jetzt wirklich nicht die Zeit, das dunkle Land der Erinnerungen noch weiter zu erforschen, sagte ich mir. Kurz entschlossen wandte ich mich um und passierte ein paar Stichwege, und dann endlich erkannte ich den kleineren Weg wieder, der zu Violets Gärtchen führte.

Das Grundstück lag verlassen im Sonnenlicht und stand voll mit herrlichstem Sommerwuchs. Niemand war zu sehen. Ich schob die Pforte auf und ging über den kleinen Weg bis hin zu dem Häuschen.

Seit dem Krieg wusste ich, wie man Schlösser knackte. Der Verkäufer in dem Eisenwarenladen hatte eine Weile in seinen Schubladen gekramt, bevor er mir das gute Stück verkaufte. Als ich es in das Schloss der Gartenhaustür schob, fiel mir seine Bemerkung wieder ein: ›Mit etwas Geschick und Fingerspitzengefühl lässt sich jedes gewöhnliche Schloss damit öffnen.‹

Die Tür des Gartenhauses war keine große Herausforderung für mich. Ich schob den Dietrich in das Schloss, aber als ich ihn bewegte, zeigte sich, dass die Tür gar nicht verschlossen war. Ich drückte die Klinke herunter und betrat langsam den dahinter liegenden Raum.

Der Eindruck, dass sich seit dem gestrigen Tag hier nichts verändert hatte, erschloss sich mir ganz unmittelbar. Aber was hätte sich auch verändern sollen, sagte ich mir dann. Was hatte ich erwartet? In der Hütte war es höllisch warm, aber wenigstens schien die Sonne nicht durch die Fenster. Nur ein einzelner Sonnenstrahl hatte sich durch ein nach Süden gehendes Fenster hereinverirrt. Ich machte ein paar Schritte auf den Sonnenstrahl zu, dann blieb ich wie angewurzelt stehen und starrte die Büsche und Bäume an.

Es war, als seien meine Augen von innen her blind für das, was hinter dem Fenster war; ja, ich hatte nicht einmal dorthin treten wollen, sondern irgendetwas hatte meine Schritte dorthin gelenkt, doch erst jetzt, als ich mich nicht mehr bewegte, begriff ich, was es gewesen war.

Es war etwas schwarz Schimmerndes, das eine dunkle Masse zwischen der Tür und dem rechter Hand stehenden Schrank bildete, und mit der Verzögerung der Momente, die vergangen waren, wurde mir klar, dass ich nicht alleine in dem Häuschen war. Dieses Mal war es keine Einbildung, ich wusste es sofort. Das, was meine Augen peripher registriert hatten, als ich zu dem Sonnenstrahl hinübergeblickt hatte, war keine Halluzination, sondern Wirklichkeit – noch jemand war in dem Raum.

Es war nicht Violet, sondern ein Mann. Ein schwarzer Schatten, der nach mir zu greifen schien, obwohl er sich gar nicht bewegte, und das einzige, was sich von der Schattierung abhob, war das schwarz Glitzernde, das er in seinen Händen hielt; eine Pistole, deren Mündung in meine Richtung zielte.

11

Das Gesicht über der Mündung war hager, bräunlich und auf eine unbestimmte Weise exotisch, aber der Mann, dem es gehörte, war ein Deutscher.

»Wieder einmal kreuzen sich unsere Pfade, Herr Goltz«, lächelte der Bankier Philipp Arnheim mich an.

»Es scheint unser Schicksal zu sein«, gab ich zurück, nachdem ich den ersten Schrecken überwunden hatte. »Was tun Sie hier?«

Er schürzte die Lippen. »Glauben Sie, dass Sie derjenige sind, der hier die Fragen stellen darf?«

»Nur weil Sie als erster hier waren, haben Sie keine älteren Rechte als ich.«

»Aber ich habe eine Pistole, Sie nicht!« Er grinste.

Ich zuckte mit den Achseln. »Es gibt keinen Grund sie zu benutzen.«

Seine Züge verhärteten sich. »Im ersten Moment war ich verwundert, Sie hier zu erblicken, doch dann fiel mir ein, dass Sie ja zugegen waren, als der junge Zerner uns seine Adresse nannte. Ich hätte Sie trotzdem für klüger gehalten. Warum sind Sie hergekommen?«

»Jemand muss dem armen Mädchen die quälende Ungewissheit über das Schicksal ihres Liebsten nehmen.«

Er nickte still vor sich hin. »Sie sind mir ein rechter barmherziger Samariter, Herr Goltz.«

»Das Mädchen tut mir leid.«

Sein Blick wurde kalt. »Und weil Ihnen das Mädchen leidtut, haben Sie auch einen Dietrich benutzt – anstatt an die Tür zu klopfen.«

Vielleicht lag es an der Hitze. Aber er hatte recht. Es war heute wirklich nicht mein bester Tag.

»Sie scheinen gewusst zu haben, dass die junge Dame im Moment nicht anzutreffen ist«, fügte er hinzu, als hätte das noch eine Bedeutung.

»Wie sind Sie denn selbst hereingekommen?«

»Mit dem Schlüssel, den Zerner in seiner Hosentasche hatte«, erwiderte er. »Sie erinnern sich?«

»Ich erinnere mich. Nun ja, das Grundstück sah so verlassen aus. Da habe ich den Dietrich benutzt. Tja, ich habe mich geirrt. Ich hätte ihn gar nicht gebraucht.«

Arnheim betrachtete nachdenklich die Pistole in seiner Hand. »Sie sind ein Schlaumeier, Goltz, nie um eine dämliche Antwort verlegen. Weit sind Sie in Ihrem Leben damit nicht gekommen! Haben Sie das noch nicht bemerkt? Ich hatte fest damit gerechnet, Sie hätten die Lektion, die man Ihnen neulich erteilte, begriffen.«

»Was sollte ich begreifen? Dass mein Schwager über Leichen geht? Das war mir nicht neu.«

»Meinen Sie nicht, dass Sie schon genug Ärger am Hals haben?«

»Ich wurde gegen meinen Willen in etwas hineingezogen. Denken Sie, ich kann das einfach auf sich beruhen lassen?«

Die Pistole in seiner Hand bewegte sich, als hätte er Lust, sie zu benutzen.

»Sie spielen wieder mal den Detektiv, nicht wahr? Sie sollten nicht so viele Bücher von Edgar Wallace lesen! Den lesen Sie doch, nicht wahr?«

»Gelegentlich.«

»Da haben Sie wenigstens eines mit dem Führer gemein, der liest den Wallace nämlich auch.«

»Viel mehr Gemeinsamkeiten gibt es wohl nicht zwischen uns.«

»Schade, schade«, meinte er. »Sie wollen herausfinden, weshalb der Junge sterben musste! Ist es das?«

Er trat aus der Nische einen Schritt auf mich zu und ich selbst wich unwillkürlich zurück in Richtung der Tür. Natürlich wollte ich gegenüber Arnheim gern einen anderen Anschein erwecken, aber mir war keineswegs wohl in meiner Haut.

»Ich habe nicht vor, jemanden mit meinen Erkenntnissen zu beeindrucken«, entgegnete ich ausweichend. »Aber ich muss mich schützen. Es würde mir helfen, Zerners Absichten zu kennen.«

Er zielte mit der Pistole auf meinen Bauch. »Erzählen Sie mir keinen Blödsinn!«

»Es ist die Wahrheit! Was denn sonst?«

Er starrte mich eine Weile stumm aus seinen kalten Augen an. »Wäre Mantiss nicht Ihr Schwager, wären Sie schon tot«, sagte er.

Ich schüttelte langsam den Kopf. »Mein Schwager ist kein Mensch, der seine Feinde deshalb verschont, weil sie mit ihm verwandt sind. Offenbar will er nicht, dass ich sterbe. Er denkt wohl, dass er mich noch einmal braucht.«

Arnheim blickte für einen Moment zum Fenster, hinter dem die grüne Gartenpracht glitzerte. »Wissen Sie, was ich denke, Goltz«, erwiderte er. »Ich denke, dass Mantiss Ihnen gegenüber zu nachsichtig ist. Was soll ich ihm über unsere heutige Begegnung berichten? Soll ich ihm erzählen, dass Sie weiterhin Gefallen daran finden, Ihr eigenes Süppchen zu kochen?«

»Warum wollen Sie ihm überhaupt von unserer Begegnung berichten? Lassen Sie mich doch einfach mein Süppchen kochen. Ich verbrenne Sie mit dem Kochwasser schon nicht, Herr Arnheim. *Sie* müssen keinen Groll gegen mich hegen.«

Selten hatte ich so viel gelogen wie in diesen Tagen, aber anders als bei der jungen Violet Halder empfand ich gegenüber Arnheim keinerlei Skrupel.

»Am besten sollte ich Sie gleich über den Haufen schießen, damit Sie ein für alle Mal von der Oberfläche dieses Planeten verschwänden«, meinte er und wedelte ungeduldig mit der Pistole. »Wäre das nicht die sauberste Lösung, Goltz? Sie sind der Schlaumeier, antworten Sie!«

»Sie sollten besser keine weiteren Morde begehen, Herr Arnheim!«

Er lachte böse. »Wenn Sie von der Kugel getroffen hier tot am Boden liegen, schnappen wir uns das Mädchen, drücken ihr die Pistole in die Hand und schicken ihr die Polizei in den Garten«, sagte er. »Glauben Sie, das Mädchen hätte auch nur den Hauch einer Chance?«

Meinetwegen hatte er die Pistole nicht mitgebracht, überlegte ich; das lag klar auf der Hand. Was hatte er geplant? Wollte er Violet damit bedrohen? Sicher hatte er die Waffe nicht eingesteckt, um auf Violet zu schießen; wahrscheinlich hatte er geplant, ihr die Waffe unter die Nase zu halten und sie zu zwingen, ihm zu erzählen, was sie von Zerners Vorhaben und dem Verbleib des Originals wusste.

»Warum sollten Sie sich die Mühe machen!«, entgegnete ich. »Wenn Sie mich über den Haufen schießen, könnten Sie das genauso gut mit dem Mädchen tun. Als SA-Mann werden Sie kaum dafür belangt werden.«

Er lächelte immer noch.

»Sie sagen es, Goltz, der Möglichkeiten sind in der Tat viele. Trotzdem würde ich die erste Variante vorziehen, sie gefällt mir einfach besser.«

»Ziehen Sie das Mädchen da nicht hinein! Das arme Ding ist unschuldig.«

Er wirkte, als wüsste er gut über Violets Intentionen Bescheid. »Wer weiß? Wer weiß?«, erwiderte er. »So unschuldig sieht die Kleine nicht aus, wie man mir sagte. Was wollten Sie ihr über ihren Geliebten erzählen?«

»Dass die SA seine Absichten durchkreuzt und ihn umgebracht hat.«

»Was noch?«

»Nichts.«

»Keine Details?«

Ich schüttelte den Kopf.

»Ich habe durchaus ein gewisses Verständnis dafür, dass das Mädchen wissen möchte, ob ihr Liebster noch lebt«, sagte er. »Meinetwegen kann man ihr diese Antwort auch geben! Wenn sie aber weitere Fragen stellt, gibt es Mittel genug, ihr begreiflich zu machen, dass sie sich mit der Antwort, die sie erhalten hat, zufrieden zu geben hat und sich stattdessen schnell einen neuen Liebhaber sucht. Bei ihrem Aussehen wird sie auch keine Schwierigkeiten haben, jemanden Geeigneten zu finden. Sie soll sehr hübsch sein. Leider habe ich sie persönlich noch nicht kennengelernt.«

»Ich glaube nicht, dass sie Schwierigkeiten macht. Sie weiß nichts. Zerner hat auf mich nicht den Eindruck einer Plaudertasche gemacht. Ich werde ihr trotzdem den Rat geben, nicht die Heldin zu spielen, wenn Sie mich machen lassen.«

»Das klingt alles ziemlich vernünftig, Goltz!«, sagte

er. »Ich hoffe nur, Sie lassen Ihren Worten auch Taten folgen! Und eines sollten Sie dabei nicht übersehen: Sie stecken in der Sache mit drin – das ist Ihnen doch klar, oder nicht?«

Ich nickte geflissentlich. »Das lässt sich kaum bestreiten.«

Er fuhr sich mit der Hand über die Stirn und sah mich wieder nachdenklich an. »Sie können der jungen Dame erzählen, dass jemand von der SA Ihnen zugetragen hat, dass ihr Freund liquidiert wurde – mehr braucht sie aber nicht zu wissen.«

»Seien Sie ganz unbesorgt!«, antwortete ich. »Sie kennen mich, ich habe auch in anderen Fällen geschwiegen. Denken Sie nur an den Brandprozess.« Meine Bemerkung bezog sich auf den Prozess um den Reichstagsbrand vom vergangenen Jahr, als der Bankier mich davor gewarnt hatte, mit meinen Erlebnissen in der Nacht des Reichstagsbrandes hausieren zu gehen.

Arnheim betrachtete nachdenklich den Sonnenstrahl, der immer noch durch das kleine Fenster hereinschien und in dem die Staubkörner tanzten, als freuten sie sich über die Wärme und das Licht.

»Wie es aussieht, hat uns der Zufall hier zusammengeführt«, sagte er nach einer Weile. »Aber möglicherweise ist es kein Zufall, sondern eine Fügung des Schicksals. Ich glaube …«, er starrte eine Weile stumm vor sich hin, als müsste er seine Gedanken noch ordnen. »Ja, ich glaube wirklich, wir könnten etwas füreinander tun, Goltz. Unsere Interessen unterscheiden sich womöglich gar nicht so sehr, wie es auf den ersten Blick scheinen mag.«

Irgendetwas musste passiert sein, mit dem er nicht gerechnet hatte, ging es mir durch den Sinn. Warum sonst war er besorgt, es könnte bekannt werden, dass er an der Mordsache Zerner beteiligt gewesen war? Hatte sich etwas geändert im gängigen Machtgefüge, sodass Arnheim und Konsorten sich nicht mehr sicher sein konnten, in einem Land zu leben, in dem Leute wie sie ungestraft Morde begehen konnten?

»Versprechen Sie mir, dass Sie das Mädchen in Ruhe lassen werden?«

»Sie ist doch gar nicht da«, sagte er. »Ich will mich hier nur ein wenig umschauen, dann bin ich wieder fort. Also: Halten Sie es für möglich, dass uns etwas verbindet?«

»Ich will es nicht ausschließen«, sagte ich in gleichmütigem Ton.

Er starrte auf die Pistole in seiner Hand und beachtete mich eine Zeit lang nicht. »Mir hat die Sache von neulich Abend auch nicht so sonderlich gut gefallen«, fuhr er fort. »Sicher, einen Verräter muss man liquidieren, aber man hätte ihm sauber eine schnelle Kugel verpassen sollen, und auf all das Drum und Dran besser verzichtet. Aber so ist Mantiss, er liebt die dramaturgischen Effekte, es ist seine Art, ich kann nichts dagegen tun.«

»Er ist ein Sadist«, sagte ich leise.

»Nein«, erwiderte Arnheim. »Er ist nur ein radikaler Mensch, der immer bis zum Äußersten gehen muss.«

»Wenn Sie es sagen, wird es wohl stimmen! Sie kennen ihn besser als ich.«

Mit dem, was Arnheim über seinen Kumpan geäußert hatte, bestätigte er nur meine Einschätzung, dass Mantiss noch viel schlimmer war als der schlimmste Sadist. Er war kein Getriebener, kein Monstrum, das von animalischen Zwängen besessen war, sondern ein Mann, der genau nach Plan und mit Überlegung handelte. Besessen war er auch, besessen von einem Mythos – dem Mythos des Übermenschen. Und diesen Mythos lebte er ohne Skrupel. Gegen Menschen seiner Art waren Sadisten harmlos.

»Ja, ich kenne ihn wahrlich«, murmelte er und wischte sich mit der Hand, die die Pistole nicht hielt, ein paar Schweißperlen von der Stirn.

»Das Mädchen geht ihn jedenfalls nichts an«, sagte ich. »Er hat keinen Grund ihr etwas zu tun.«

Der Blick von Arnheim wurde unergründlich. »Sollte ich das Dokument, von dem der junge Zerner sprach, nicht finden«, sagte er, »wären Sie gut beraten, dafür zu sorgen, dass Mantiss keinen Grund hat, dem Mädchen etwas zu tun! Sie halten immer so viel auf Ihr Gewissen, Goltz. Würde es Ihr Gewissen nicht belasten, wenn die junge Dame das Schicksal ihres Dahingeschiedenen teilen müsste, weil Sie zu geschwätzig gewesen sind und die Hübsche gegen uns aufgehetzt haben?«

»Dieses Dokument ist es nicht wert, dass man sich über seinen Besitz streitet«, sagte ich. »Diesen Rat werde ich dem Mädchen geben. Seien Sie unbesorgt. Das Mädchen ist für Ihre Gesellschaft keine Gefahr. Davon bin ich fest überzeugt!«

Er betrachtete mich, anscheinend zweifelte er. »Sollte ich mich tatsächlich entschließen, Mantiss unsere heutige Begegnung zu verschweigen«, sagte er nach einer Weile, »erwarte ich, dass Sie sich revanchieren, sollten einmal die Verhältnisse so sein, dass ich auf einen Gefallen von Ihnen angewiesen bin. Haben wir uns verstanden?«

»Ich bin kein undankbarer Mensch.«

Endlich ließ er die Hand mit der Waffe sinken.

»Sie können mir Ihre Dankbarkeit heute schon beweisen«, sagte er und sah zum Fenster, »nämlich dadurch, dass Sie mir sagen, wer Ihr Auftraggeber ist.«

Meine Stirn legte sich in Falten.

»Wenn ich einen Auftraggeber hätte, dürfte ich Ihnen nicht sagen, wer es ist. Das wissen Sie!«

Arnheim nahm den Blick vom Fenster. »Sie haben also einen! Anderenfalls hätten Sie überhaupt nicht an Ihre anwaltliche Schweigepflicht gedacht! Wissen Sie was – ich brauche Ihre Antwort gar nicht. Ich kenne sie bereits. Cui bono? Wem nützt das Dokument noch, nach dem Sie suchen, denn deshalb sind Sie ja hier! Immer ist es derselbe Name, der mir in den Sinn kommt – Henny von Tryska. Liege ich richtig?«

Ich zuckte mit den Achseln. »Sie sagten ja bereits, dass Sie gar keine Antwort von mir wollen.«

Er sah mir direkt in die Augen. »Ich möchte Ihnen die Motive erläutern, von denen diese Dame sich leiten lässt, um gegen mich zu opponieren. Egal, was sie Ihnen erzählt hat, sie handelt gegen mich aus einem bestimmten Grund, den Sie kennen sollten. Sind Sie bereit, mich anzuhören?«

»Sprechen Sie! Ich bin ganz Ohr.«

Arnheim war nicht mehr der souveräne Mann, als den ich ihn kennengelernt hatte. Bis zum heutigen Tag hatte er mir den durchaus überzeugenden Eindruck vermittelt, auf der richtigen Seite, wenn nicht gar über den Dingen zu stehen; doch nun spürte ich hinter der zur Schau gestellten Fassade der Macht die ersten Risse. Die Tatsache, dass er meine Nähe suchte, machte ihn allerdings nicht berechenbarer und keineswegs weniger gefährlich als früher. Er war durchaus nicht dumm und verfügte über feine Antennen, und wenn jemand wie Frau von

Tryska im Geheimen Fäden spann, die ihn in ein Netz verstricken sollten, aus dem es kein Entkommen mehr für ihn gab, so war nicht ausgeschlossen, dass er trotz aller Geheimhaltungsbemühungen seiner Gegner etwas davon mitbekam.

»Der Grund ist ganz simpel«, fuhr er unbeirrt fort, »die Dame möchte nicht, dass ich Mehrheitsaktionär in ihrem Stahlunternehmen werde.«

Dies war tatsächlich ein gänzlich neuer und unerwarteter Aspekt.

»Wollen Sie das denn werden?«

»Die Übernahme der Anteilsmehrheit durch meine Gruppe steht unmittelbar bevor.«

»Und Frau von Tryska versucht, es zu verhindern?«

»Es ist an und für sich ein untauglicher Versuch, den sie unternimmt. Ich verstehe nicht, dass die Dame noch nicht aufgegeben hat.«

»Und das macht Sie unsicher – dass sie es weiterhin versucht?«

Er kam ein Stück auf mich zu.

»Sie lassen sich von dieser Dame vor einen Karren spannen, ohne zu wissen, welche Ladung dieser Karren schleppt. Begreifen Sie nicht, dass Sie nur benutzt werden? Hüten Sie sich, Herr Goltz – Sie sind in großer Gefahr!«

»Seltsam, dass gerade Sie das zu mir sagen – als wäre ich ansonsten keinen Gefahren ausgesetzt, zum Beispiel von Ihrer Seite.«

»Es liegt an Ihnen, Herr Goltz – ich sage Ihnen das ja nicht zum ersten Mal. Wenn Sie loyal sind, bin ich es auch.«

Er schien nicht mehr zu wissen, wem er trauen konnte und wem nicht.

»Der Erwerb einer Unternehmensmehrheit ist an sich nichts Verwerfliches«, sagte ich.

»Sie haben ganz recht, aber die Dame tut so, als wäre das, was ich vorhabe, der Untergang des deutschen Unternehmertums, und sinnt Böses herbei.«

»Was will sie denn machen? Sie kann versuchen, die Übernahme zu verhindern, mehr aber auch nicht. Und wenn es stimmt, was Sie sagen, wird sie damit kaum erfolgreich sein.«

»Sie rühmt sich vielfältiger Beziehungen, und die hat sie natürlich auch.« Seine Augen bekamen etwas Tückisches. »Aber auch ich habe solche Beziehungen. Sollte die Dame nicht zu Vernunft kommen, wird sie es sein, die Böses erntet – und nicht nur sie selbst, sondern auch diejenigen, die ihr willfährig zu Diensten sind. Ich wollte, dass Sie das wissen, Herr Goltz.«

»Schönen Dank, jetzt weiß ich es.«

»Vielleicht sind Sie doch gar nicht so dumm, Goltz, wie es zuweilen scheint«, sagte er. »Inzwischen ist mir, als triebe fast jeder in meiner Umgebung ein doppeltes Spiel. Sie selbst sind mir im Vergleich zu anderen noch am unverdächtigsten.«

Was sollte ich darauf erwidern? »Ja, die Zeiten sind unsicher«, sagte ich bloß.

Er ließ mich aus den Augen und starrte nachdenklich zu den Bäumen, die in sommerlicher Pracht hinter dem Fenster standen. Wahrscheinlich fragte er sich gerade, wie es gekommen war, dass er einen Tag wie den heutigen nicht sorglos genießen konnte.

»Kennen Sie die alte Geschichte, die davon berichtet,

dass unter den Tieren im Wald ein Gerücht umgeht, der Bär habe eine Todesliste?«, fragte er.

»Nein, aber hört sich interessant an – Sie dürfen mir die Geschichte gern erzählen.«

»Einige Tiere fragen den Bären, ob sie auf der Liste stehen. Als er dies bejaht, fliehen sie. Auch der Hase fragt den Bären – wieder ein ›Ja‹. Der Hase gibt sich mit der Antwort nicht zufrieden, sondern setzt fragend fort: ›Kannst du mich da streichen?‹ und der Bär antwortet: ›Ja, klar – kein Problem!‹« Er lachte rau, aber das Lachen klang nicht fröhlich.

»Schöne Geschichte«, sagte ich, nachdem er sich beruhigt hatte, »aber ich bin nicht der Bär.«

»Ich wollte mit der Geschichte unterstreichen wie wichtig es ist, die eigenen Wünsche zu äußern«, meinte er grinsend. »Wir können beide aus der Geschichte etwas lernen.«

»Alle Arrangements, die ich mit Ihnen in der Vergangenheit getroffen habe, sind mir schlecht bekommen, Herr Arnheim. Aber ich habe Sie schon verstanden.«

Er nickte und starrte nachdenklich vor sich hin.

»Ich musste wieder an diesen Jungen denken, der gestorben ist«, sagte er schließlich, »und an das, was er uns verkaufen wollte. Ich weiß, dass es Listen gibt, welche diejenigen, die sie aufgestellt haben, gerne abarbeiten möchten. Auch Ihr Name stand schon einmal auf einer solchen Liste, Goltz. Sie wissen es. Damals haben Sie Glück gehabt.«

»Wenn es eine solche Liste gibt, die Zerner Ihnen verkaufen wollte, verstehe ich nicht, weshalb Sie auf sein Angebot nicht eingegangen sind.«

Er sah mich an, als ob er etwas sagen wollte, aber er

sprach nicht aus, was er auf der Zunge hatte, und sein Blick schweifte fort.

»Nein, nein«, meinte er dann, »mit Erpressern macht man kurzen Prozess, das kann man nicht anders halten.«

Dem Tonfall seiner Stimme war zu entnehmen, dass er das Gegenteil von dem dachte, was er mir kundtat. Aber er wagte es noch nicht, die Entscheidungen von Mantiss zu hinterfragen. Hatte er das Gefühl, dass auch Mantiss nicht mehr auf seiner Seite stand? Kochte inzwischen jeder dieser Okkultisten sein eigenes Süppchen? Die Tatsache, dass es ihm geraten schien, sich mit Leuten gut zu stellen, die bisher seine Gegner gewesen waren, schien mir eine deutliche Sprache zu sprechen.

»Ich selbst kenne diese Liste nicht«, sagte ich leise und in meiner Stimme vibrierte der beabsichtigte verschwörerische Unterton.

Er warf einen Blick auf die Waffe in seiner Hand, deren Mündung nach wie vor auf den Boden zeigte. »Ich werde Sie heute nicht erschießen, Goltz«, sagte er und lächelte wieder, »aber sollte sich herausstellen, dass Sie gegen mich opponieren, dann werde ich es mit Sicherheit tun.«

Ich ließ das unkommentiert.

»Es wird Ihr finanzieller Schaden nicht sein, wenn Sie zu mir halten«, sagte er und steckte den Revolver in die Tasche seiner Jacke.

Auch darauf erwiderte ich nichts.

»Gut, dann gehen Sie jetzt!«, sagte er. »Ich werde mich noch ein wenig umsehen. Am besten, Sie lassen die junge Dame ganz in Ruhe, Goltz. Sie wird schon noch mitbekommen, dass sie gut daran täte, sich einen neuen Liebhaber zu suchen.«

Er nickte mir zu und wandte sich zur Seite, um seiner Ankündigung Taten folgen zu lassen.

Langsam ging ich durch die sommerliche Pracht des Gartens zur Pforte.

Arnheim blieb allein in dem Häuschen zurück.

12

Henny von Tryskas Wohnung am Hohenzollerndamm war mit Kunstgegenständen aller Art gefüllt und wirkte fast wie ein Museum. Die Gemälde an den Wänden gehörten unterschiedlichen Stilrichtungen an und hätten in der Art ihrer Anordnung auch in einer Ausstellung hängen können.

»Ich konnte nicht Nein sagen, als mir die Wohnung zum Kauf angeboten wurde«, erzählte sie mir, während wir durch alle Räume gingen. »Ich habe sie für einen Spottpreis bekommen.«

»Lassen Sie mich raten: Der frühere Eigentümer der Wohnung war ein Jude, der ins Ausland ging.«

»Ganz recht«, antwortete sie, ohne die Miene zu verziehen. »Ich habe alles frisch streichen lassen. Alles Ungeziefer und überhaupt alles Alte ist weg. Ja, ich weiß, es sieht noch etwas unwohnlich aus, weil das Gewachsene fehlt, aber das wird sich im Laufe der Zeit ändern.«

Nicht alles ›Alte‹ war weg. In dem Raum, in dem wir uns am Ende des Rundgangs in Sessel setzten, hingen mehrere Gemälde, die man der Kunstrichtung zuordnen musste, die die Nationalsozialisten als entartet bezeichneten. Vermutlich hatte sie auch diese Kunstwerke für einen Spottpreis bekommen oder dem Voreigentümer der Wohnung abgepresst. Dass sie sich nicht scheute, ihre Wohnung mit Bildern zu schmücken, die sie bestimmt nicht mochte, erschreckte mich. Vielleicht tat sie es ja, um sie Gästen vorführen und die Leute mit ihrem künstlerischen Sachverstand beeindrucken zu können.

»Ich hoffe, Sie sind nicht mit leeren Händen gekommen«, sagte sie.

»Mit etwas Schriftlichem kann ich nicht dienen.«

Sie sah mich aus ihren schwarzen Augen an. »Haben Sie etwas herausgefunden? Gibt es etwas Neues?«

»Kennen Sie jemanden namens Ali Höhler?«

»Sollte ich den Herrn kennen?«

»Er gilt als der Haupttäter beim Wessel-Mord. Er ist wahrscheinlich tot, umgebracht. Arnheim und Mantiss könnten an der Sache beteiligt gewesen sein. Zerner scheint eine Liste mit den Namen von Personen besessen zu haben, die bei Höhlers Liquidierung mitgemischt haben.«

Sie starrte mich an. »Tatsächlich? Arnheim und Mantiss waren dabei?«

»Der Mord an Höhler ähnelt dem an Zerner. In beiden Fällen wurden die Opfer nach außerhalb der Stadt gebracht und dort liquidiert.«

»Sie sagten ›wahrscheinlich ist Höhler tot‹. Was heißt das? Ist er nun tot oder ist er es nicht?«

»Er ist tot! Um es letztendlich zu beweisen, braucht es seine Leiche, und die hat man nicht. Wahrscheinlich ist sie irgendwo am Stadtrand gut vergraben. Mantiss wird wohl wissen, wo man graben muss.«

»Warum sollten Mantiss und Arnheim bei der Höhler-Sache mitgemacht haben? Was hatten die mit Höhler zu tun? Wahrscheinlich haben sie ihn nicht einmal gekannt.«

»Mantiss hat eine neue berufliche Herausforderung gesucht«, erwiderte ich. »Anders als in Sachen Zerner war er in der Höhler-Sache wohl nicht der Anführer eines Mordkommandos. Genau weiß ich es nicht. Heute begreift er sich als Vorsitzender eines Femegerichts. Eine ehrenwerte Aufgabe gewissermaßen, in die er sich nach der nationalsozialistischen Machtergreifung hineingearbeitet hat. Bei Arnheim nehme ich an, dass ihm nichts an Mordaktionen gelegen ist, dass er aber gelegentlich Flagge zeigen will. Ist er nicht bemüht, seinen Einfluss zu erweitern? Mag sein, dass er sich den nächsten Reichspräsidenten gewogen stimmen will, sollte dieser Prinz Auwi heißen.«

Sie nickte. Das Argument, dass jemand Flagge zeigen und dadurch beweisen musste, dass er dazugehörte, schien sie zu überzeugen.

»Solange ich diese Liste nicht in den Händen halte, kann ich also nicht ganz sicher sein, ob sich die Namen von Arnheim und Mantiss darauf finden?«

»Hat Zerner, als er bei Ihnen anrief, nicht erklärt, dass die beiden dabei waren?«

»Angedeutet hat er es wohl«, erwiderte sie nachdenklich. »Wie soll Zerner denn von der Sache erfahren haben?«

»Ein Mitglied des Todeskommandos Höhler war der SA-Mann Rahn, der eine Teilnehmerliste angefertigt hat. Die Liste hat er seinem Freund Zerner anvertraut, als er wegen eines Autodiebstahls verhaftet wurde. Als Zerner hörte, dass die SS Belastungsmaterial gegen die SA sucht, hat er sich an die Liste erinnert und kam auf den verhängnisvollen Gedanken, sie zu Geld zu machen.«

»Konnten Sie über diesen Rahn auch etwas in Erfahrung bringen?«

»Auch Rahn ist tot. Sein Schicksal ähnelt dem von Höhler. Er ist bei einem Gefangenentransport ums Leben gekommen, angeblich bei dem Versuch zu fliehen. Auch in seinem Fall könnte ein Todeskommando am Werk gewesen sein, und auch hier erscheinen mir die Herren Arnheim und Mantiss nicht unverdächtig.«

»Schöne Verhältnisse sind das!«, seufzte Frau von Tryska und meinte es offenbar genau so wie sie sagte. »Ich frage mich nur, was das alles mit mir zu tun hat. Mein Name kann doch gar nicht auf dieser Höhler-Liste gestanden haben, denn ich war ja nicht dabei, als man ihn umbrachte. Warum hat Zerner dann mir seine Liste zum Kauf angeboten?«

Diese Frage hatte ich mir auch schon gestellt.

»Zerner könnte als Anwärter bei der SS gehört haben, dass Sie jemand sind, der viel Geld für belastendes Material gegen Arnheim, Mantiss oder die SA im Allgemeinen bezahlen würde«, antwortete ich.

Das erklärte allerdings nicht, weshalb Zerner sich obendrein an Arnheim gewandt hatte. Eine Erklärung könnte zwar sein, dass Zerner einfach zu hoch gepokert und die Gefahr, in die er sich dadurch begab, unterschätzt hatte; aber letztlich wusste ich nicht, ob das, was mir die Witwe über Zerners erpresserisches Vorgehen erzählt hatte, überhaupt stimmte. Doch diese Bedenken behielt ich für mich. Ich hätte es mir sonst wohl mit meiner Auftraggeberin verscherzt.

Frau von Tryska schien zu spüren, dass ich nicht ganz aufrichtig zu ihr war, denn sie betrachtete mich misstrauisch und verzog dann das Gesicht. »Es würde mir gar nicht gefallen, wenn man bei der SS in einer Weise über mich redet, wie Sie angedeutet haben«, sagte sie.

Ihre Antwort legte immerhin den Schluss nahe, dass ich mit meiner Annahme richtig lag, dass eine Verbindung zwischen der SS und ihr existierte.

»Sie können besser als ich beurteilen, wer dafür infrage kommt, Zerners Informant zu sein«, erwiderte ich. »Zerner war auch deshalb beliebt, weil er ein schöner Kerl war. Auch in der SS gab es Männer, die ihm nachstellten. Es ist denkbar, dass die Verbindung daher rührt.«

Sie überlegte einen Moment. »Hatte Zerner nicht ein Mädchen?«

»Das eine schließt das andere nicht aus.«

Von Violet hatte ich ihr bisher nichts erzählt, sodass ich mich fragte, woher sie von ihr wusste. Hatte sie inzwischen selbst mit Arnheim Kontakt gehabt?

»Homosexuelle Kreise sind ein geeignetes Betätigungsfeld für Erpresser«, sagte sie und kniff die Augen zusammen. »Mehrere Herren in der SA und auch in der SS kämen dafür in Betracht, in dieser Hinsicht anfällig zu sein. Mantiss und Arnheim gehören jedoch nicht in diese Kategorie.«

»Nein, das wäre wohl eine falsche Spur.«

Sie starrte eine Weile vor sich hin. »Wenn Zerner so beliebt war, dürfte es einigen Herren in der SS nicht gefallen, dass er ermordet worden ist.« Sie sah mich an, als erwartete sie eine Antwort von mir.

»Ja, das ist richtig«, sagte ich. Ihre Bemerkung verursachte mir ein unangenehmes Gefühl. Konnte ich der Frau, die mich mit ihren kleinen Augen aufmerksam betrachtete, bloß deshalb trauen, weil ich mich mit ihr gegen einen gemeinsamen Feind verbündet hatte? Sicher nicht! Was, wenn sie nicht nur heimlich gegen Arnheim und Mantiss opponierte, sondern obendrein mit mir ein doppeltes Spiel trieb?

Es war bei ihr nicht viel anders als bei Mantiss. Immer

öfter, wenn ich an diesen Mann dachte, beschlich mich ein Gefühl der Verwirrung. Es beruhte auf dem Eindruck, Mantiss nicht richtig verorten zu können. War sein Feme-Kommando eines der SA oder der Partei, oder handelte er ganz nach eigenem Gusto? Aber auch dann brauchte er Rückendeckung. Auf wen würde er sich berufen können, falls man ihn zur Rechenschaft zog? Die Frage beschäftigte mich, weil ich wusste, dass sie eine erhebliche Bedeutung besaß.

Es kam hinzu, dass die Sache mit Höhlers Tod, die anfänglich starken Eindruck auf mich gemacht hatte, immer mehr in den Hintergrund geriet. Weit schwerer als Höhlers Tod wog nicht nur für Mantiss und Arnheim, sondern auch für mich die Tatsache, dass die beiden den jungen Zerner getötet hatten. Höhlers Tod war der SS wahrscheinlich ziemlich egal, nicht aber der Tod des jungen Anwärters, der ihrem Schönheitsideal in einer so ausgezeichneten Weise entsprochen hatte.

»Wenn man jemanden erpresst, muss man wissen, mit wem man es zu tun hat«, sagte sie und holte damit sozusagen einen meiner alten Gedanken hervor. »Das hat Zerner übersehen. Mich selbst hat es nicht gewundert. So sind sie eben, die Herren Arnheim und Mantiss.«

Mir fiel ein, wie überrascht sie getan hatte, als ich ihr am Abend der Tat von dem abscheulichen Verbrechen der beiden Männer berichtet hatte. Die Betroffenheit, die sie neulich geäußert hatte, war wohl geheuchelt gewesen. Sie musste geahnt haben, dass Zerner ein schreckliches Schicksal blühte, wenn sie ihn an diese Männer verriet.

»Die Herren kennen offenbar kein Halten mehr«, setzte sie hinzu. »Aber ich glaube, sie haben den Bogen inzwischen überspannt.«

»Beiden, Höhler und Rahn, wird kaum jemand in Deutschland eine Träne nachweinen.«

Mit einer Handbewegung wischte sie meinen Einwand weg. »Die Eigenmächtigkeiten der SA werden nicht länger geduldet«, erklärte sie. »Es wird kein gutes Licht auf Arnheim und Mantiss werfen, wenn herauskommt, dass sie an Höhlers Liquidation beteiligt waren.«

»Zerner war also nicht naiv, wenn er glaubte, dass Sie ihm für die Information über Höhlers Todesumstände und die Liste seiner Mörder Geld bezahlen würden?«

»Wenn sich die Namen Mantiss und Arnheim auf der Mitgliederliste des Mordkommandos befänden, hätte ich mich gewiss großzügig gezeigt. In diesem Fall stehen die Chancen nämlich gut, dass sich ihre Namen auch auf einer der Todeslisten der SS oder der Gestapo wiederfinden. Sehen Sie noch eine Chance, den schriftlichen Beweis zu erlangen?«

Von Violet würde ich ihr auch weiterhin nichts erzählen, daher sagte ich nur: »Ich bleibe weiter dran. Geben Sie mir noch ein paar Tage Zeit.«

Sie blickte zum Fenster, durch das kaum gedämpft das späte Sonnenlicht fiel.

»Ich weiß nicht, ob wir diese Zeit noch haben.«

»Warum sagen Sie das?«

»Es ist etwas im Anzug – ich kann fühlen, wie es sich nähert. Es ist zwar seit Längerem auf dem Wege, aber nun plötzlich scheint es vor der Tür zu stehen. Früher, als ich erwartet habe. Es macht mir ein ungutes Gefühl.«

Ich dachte wieder an den vergangenen Abend. Mit wem mochten Mantiss und der Generalmajor von Reichenau im Hotel Kaiserhof zusammengetroffen sein? Ich konnte mir nicht vorstellen, dass sie das Hotel nur aufgesucht hatten, um zusammen ein Bier zu trinken. Mantiss war an irgendetwas dran. Seine Aktivitäten der beiden vergangenen Tage wiesen deutlich darauf hin, und trotz der Tatsache, dass Zerner ein SS-Anwärter gewesen war, fiel es mir zunehmend schwer, ihn im Lager der Gegner der SS oder der Gestapo zu sehen.

»Ist der Führer eigentlich in Berlin?«, fragte ich Frau von Tryska. »Wissen Sie etwas darüber?«

Unversehens entspannte sich ihr Gesicht und ihre Augen bekamen einen Glanz. Es war, als hätte man einen Schalter umgelegt und ein Licht angeknipst. Der Führer! »Er ist seit gestern Nachmittag wieder in der Stadt«, erklärte sie. »Morgen bricht er zu einer neuerlichen Reise auf. Er ist, wie ich in Erfahrung bringen konnte, zu einer Hochzeit in Essen eingeladen. Wenn er am Freitag oder Sonnabend zurückgekehrt ist, werde ich mich um eine Audienz bei ihm bemühen.«

Sie seufzte und ihr träumerischer Blick verlor sich in unbestimmten Fernen.

»Es ist doch komisch«, sagte ich. »Röhm fährt zur Kur nach Oberbayern, Hitler feiert eine Hochzeit an der Ruhr; nur in Berlin reden allerlei Leute von einer zweiten Revolution oder einem bevorstehenden Gewaltstreich der SA.«

»Röhm und seine alten Kämpfer bleiben ein Problem, auch wenn sie im Urlaub sind«, entgegnete die Fabrikantenwitwe. »Sie müssen weg! Der Nationalsozialismus ist keine Französische Revolution«, sie schüttelte heftig den Kopf. »Wir machen keinen Klassenkampf, sondern wir wollen alles hinter uns lassen, das bisher Grundlage gesellschaftlicher und staatlicher Ordnung war. Ich glaube an das Tausendjährige Reich. Hitler wird die Leute, die ein anderes Verständnis vom Wesen der nationalsozialistischen Machtergreifung haben, in ihre Schranken weisen müssen. Das geht nur mit Gewalt!«

»Was will denn Hitler, was diese Leute nicht wollen? Warum wäre es ein Fehler, der SA das zu geben, was sie verlangt, – also eine führende Rolle bei der Landesverteidigung?«

»Hitler kann mit der SA seine Ziele nicht erreichen.«

»Nicht? Die SA hat bisher treu an seiner Seite gestanden. Welche Ziele hat er denn?«

»Er will ...«, sie zögerte, starrte einige Momente lang vor sich hin und als sie aufblickte, fuhr sie fort: »Einmal angenommen, Deutschland müsste einen Krieg führen – glauben Sie etwa, dass Hitler sich dafür auf ein Milizheer, wie die SA es zu sein wünscht, verlassen könnte?«

»Will Hitler denn einen Krieg führen?«

»Möglicherweise wird uns ein Krieg einmal aufgezwungen werden«, erwiderte sie ausweichend. »Und wenn es soweit ist, kann nicht die SA die deutsche Wehrmacht sein.«

»Sondern?«

»Die Reichswehr natürlich – aber eine erneuerte Reichswehr; eine Reichswehr, die besser sein muss als jede andere Armee, die wir bisher hatten.«

»Für die Landesverteidigung reicht ein Milizheer aus.«

Sie sah mich einen Moment unsicher an, als ob sie keine passende Erwiderung auf meine Antwort wüsste, dann zuckte sie bloß mit den Achseln und sagte: »Die Frage der Kriegsführung hat eine große Bedeutung! Denken Sie nur an Napoleon und dessen zusammengewürfelte Truppen. Deutsche Männer, die keine krummknochigen SA-Knechte, sondern richtige Soldaten sind, hätten nicht so schnell aufgegeben. Nein! Das Volksheer, das wir brauchen, kann nur aus der Reichswehr entstehen.«

Wenn man ein Angriffsheer haben wollte, dachte ich, behielt den Gedanken aber für mich. Ich war im Weltkrieg Leutnant gewesen, und wenn ich auch kein Militärstratege war, hielt ich mich in diesen Fragen für kompetenter als sie. Doch es brachte mir nichts ein, mich deshalb mit ihr zu streiten. Wichtig war nur Mantiss, und die Rolle, die er spielte, und ich fragte mich, ob sie selbst wohl auch Verbindungen zur Reichswehr besaß.

»Nun gut, wenn Sie es sagen! Aber sind Sie eigentlich sicher, dass die SA-Leute ihre wirklichen Feinde sind? Gehört Mantiss überhaupt zu ihnen? Bevor Mantiss Schriftsteller wurde, war er ein hoher Reichswehroffizier.«

»Es geht nicht darum, woher jemand kommt, sondern nur darum, wem er sich heute verbunden fühlt«, sagte sie. »Damals im Krieg waren sie alle Soldaten der Reichswehr. Mantiss gehört zu denen, die sich für eine enge Zusammenarbeit zwischen SA und Reichswehr einsetzen. In den vergangenen Jahren hat er sich auf Seiten der SA exponiert, und nur darauf kommt es an. Es dient unserer Sache, wenn er zusammen mit dieser Organisation unschädlich gemacht wird.«

Was hatte es schon zu bedeuten, dass Mantiss sich in der Vergangenheit für eine Zusammenarbeit zwischen SA und Reichswehr eingesetzt hatte? Bündnisse wie die, von denen sie gesprochen hatte, waren relativ und konnten auch dann, wenn sie mehrere Jahre gehalten hatten, ganz plötzlich zerbrechen. Wenn der Gefängnisdirektor Brucks recht hatte, und ich zweifelte nicht daran, dann waren viele von denen, die sich nunmehr gegen die

SA wandten, vorher ihre Freunde gewesen. Das galt für den Führer, für Göring und auch für Himmler von der SS. Im Verhältnis zu der SA schienen wechselnde Bündnisse oder Fronten, sogar Lügen und Täuschungen an der Tagesordnung zu sein.

»Ein Offizier der Reichswehr gehört auch dann, wenn er nicht Angehöriger des aktiven Dienstes ist, von Tradition und Gesinnung her weiterhin dazu«, wandte ich ein. »Muss man nicht fragen, wer oder was jemand von seinem innersten Kern her ist?«

Sie sah eine Weile vor sich hin. »Ihre Ansicht ist nicht falsch. Ich befürchte selbst, dass Mantiss in Reichswehrkreisen noch immer über Einfluss verfügt. Umso wichtiger ist es, diesen Mann zu kompromittieren und seine Macht dadurch zu brechen.«

»Wo steht denn die Reichswehr im Moment? Hängt es nicht an ihr, ob ein Schlag gegen die SA erfolgreich geführt werden kann?«

»Die Reichswehr ist noch nicht dort angekommen, wo sie hingehört«, antwortete Frau von Tryska. »Solange von Papen und seine Freunde enge Verbindungen zur Reichswehr unterhalten, kann man sich nicht auf sie verlassen. Der Generaloberst von Fritsch, der Chef der Heeresleitung, ist ein unsicherer Kantonist.«

»Wem trauen Sie denn überhaupt noch?«

»Wenn es zu einem Schlag gegen die SA kommt, wird dieser durch die SS geführt werden«, sagte sie leise. »Und auf dieser Seite stehen Mantiss und Arnheim jedenfalls nicht. Das allein ist entscheidend. Wie eng sie im Allgemeinen mit der SA verbunden sind oder waren, spielt keine Rolle. Da die Herren unter Einsatz eines SA-Kommandos Morde begangen haben, ist das Grund genug, ihre Namen auf die Liste unerwünschter Elemente zu setzen.«

Mantiss war unheimlich und rätselhaft, aber vor allem gefährlich, und ich war mir inzwischen sicher, dass Frau von Tryska die Gefahr, die von ihm ausging, unterschätzte. So war es ja oft: Wenn man jemanden gut zu kennen glaubte, konnte es leicht geschehen, dass man seine Stellung zu gering bewertete oder anderen Dingen, die sich einem eigentlich aufdrängen müssten, zu wenig Beachtung schenkte.

Sie sah mich an. »Im Gegensatz zur Reichswehr kann man sich auf die SS verlassen. Himmler hat in Bayern bewiesen, dass er sein Geschäft versteht. Allein die SS von Herrn Himmler ist in der Lage, den gordischen Knoten zu zerschlagen, der die Fortentwicklung unserer neuen Gesellschaft lähmt. Himmler hat in Bayern vorgemacht, wie man mit dem Gegner umgehen muss.«

Die SS würde den gordischen Knoten nur zerschlagen können, wenn sie die Rückendeckung der Reichswehr hatte, dachte ich; aber was Frau von Tryska sonst noch über Himmler und seine SS bemerkt hatte, war leider auf eine beängstigende Weise wahr. Es hatte sich im Reich herumgesprochen, dass die SS, die ihre Wurzeln in Bayern hatte, unter Himmler große Erfolge in der Bekämpfung des politischen Gegners vorweisen konnte. Himmler und sein Gehilfe Heydrich waren die Erfinder des Konzentrationslagers Dachau, und ich hatte mein Gespräch mit Brucks, dem Direktor von Tegel, der mich darüber aufgeklärt hatte, dass die SS bestrebt war, ihre Erfolge, wie sie es nannten, auf das gesamte Reichsgebiet auszudehnen, nicht vergessen. In Preußen war es Himmler und Heydrich zu einem guten Teil bereits gelungen, ihre Pläne umzusetzen. Göring hatte den beiden sein Geheimes Staatspolizeiamt überlassen, und die Herren hatten sich sogleich an die Arbeit gemacht. Bei dem Gedanken daran, dass ich mich durch mein Bündnis mit Frau von Tryska auch in den Dienst von Himmlers SS stellte, erschauderte ich vor mir selbst. Worauf hatte ich mich nur eingelassen! Stand ich wirklich auf der richtigen Seite?

»Das ›In die Schranken Verweisen‹, wie Sie es genannt haben, steht vor der Tür?«

Sie starrte vor sich hin und nickte. »Ja.«

»Es macht Ihnen Sorgen?«

»Vielleicht sollte ich besser für ein paar Wochen ins Rheinland fahren«, antwortete sie. »Oder in den Urlaub nach Österreich.«

»Was hält Sie dann noch hier?«

»Genauso wie es ein Fehler sein könnte, hier zu bleiben, könnte es auch ein Fehler sein, fortzugehen«, sagte sie leise. »Wenn ich weg bin, kann ich keinen Einfluss nehmen, und in ein paar Wochen könnte es zum Handeln zu spät geworden sein. Schade, dass wir das Dokument nicht haben. Wir brauchen unbedingt etwas Schriftliches! Sie müssen sich beeilen! Falls Sie noch irgendwo ein Eisen im Feuer haben, es ist jetzt Zeit, es zu schmieden!«

»Ich tue mein Bestes.«

»Sobald Sie etwas haben, rufen Sie mich an.«

Bei Licht besehen, war der ganze Auftrag komisch. Brauchte die Dame das Dokument denn wirklich? Sie war eine glühende Anhängerin und Bewunderin des Führers und täte sicher alles, was ihm nützte; aber wie ich seit gestern wusste, diente es nicht minder ihren eigenen Zwecken, wenn Mantiss und sein Freund Arnheim unschädlich gemacht und damit aus dem Kreis der Aktionäre ihres Unternehmens ferngehalten werden konnten. Falls sie sich nicht nur mit mir, sondern auch mit der SS verbündet hatte, könnte sie Mantiss und Arnheim eigentlich am besten dadurch schaden, ihr Wissen über den Mord an dem jungen Gerrit Zerner den maßgeblichen Leuten an die SS zu verraten. Blieb nur, dass sie selbst nicht dabei gewesen war und etwas Schriftliches wollte. Ob ich das Mandat, das ich von Frau von Tryska angenommen hatte, nicht besser niederlegen sollte, um meinerseits für eine Weile aus der Stadt zu verschwinden? »Wie stehen eigentlich die Dinge in Ihrer rheinischen Heimat?«, fragte ich sie aus dem Wunsch heraus, noch etwas tiefer zu bohren, und vielleicht etwas zu erfahren, was ich noch nicht wusste und mir irgendwie weiterhelfen konnte.

Ihr Blick verfinsterte sich. »Weshalb stellen Sie mir diese Frage? Spielen Sie damit auf die Stahlwerke an?«

»Mir ist zugetragen worden, dass sich die Mehrheitsverhältnisse in Ihrem Unternehmen verändern, und dass Philipp Arnheim seine Hand dabei im Spiel hat. Sind Sie noch Mehrheitsaktionärin?«

Ihr finsterer Blick schweifte zum Fenster. Es wurde augenblicklich klar, dass ich ihren wunden Punkt getroffen hatte. »Wer hat Ihnen diese Informationen zugetragen?«

»Jemand aus der Loge der Brüder und Schwestern vom Licht«, erklärte ich ausweichend, »aber ich darf Ihnen keinen Namen nennen.«

»Womöglich Arnheim selbst«, spöttelte sie, ohne dass der verbitterte Unterton in ihrer Stimme zu überhören war. »Es ist ihm zuzutrauen, dass er mit seinen Absichten hausieren geht; als ob er hofft, er könne Fakten dadurch schaffen. Dieser Schuft!«

»Was werfen Sie ihm vor?«

»Arnheim versucht etwas, das in Deutschland einmalig dasteht«, sagte sie, ohne mich anzusehen. »Er war lange in den Vereinigten Staaten und ist mit geschäftlichen Gepflogenheiten dort gut vertraut. Es sind Geschäftspraktiken, an die in Deutschland bisher überhaupt niemand dachte. Er plant die Übernahme meines Familienunternehmens. Ich habe es erst auf sein Anraten vor zwei Jahren in eine Aktiengesellschaft umgewandelt, und nun schickt er sich an, zusammen mit einer kleinen Gruppe weiterer Geschäftsleute, mein Unternehmen zu übernehmen, indem er einfach alle Aktien, oder jedenfalls die Mehrheit der Aktien, erwirbt. Ich stehe im Begriff, mein Unternehmen zu verlieren.«

»Und das wollen Sie nicht?«

»Natürlich nicht!«, rief sie aus. »Wer bin ich ohne das Unternehmen? Eine vermögende Witwe – im besten Fall, aber vielleicht noch nicht einmal mehr das! Ich würde zu einem Menschen ohne Einfluss werden.« Ihre Augen blitzten auf. »Aber das wird nicht geschehen.«

»Ihre gegen Arnheim gerichteten Pläne haben demnach weniger mit der Sorge um Deutschlands Politik als mit der Sorge um Ihr Unternehmen zu tun?«

»Sie irren sich sehr, Herr Goltz! Das eine ist von dem anderen gar nicht zu trennen! Mein Unternehmen ist nach den Vereinigten Stahlwerken in Düsseldorf das Schlüsselunternehmen für die Produktion kriegswichtiger Materialien, die wir benötigen, wenn Deutschland von seinen Nachbarn erneut in einen Krieg verstrickt werden sollte. Was glauben Sie denn, woher das Geld kommt, mit dem Arnheim die Mehrheit an meinem Unternehmen zu erwerben gedenkt?«

»Nun, er ist Bankier.«

»Ja, aber er ist ein ziemlich kleiner Bankier – im Vergleich zu anderen Bankiers, die man dafür braucht! Ein solches Geschäft kann er allein nicht auf die Beine stellen, dafür benötigt er weiteres Kapital.« Sie schwieg und starrte vor sich hin.

»Ja, wahrscheinlich, wenn Sie es sagen.«

»Ja, ich sage es, denn so verhält es sich auch. Sie haben mich gefragt, mit wem Mantiss im Bunde steht? Ich will es Ihnen sagen: Er steht auf der Seite der Wirtschaft, auf der Seite des Großkapitals, genauso wie sein Freund Arnheim. Und ich will Ihnen auch sagen, wer die Kapitalgeber sind!« Sie holte tief Luft. »Es sind amerikanische Banken und Unternehmer. Durch seinen ›Deal‹ –«, das letzte Wort sprach sie mit Verachtung aus, »gibt Arnheim mein Unternehmen in die Hände der Amerikaner – und mit meinem Unternehmen legt er einen Teil der deutschen Rüstungsproduktion in ihre Hände.«

»Sie denken wirklich, Deutschlands Interessen würden geschädigt werden, falls sich die Amerikaner ihr Unternehmen einverleiben?«

»Bezweifeln Sie das etwa? Wer sind denn die Amerikaner? Etwa unsere Freunde? Nein, das sind sie in ihrer Mehrzahl nicht! Indem ich mich gegen Arnheim wehre und den Eintritt der Amerikaner in mein Unternehmen zu verhindern suche, kämpfe ich weniger für mich persönlich, als vielmehr für Deutschland. Es ist für unsere Bewegung von großer Bedeutung, dass die Stahlwerke in meinem Mehrheitsbesitz verbleiben. Herr Philipp Arnheim spielt gern und mit viel Talent den begeisterten

Nationalsozialisten, aber weit ist es damit nicht her! In Wahrheit verkauft er seine Seele an denjenigen, der ihm den größten Profit verspricht.« Sie legte einen so überaus verächtlichen Tonfall in den Gebrauch des modernen Wortes ›Profit‹, dass ich Angst bekam, sie müsste sich gleich übergeben.

»Wenn ich mich recht erinnere«, formulierte ich vorsichtig, »hat die NSDAP ihren Aufstieg zur Macht in einem nicht geringen Umfang auch ausländischen Geldgebern zu verdanken. Unter denen sollen sich, so wird gemunkelt, auch Angehörige der amerikanischen Hochfinanz befinden, die an der New Yorker Wall Street ansässig sind.«

»Was an diesen Gerüchten dran ist, kann ich nicht beurteilen«, erwiderte sie. »Doch wenn sie wahr sind, wäre alles nur umso schlimmer. Es würde beweisen, dass die Finanzierung der Partei nur dazu diente, in der deutschen Wirtschaft Fuß zu fassen, wobei Leute wie Arnheim als Erfüllungsgehilfen zum Einsatz kommen, und am Ende dieses Prozesses gehören dem internationalen Finanzkapital nicht nur große Teile unseres Volksvermögens, sondern auch unsere Seelen.«

Ganz abwegig war es nicht, was sie sagte. Es gab die SA, es gab die SS, es gab die Gestapo, die Reichswehr und die Traditionalisten! Das waren die, die man sehen konnte. Nicht so im Vordergrund, sondern mehr im Verborgenen existierten und agierten andere und verfolgten ihre eigenen Zwecke. Das internationale Finanzkapital? Aber war Mantiss denn ein Internationalist? Für Arnheim mochte es durchgehen, sich in eine solche Rolle zu finden, aber Mantiss war jemand, den sein Glaube an die Überlegenheit der deutschen Rasse inspirierte! Doch letzten Endes – was besagte das denn schon? Auch jemand wie Mantiss war bereit, Umwege zu gehen, wenn es seinen Zielen diente. »Die Regierung wird nicht tatenlos zusehen, wie ein für Deutschlands Rüstung bedeutendes Unternehmen in fremde Hände gerät«, entgegnete ich. »Man wird die Übernahme Ihres Unternehmens durch die Amerikaner zu verhindern wissen.«

Sie schüttelte erbost den Kopf. »Wie denn? Auch führende Parteigenossen fallen auf das Geschwafel von Leuten wie Arnheim herein, und selbst der Führer ist nicht allwissend! Es geht um Geld, verstehen Sie! Und wenn es um Geld geht, können Sie auch in der nationalsozialistischen Partei nicht sicher sein, dass hehre Grundsätze hintanstehen müssen. Natürlich stellt Arnheim die Sache so dar, als würden Deutschlands Interessen durch seine amerikanischen Freunde nicht geschadet. Angeblich sind sie alle Verehrer des Führers, aber Arnheim ist ein Lügner, noch dazu ein erfolgreicher. Ihm muss das Handwerk gelegt werden. Er verkauft unsere deutschen Interessen an den Feind.«

Frau von Tryskas Befürchtungen mochten aus ihrer Sicht nicht unbegründet sein. Philipp Arnheim hatte in Amerika studiert und verfügte über gute Verbindungen zu Finanzkreisen in den Vereinigten Staaten. Das war mir bekannt. Es war demnach nicht auszuschließen, dass die internationalen Finanzkreise, die Frau von Tryska im Auge hatte, mitverdienen wollten, wenn in Deutschland zu einem neuen Krieg gerüstet wurde, und dass die Rolle, die sie dadurch spielten, ihnen Mittel an die Hand gaben, über den Ausgang eines solchen Krieges mitzubestimmen. Dass es Frau von Tryska nicht passte, von den Schalthebeln der Macht entfernt zu werden, stand auf einem anderen Blatt.

»Mich hat immer gewundert, weshalb es Bankiers gibt, die der nationalsozialistischen Bewegung anhängen«, sagte ich. »Ist es nicht Hitlers Ziel, die Zinsknechtschaft zu brechen?«

»Ach, dieser Unsinn!«, sagte sie und machte eine abwehrende Handbewegung. »Das mit der Brechung der Zinsknechtschaft durch die Nationalsozialisten nimmt doch niemand mehr ernst. Aber Sie haben recht, was diese Bankiers angeht. Genau das ist es, was ich meinte. Etwas stimmt nicht! Diese Banken haben ganz andere Ziele als ich. All diese Leute spielen mit gezinkten Karten! Nicht nur die amerikanischen Banken, sondern auch Arnheim! Mit seinem falschen Spiel betreibt er Deutschlands Untergang.« Sie stand abrupt aus ihrem Sessel auf, als hätte sie plötzlich einen Entschluss gefasst. »Gut«, sagte sie. »Noch ist es nicht zu spät. Die Zeit drängt. Es gilt, endlich aufs Ganze zu gehen: Tun Sie Ihr Bestes! Und tun Sie es ganz!«

13

Draußen an der Pforte verharrte ich einen Moment, als ich den Schatten meiner Gestalt erblickte, den das schräge Sonnenlicht über den Häusern auf das Pflaster warf. Von dem Gebilde war nur der obere Teil zu sehen, während der untere mit der Häuserfront in meinem Rücken noch Verbindung hielt, und das unheimliche Muster auf dem Asphalt kam mir wie das äußere Abbild meiner inneren Befindlichkeit vor.

Was unterschied mich von den Leuten, in denen ich meine Widersacher sah? Dass die Frau, für die ich arbeitete, nicht besser als Philipp Arnheim war, stand nach dem vorangegangenen Gespräch für mich außer Zweifel. War ich durch meinen Pakt mit der Dame nicht selbst in das Fahrwasser der SS geraten und stand kurz davor, zusammen mit diesen finsteren Gesellen über den Rubikon zu gehen?

Hoffentlich hatte ich nicht auf das falsche Pferd gesetzt! Es war nicht unmöglich, dass auch mein Name auf eine der Listen kam, an denen allenthalben gearbeitet wurde. Offenbar besaß jeder, der etwas auf sich hielt, seine eigene Liste. Ich selbst hatte zwar keine verfasst, aber in meinem Kopf war durchaus eine von Personen vorhanden, die ich mir lieber tot als lebendig wünschte. Es war klar, dass ich inzwischen, nachdem ich mich zum Mitmachen entschlossen hatte, aus der Sache nicht mehr unbeschädigt herauskommen konnte.

Ich betrat einen kleinen Laden und kaufte eine Flasche Wein, dann machte ich mich auf den Weg in Harrys Büro. Der Rat eines Freundes wie Harry war zuweilen viel wert.

Als ich in seiner Kanzlei ankam, verabschiedete er gerade einen Mandanten.

»Endlich Feierabend«, meinte er, als wir allein waren, und lehnte sich in seinem Sessel zurück. »Oder irre ich mich? Du machst ein Gesicht, als brächtest du mir keinen Wein, sondern sauren Essig.«

»Ich will dich nicht mit meinen Problemen belasten, Harry. Du sollst nichts für mich tun, sondern mir nur ein wenig zuhören – bei einem Gläschen Wein fällt es leichter.«

Mir war furchtbar warm. Nicht nur der Auftrag der Frau von Tryska, auch die Hitze machte mir zu schaffen. Wie immer hing alles miteinander zusammen. In früheren Jahren hatten mir hohe Temperaturen nichts ausgemacht, aber auch diese Zeit schien vorbei zu sein.

»Geht es immer noch um den Tod von Wessel und Höhler?«, fragte Harry.

»Höhlers und Wessels Tod sind nur kleine Teile in einem großen Puzzle, das ich Stück für Stück zusammenfügen muss.«

Wir nippten an unseren Weingläsern, die auf dem Schreibtisch standen.

»Ich habe mal darüber nachgedacht«, sagte Harry. »Es gibt eine Erklärung für Höhlers unüberlegte Tat.«

»Welche denn?«

»Camillo Roß.«

»Wer ist das?«

»Ein Kommunist, der am selben Tag, an dem die Schüsse auf Wessel abgegeben wurden, von SA-Männern durch Revolverschüsse schwer verletzt wurde. Wessel soll unter den Tätern gewesen sein.«

»Und darüber war Ali Höhler so erbost, dass er Wessel ohne Vorwarnung mitten ins Gesicht schoss?«

»Seine Nerven müssen blank gelegen haben, sodass ihm der Finger abgerutscht ist. Erst die Sache mit Roß, und dann kam am selben Tag noch der Name Wessel ins Spiel – das hat wohl bei ihm das Fass zum Überlaufen gebracht. Es war einfach kein guter Tag. Es gibt solche Tage.«

»Diese Woche scheint nur aus solchen Tagen zu bestehen. Es ist etwas im Busche, Harry. Das große Aufräumen steht bevor.«

»Wer räumt auf – und mit wem?«

»Die SS mit der SA!«

Harry runzelte die Stirn. »Im Verhältnis zur SA ist die SS des Herrn Himmler nur ein kleiner Verein.«

»Im Hintergrund werden die Karten neu gemischt. Entscheidend ist, auf wessen Seite der Führer sich stellt. Er muss etwas tun, um das Heft in der Hand zu behalten. Der alte Reichspräsident mag sich am Rande der Senilität befinden, aber so wie die Dinge stehen, kann ein falsches Wort in seinem Ohr Hitler in Schwierigkeiten bringen.«

Harry nickte. »Da ist wohl was dran. Die Rede gegen den Terror, die unser guter Vizekanzler Papen vor zwei Wochen in Marburg hielt, soll Hitler übel aufgestoßen sein. Hinter vorgehaltener Hand wird über ihn geredet. Es gibt Stimmen, die verlangen, dass er wieder abtreten soll. General Schleicher, sein Vorgänger im Reichskanzleramt, hat sich auch zu Wort gemeldet und eine Art Schattenkabinett aufgestellt.«

»Papens Rede war eindeutig gegen die SA gerichtet. Hat mich gewundert, dass er den Mut aufgebracht hat, Klartext zu reden. Aber diese Entwicklung zwingt Hitler zum schnellen Handeln! Die SA mit ihren Machtansprüchen liegt ihm schwer im Magen, sodass es tatsächlich darauf hinauslaufen könnte, dass er die Macht der SA bricht und deren Gegner fördert. Es hat den Anschein, als stünde die Konfrontation zwischen SA und SS unmittelbar bevor.«

»Man sollte also in den nächsten Tagen am besten in Deckung gehen.«

»Es könnte scharf geschossen werden, ja. Mir ist bereits ziemlich mulmig zumute.«

»Was hast du mit dieser Konfrontation zu tun?«

Ich erzählte Harry von dem Auftrag, den Frau von Tryska mir gegeben hatte, ohne die Sache mit Zerner zu erwähnen. »Die Dame sucht belastendes Material über ihre früheren Freunde bei der SA. Das verbindet uns beide. Mir geht es um meinen Schwager Mantiss und ihr um den Bankier Arnheim.«

»Was will sie denn mit dem Material?«

»Sie braucht etwas Schriftliches, um ein gewaltsames Vorgehen gegen ihre ehemaligen Genossen zu rechtfertigen.«

Harry runzelte die Stirn. »Ich bin überrascht«, sagte er. »Du willst der Dame helfen, Material zu sammeln, damit sie diesen Männern ein Mordkommando auf den Hals hetzen kann? Bist du ein Mitarbeiter der SS geworden?«

»So würde ich es nicht nennen.«

»Wie denn dann?«

Das wusste ich selber nicht; ganz falsch lag Harry mit

seiner Ansicht nicht, und so gab ich ihm auch keine Antwort.

»So fängt es immer an«, hob er an. »Bei solchen Abrechnungen, wie sie bevorstehen, geht es nie nur um Politik – immer werden auch alte Rechnungen beglichen. Das ist in deinem und dem Fall der reichen Witwe nicht anders.«

»Keine alten Rechnungen! Es ist alles ganz neu, in beiden Fällen.«

»Was hat der Bankier denn verbrochen, dass die Dame ein Hühnchen mit ihm zu rupfen hat?«

»Arnheim war lange in den Vereinigten Staaten und ist mit wirtschaftlichen Gepflogenheiten vertraut, an die in Deutschland bisher niemand dachte. Auf sein Anraten hin hat Frau von Tryska ihr Familienunternehmen in eine Aktiengesellschaft umgewandelt, und nun schickt er sich an, zusammen mit einer kleinen Gruppe von Geschäftsleuten die Mehrheit der Aktien zu erwerben. Tryska hat plötzlich zu ihrem Entsetzen erkannt, dass sie im Begriff steht, ihr Unternehmen zu verlieren. Das will sie mit aller Macht verhindern.«

»Und der andere, dein Schwager? Ich weiß, dass du ihn für einen bösartigen Menschen hältst. Was hat er denn wieder getan?«

Ich fasste einen Entschluss, der mir nicht leicht fiel. »Ich muss etwas weiter ausholen, damit du mich verstehen kannst, Harry, obwohl ich es eigentlich gar nicht wollte. Es ist keine nette Geschichte, die ich dir zu erzählen habe. Die Zeiten sind leider so.«

»Ich weiß, wie die Zeiten sind.«

In groben Zügen schilderte ich Harry das furchtbare Mordgeschehen, das unter dem Kommando von Rudolf

Mantiss an dem jungen Zerner verübt worden war. »Mantiss zieht mit seinen Henkersknechten durchs Land und fällt Todesurteile, die er an Ort und Stelle vollstrecken lässt«, sagte ich am Ende. »Ich bin überzeugt davon, dass mir in seiner Gestalt das absolut Böse begegnet ist. Ich will, dass dieser Herr nicht vergessen wird, wenn das große Aufräumen beginnt.«

Harry war blass geworden und blieb für eine Weile still. Den Wein rührte er nicht mehr an.

»Warum tut Mantiss das?«, fragte er, als er sein Schweigen endlich brach. »Macht ihm das Spaß?«

»Er ist kein Sadist, falls du das meinst. Er sieht es eher als Herausforderung, als eine ihm zufallenden Aufgabe in unserer neuen Zeit an, deren Bewältigung ihm beziehungsweise den Nazis auf dem Weg zum Übermenschen weiterhelfen wird. Von nichts kommt nichts.«

Harry rieb sich das Kinn. »Wie alt ist er?«

»Ich weiß es nicht genau, in der zweiten Hälfte der Fünfziger.«

»Deutlich älter als deine Schwester, nicht wahr?«

»Mehr als fünfzehn Jahre, aber das bedeutet nichts. Er wirkt nicht alt, und er ist es irgendwie auch nicht. Er ist mir eine durch und durch unheimliche Gestalt geworden. Ich weiß nicht wirklich, was ihn inspiriert.«

Harry zog die Brauen hoch. »Hält Mantiss seine Urteile für gerecht?«

»Die Leute, die er zum Tode verurteilt und hinrichten lässt, sind in seinen Augen nicht nur Verräter der großen Sache, die den deutschen Arier erhöht, sondern Feinde, die es zu beseitigen gilt, weil sie die Entwicklung des arischen Menschen zu verhindern suchen.«

»Du willst ihm also das Handwerk legen?«

»Es ist mir ein Herzensanliegen. Ich will, dass er zur Hölle fährt.«

»Kann es denn gelingen?«

»Das Dokument, das ich beschaffen soll, hat ein SA-Mann namens Rahn angefertigt, der bei dem Mord an Höhler oder gar weiteren Aktionen von Mantiss dabei gewesen ist. Das Schriftstück weist eine der Untaten von Mantiss nach, und mehr braucht es offenbar nicht, damit ein Todeskommando in Aktion treten kann. Mantiss ist einer von den geheimen Revolutions- oder Feme-Richtern, die in Deutschland ihr Unwesen treiben, und deren Schreckensherrschaft ein Ende finden muss. Er gilt als ein Mann der SA und hat nach der Ansicht der Frau von Tryska den Bogen überspannt. Sein Name soll zusammen mit dem von Philipp Arnheim auf eine Todesliste kommen, und wenn der Zeitpunkt gekommen ist, an dem die Liste abgearbeitet wird, und das ist sehr bald der Fall, dann sind seine Tage gezählt.«

»Wer stellt die Liste zusammen?«

»Es kursieren mehrere Listen. Jeder in diesem bösen Spiel hat seine eigene. Treibende Kraft ist angeblich die SS.«

»Du willst den Teufel mit dem Beelzebub austreiben?«

»Zeit und Gelegenheit sind günstig und kommen nie wieder.«

Doch ich hatte den Satz noch nicht ausgesprochen, da spürte ich meine Zweifel.

»Ich kann nur beten, dass es klappt!«, fügte ich hinzu. »Es ist die einzige Chance, die ich habe, um den Schuft in die Hölle zu befördern. Ich gebe gern zu, dass ich Mantiss lieber heute als morgen tot sehen würde. Er mich übrigens auch. Es beruht auf Gegenseitigkeit. Wäre meine Schwester nicht, wäre ich … na ja, lassen wir das.«

Harry starrte mich an. »Du pokerst ziemlich hoch. Dieser Mensch, dein Schwager, hat doch keinerlei Skrupel! Im Gegensatz zu dir, hoffe ich! Oder bist du auch schon so abgestumpft? Von mir aus können sich die Herren von der SA und der SS gern gegenseitig den Garaus machen, aber als Außenstehender musst du höllisch aufpassen, dass du nicht bei diesem bösen Spiel zwischen die Fronten gerätst. Die Gefahr ist groß, dass am Ende nicht Mantiss, sondern du das Nachsehen haben wirst.«

»Es bleibt mir nichts anderes übrig, als mitzuspielen«, erwiderte ich. »Wenn die Aussicht besteht, dass Mantiss aus dem Verkehr gezogen wird, muss ich einfach gemeinsame Sache mit dem Beelzebub machen.«

»Meinst du, Mantiss sieht nicht, in welche Richtung die Dinge sich entwickeln? Steht er wirklich noch auf der Seite der SA?«

Wenn sogar Harry aussprach, was ich insgeheim befürchtete, bestand gewiss Anlass zur Sorge. Hatte Mantiss die Seiten längst gewechselt, ohne dass es jemand von seinen Kumpanen bemerkt hatte? Bis es so weit war, dass jemand wie Arnheim fühlte, wie der Boden unter seinen Füßen schwankte, hatte einer wie Mantiss längst gehandelt. Wem sollte man ein doppeltes Spiel zutrauen, wenn nicht diesem Mann? Hatte Zerner sterben müssen, weil Mantiss gar nicht mehr der war, für den er gehalten wurde?

»Du fragst das zurecht«, räumte ich ein. »Wie ich seit gestern weiß, unterhält Mantiss gute Verbindungen zur Reichswehr. Er ist mit dem Generalmajor von Reichenau bekannt.«

»Reichenau?« Harry machte ein nachdenkliches Gesicht. »Der Mann sollte Chef der Heeresleitung werden, aber der alte Herr hat es verhindert. Die konservativen Generale wollten keinen Nazi an der Spitze des Heeres. Reichswehrminister Blomberg war so verärgert, dass er mit Rücktritt drohte. Aber Hindenburg blies ihm den Marsch, der Minister knickte ein und Freiherr von Fritsch, ein Konservativer der alten Schule, bekam den Posten. Doch jemand wie Fritsch kann einen Mann wie Reichenau nicht stoppen.«

»Reichenau ist zum General befördert worden. Sicher hat er ein Wort mitzureden, wenn es darum geht, wie die Reichswehr sich zur SA verhält.«

»Mehr als nur ein Wort«, erwiderte Harry. »Auf Reichenau kommt es in der Reichswehr mehr an als auf jeden anderen. Er hat nicht nur das Ohr seines Ministers, sondern ist derjenige, der im Hintergrund die Fäden zieht.«

»Obwohl er ein Nazi ist?«

»Er versteht es, Blomberg auf seine Seite zu ziehen. Die beiden sind ein Gespann, wobei Reichenau den Minister dominiert. Hitler ist auf die Reichswehr fixiert. Wenn es jemanden in der Reichswehr gibt, dessen Rat er folgt, um eine Entscheidung in Sachen Röhm zu treffen, dann ist es Reichenau. Kein Fritsch, kein Beck, kein Blomberg – sondern Reichenau bestimmt die Richtung, in welche die Reichswehr marschiert. Er ist ein mächtiger und gefährlicher Mann, der offenbar keine Skrupel kennt.«

Einer, der so skrupellos und gefährlich war wie Mantiss, dachte ich. Im Vergleich zu Reichenau war Mantiss eigentlich nur ein kleines Licht; aber er schien den richtigen Riecher zu haben und als übler Ratgeber taugte er allemal. Was wusste ich über ihn? Nicht viel! In den Wochen, bevor Hitler Reichskanzler wurde, hatte ich die Bedeutung von Mantiss und seinen Okkultisten-Freunden schon einmal verkannt.

»Das Beste, was du im Moment tun könntest, wäre, für eine Weile aus der Stadt zu verschwinden«, meinte Harry. »Wenn es zu Gewaltausbrüchen kommt, werden die nicht ewig dauern. Hitler muss dann ein Machtwort sprechen, damit wieder Ruhe einkehrt. Es werden ein paar Köpfe rollen, aber wer diese Tage des Mordens übersteht, hat erst mal nichts mehr zu befürchten. Es kommt nur darauf an, dass man sich für eine gewisse Zeit in Deckung begibt. Sieh zu, dass du untertauchst! Es kann schnell zu spät sein!«

»Zuerst muss ich dieses Dokument beschaffen«, erwiderte ich. »Ich werde morgen mit Zerners Mädchen sprechen und ihr reinen Wein einschenken. Ich hoffe, dass sie das Beweismaterial herausrücken wird. Dann kriegt es Tryska und dann soll sie damit glücklich werden! Und übermorgen bin ich weg.«

Mit Unbehagen erinnerte ich mich der Nacht vor eineinhalb Jahren, als in Berlin der Reichstag gebrannt hatte und ich in einer ganz ähnlichen Situation gewesen war wie diejenige, die nun auf mich zuzukommen schien.

Zusammen mit Judith Singer, einer guten Freundin jüdischer Herkunft, hatte ich Berlin verlassen wollen. Der Zug nach Paris sollte am späten Abend vom Anhalter Bahnhof abgehen, wo ich mich mit Judith treffen wollte. Doch bevor es so weit war, machte ich eine furchtbare Entdeckung, und das hielt meine Reisevorbereitungen auf. Kurz darauf stand der Reichstag in Flammen. Ich schaffte es knapp zum Bahnhof, doch Mantiss hatte mir seine Schergen auf den Hals gehetzt, die mich noch am Abfahrtgleis stellten, sodass ich den Zug nach Paris um einige Sekunden verpasste. Zwei furchtbare Tage und Nächte hatte ich in einem SA-Keller verbracht, nicht wissend, ob ich das Tageslicht jemals wiedersehen würde. Ich wollte das nicht noch einmal erleben.

»Genug davon«, sagte Harry, als ob er ahnte, woran ich dachte, und griff nach der Weinflasche. »Trinken wir!« Er schenkte uns beiden ein und hob sein Glas an. »Auf gutes Gelingen!«

14

In der Nacht packte ich das Wichtigste in einen kleinen Reisekoffer, um schnell verschwinden zu können, falls eine eilige Flucht sich als notwendig erweisen sollte. Den verschlossenen Koffer schob ich nach ganz hinten unter mein Bett.

In meiner Kanzlei standen am nächsten Morgen zwei Besprechungstermine an. Da Violet vermutlich bei der Arbeit war, nahm ich mir den Besuch in ihrem Garten für den Nachmittag vor. Um halb zwölf empfing ich den letzten Mandanten. Eine Stunde später begleitete ich den Herrn zur Tür.

Als ich die Tür zum Treppenhaus öffnete und ihn nach draußen entließ, sah ich, wie mein Mandant zusammenfuhr. Im nächsten Moment erkannte ich die Ursache für sein Erschrecken: Im Treppenhaus standen mehrere schwarz uniformierte Gestalten. Der Mann reichte mir schnell die Hand und sah zu, dass er verschwand.

Ich kam nicht mehr dazu, die Tür hinter ihm zu schließen. Die Uniformen traten flugs und ohne zu fragen, ob sie eintreten dürften, über die Schwelle; sie waren schwarz von Kopf bis Fuß; es waren nicht die Braunhemden, sondern die SS. Schwarze Tellermützen mit schwarzen Sturmriemen und silbernem Totenkopf, schwarze Uniformjacken und schwarze Binder, und schwarze Stiefelhosen, die in schwarzen Lederstiefeln steckten, und bei allem Schrecken, den mir der Anblick der Unheil verkündenden Farbe rund um mich herum einjagte, musste ich daran denken, dass man sich bei den Temperaturen, wie sie draußen herrschten, auch in dieser martialischen Kluft nicht sonderlich wohl fühlen mochte.

»Sie sind der Rechtsanwalt Goltz, nicht wahr?«, sagte der Anführer des Trupps, ein magerer, aber kräftiger Mann. Er hatte eine Adlernase, dünne Lippen, und kalte, intelligente Augen, die nichts verrieten.

»Ja, der bin ich.«

»Wir wollen uns mit Ihnen unterhalten.«

Waren die Herren, die mich besuchen kamen, nicht meine Freunde? Jetzt, wo ich über Henny von Tryska mit ihnen verbündet war? Sie erweckten allerdings nicht den Eindruck, als ob sie von dieser Freundschaft wüssten.

»Ich wollte gerade zum Essen gehen.«

»Sie scheinen über einen gesunden Hunger zu verfügen!«, grinste der Anführer mit den dünnen Lippen. »Selbst den eifrigsten Parteigenossen ist der Appetit bei unserem Anblick schon vergangen.« Er lächelte seinen Männern zu, die sein kaltes Grinsen devot erwiderten.

»Ich habe seit heute in der Frühe nichts mehr gegessen.«

»Sie sind zu bedauern! Sie meinen also, wir sollen uns gedulden, bis Sie vom Essen zurückgekehrt sind? Vielleicht in Ihrem Wartezimmer, wo wir so lange in Illustrierten blättern dürfen?«

»Wenn Sie so freundlich wären …«, ich deutete auf eine Tür linker Hand. »Sie können dort gern Platz nehmen. Es sind hoffentlich genug Stühle für alle Herren da. Ich will mich auch mit dem Essen beeilen.«

»Wie zuvorkommend von Ihnen.« Das kalte Lächeln wurde böse. »Ich habe eine andere Idee. Sie gehen mit uns essen. Ich denke, wir finden auch bei uns im Hause etwas, das wir Ihnen in den Mund stopfen können.«

Nein, die Herren gehörten nicht zu meinen Freunden; ich hatte es ja befürchtet.

»Dann muss ich meine Mittagspause wohl verschieben«, sagte ich, obwohl ich ahnte, dass es mir wenig nützen würde, wenn ich mich bemühte, meine Haltung zu bewahren. »Kommen Sie nach hinten in mein Büro.«

»Ersparen Sie uns das Possenspiel«, sagte der schmallippige Anführer. »Sie sind verhaftet und werden uns begleiten!«

»Haben Sie einen Haftbefehl?«

»Sehen wir aus, als ob wir einen brauchen?«

Die anderen Männer lachten.

»Darf ich Ihren Namen erfahren?«, fragte ich den Anführer.

»Natürlich! Mein Name ist Müller!«

Na ja, vielleicht hieß er ja wirklich so; es war ohnehin egal.

»Ich bin Scharführer der SS«, setzte er hinzu. »Gehen Sie nun freiwillig mit uns, oder müssen wir etwas nachhelfen?«

Einer von seinen Begleitern öffnete die Tür ein Stück weiter, und zwei andere machten Anstalten, mich zu schnappen, sodass ich sagte: »Ich bin so weit. Gehen wir!«

Die Männer nahmen mich in ihre Mitte und schoben mich in das Treppenhaus.

»Lassen Sie das«, sagte ich. »Ich habe zwei gesunde Beine und kann selber gehen.«

»Dann passen Sie mal gut auf, dass Sie gesund bleiben«, erwiderte Müller.

Schlechter als jetzt hätte ich mich nur gefühlt, wenn mich die SA holen gekommen wäre. Die SS stand in dem Ruf, ein Haufen zu sein, bei dem es nicht so roh zuging wie bei der SA. Aber das war eine Hoffnung, die mich nur wenig beruhigen konnte. Immerhin, überlegte ich, kannte ich ein paar Leute im Dunstkreis der SS, auf die ich mich würde berufen können. Das glaubte ich jedenfalls. Hoffentlich täuschte ich mich nicht.

Draußen stand eine offene Limousine vor meiner Kanzlei, und wir quetschten uns alle fünf hinein. Ich musste hinten in der Mitte Platz nehmen, der schmallippige Anführer saß auf dem Beifahrersitz. Der Fahrer legte einen Schnellstart hin, der mich für einen Moment zurück ins Polster presste, und während die Fahrt durch sonnenerfüllte Straßen ging, sagte keiner im Wagen auch nur ein Wort.

Mein Mut sank von Minute zu Minute. Es war einer von den Tagen, an denen man sich wünschte, man wäre längst tot. Wenn es nur schnell ginge mit dem Tod, bräuchte ich keine Angst zu haben, redete ich mir ein, dann wäre das Trauerspiel endlich vorbei! Gegen eine saubere Kugel als Eintrittskarte in eine andere Welt hätte ich mich in der Situation, in der ich mich befand, nicht mit größerem Nachdruck gewehrt. Aber wie man hörte, wurde es einem heutzutage so leicht nicht gemacht, und ich hatte ja auch schon am eigenen Leibe miterlebt, dass es anders zugehen konnte.

Nach rund zehnminütiger Fahrt stoppte der Wagen vor einem Gebäude, das von außen wie eine alte, aufgegebene Kaserne wirkte. Sie wurde anscheinend tatsächlich nicht mehr als solche genutzt, wie ich feststellte, als wir den heruntergekommenen und trostlosen Eingangsbereich betraten. Das Gebäude sah nicht nur verlassen aus, sondern war es auch. Kein Mensch zu sehen. Das ließ nichts Gutes ahnen. Es war bekannt, dass die SA eine ganze Reihe von Folterkellern in der Stadt eingerichtet hatte, und es machte ganz den Anschein, als ob die SS der SA nachzueifern suchte.

Ob ich den Namen meiner Auftraggeberin erwähnen sollte? Er lag mir schon auf der Zunge; aber dann beschlichen mich Zweifel, ob es wirklich klug wäre, ihn bereits jetzt in den Mund zu nehmen. Wenn die Nennung ihres Namens die SS-Herren nicht hinreichend beeindrucken würde, hätte ich meinen einzigen Trumpf bereits ganz am Anfang ausgespielt. Am besten, dachte ich, wartete ich erst einmal ab, welchen Verlauf diese Sache hier für mich nahm. Manchmal kam es ja doch nicht so schlimm, wie man dachte.

Mit mir in der Mitte ging es aus der Halle über eine Treppe nach unten in einen Keller. In diesem Gebäude würde mich niemand hören, schoss es mir sogleich durch den Kopf, schon gar nicht, wenn meine Schreie aus dem Keller kamen.

Sie brachten mich in einen Raum, der noch weniger als der Rest des Gebäudes zum Verweilen einlud; es war ein Raum mit kahlen Wänden und einem so mickrigen Fenster, dass man sogar an einem sonnigen Tag im Juni das Licht anmachen musste.

Selbst das künstliche Licht war nur schwach. Es kam von einer nackten Glühbirne, die über einem alten Schreibtisch hing. Vor dem Schreibtisch stand ein Stuhl, auf den sie mich niederdrückten. Drei der Männer blieben hinter mir stehen, während sich der schmallippige Anführer mir gegenüber auf die Schreibtischkante setzte.

Er hatte jetzt eine Aktenmappe in der Hand, die er neben sich legte. Hinter dem Schreibtisch stand ein hölzerner Sessel.

Er nahm seine Mütze ab und legte sie neben sich. Unter seiner Schirmmütze war er völlig kahl.

»Sie werden sich fragen, weshalb wir Sie hierher gebracht haben, Herr Goltz«, sagte er.

»Es kann sich nur um einen Irrtum handeln«, erwiderte ich.

»Nein, wir irren uns gewiss nicht!«, sagte er ganz ruhig. »Dergleichen Gerede können Sie sich übrigens sparen! Mit Ihnen haben wir genau den Richtigen erwischt.«

»Was werfen Sie mir vor?«

»Eines vorweg«, sagte Müller. »Ich habe nicht so viel Zeit, um den ganzen Nachmittag mit vornehmem Geplausche zu verplempern.«

»Das kommt mir sehr entgegen. Ich habe auch noch Termine.«

»Schön! Das trifft sich gut!«, lächelte er zufrieden, aber mit kalter Schärfe in seinem Ton. »Wenn Sie Ihre Termine wahrnehmen möchten, brauchen Sie mir nur die Fragen zu beantworten, die ich Ihnen stellen werde. Alles verstanden?«

»Gern, wenn ich Ihre Fragen beantworten kann.«

Er erhob sich von der Schreibtischkante und trat auf dessen andere Seite und setzte sich in den Sessel.

»Einer meiner Leute, ein junger Mann mit Namen Gerrit Zerner ist verschwunden«, sagte Müller. »Wissen Sie, was aus ihm geworden ist?«

»Nein.«

Er machte einem seiner Leute ein Zeichen mit der Hand, das eine Art Kreisbewegung andeutete, und der

Angesprochene trat direkt hinter mich und band mir mit einem Strick die Arme hinter dem Rücken und an der Stuhlkante zusammen. Es schmerzte ziemlich und der Strick saß sehr fest. Das Holz der Stuhllehne bohrte mir unangenehm in den Rücken.

»Müssen Sie das tun?«

Müllers Kinn schob sich grimassierend vor, die nach unten gezogenen Mundwinkel deuteten Härte an, oder sollten ihn zumindest als hart erscheinen lassen.

»Wir tun es, damit Sie gleich wissen, wo es lang geht«, antwortete er. »Es ist einfach nur gut für Ihre Termine! Sollten Sie nämlich meine Fragen nicht oder nicht zu meiner Zufriedenheit beantworten, werden wir Sie so lange in die Mangel nehmen, bis Sie geneigt sind, den Mund aufzumachen. Nochmals: Haben wir uns verstanden?«

Ich nickte.

»Antworten Sie!«

»Ja!«

»Anders als manche der Herren von der SA habe ich keinen Spaß daran, einen Gefangenen zu quälen«, fuhr er fort. »Wir wenden unsere Mittel gewissermaßen ganz technisch und sauber an. Auf A folgt B und so weiter. Es ist wie bei einem physikalischen Versuch. Persönlich habe ich nichts gegen Sie. Aber das spielt keine Rolle. Nur das Ergebnis zählt. Verstanden?«

Ich nickte wieder.

»Sagen Sie laut und deutlich Ja!«

»Ja.«

Es war nicht viel mehr als ein Murmeln gewesen, und er schien es nicht als Einverständnis zu werten, denn er machte seinen Helfern wieder ein Zeichen. Daraufhin zogen mich zwei der Männer samt dem Stuhl ein Stück zurück, dann baute sich der eine vor mir auf und trat mir mit voller Wucht gegen die Knie. Ich hörte mich laut aufschreien, während ich mit dem umgekippten Stuhl über den Boden schlitterte, und mit dem Kopf gegen die Wand neben der Tür schlug.

Mir wurde schwarz vor Augen, doch die beiden Helfer hatten mich mitsamt dem Stuhl bereits wieder gepackt und schoben mich wieder vor dem Schreibtisch des Verhörleiters.

»Wie sagten Sie eben?«, fragte Müller.

»Ja!« Obwohl ich noch halb benommen war, klang es dieses Mal ziemlich laut.

»Hört sich besser an«, sagte Müller. »Machen wir also weiter! Ich wiederhole meine Frage von eben: Was ist aus Gerrit Zerner geworden?«

Langsam arbeitete mein Kreislauf wieder normal.

»Wie kommen Sie darauf, dass ich etwas über den Verbleib Ihres Kameraden wüsste?«

»Wir haben einen anonymen Hinweis bekommen.«

Anonymer Hinweis! Ob das ausnahmsweise einmal stimmte? Aber wer sollte geplaudert haben? Etwa einer von Mantiss' und Arnheims Schergen, die bei der Sache geholfen hatten? Oder – ich wollte gar nicht daran denken – etwa Frau von Tryska?

»Der Hinweis ist falsch«, sagte ich. »Hier unterliegt jemand einem Irrtum.«

»Wir wissen, dass die Information stimmt.«

»Wenn Sie schon alles wissen, brauchen Sie mich ja nicht zu fragen.«

Die Antwort war ein Schlag ins Gesicht, der mit einem Gummiknüppel ausgeführt wurde, den einer der SS-Männer genauso schnell aus seinem Gürtel gezogen hatte, wie er damit zuschlug. Meine rechte Kopfseite brannte höllisch.

»Wir fragen trotzdem! Verstanden?«

Ich sagte laut und deutlich: »Ja!«

»Ist es richtig, dass Sie sich am Abend des Sechsundzwanzigsten nahe der Siedlung Onkel Toms Hütte mit Zerner getroffen haben?«

Wenn sie schon alles wussten, dachte ich, brauchte ich auch nicht den Helden zu spielen, und so sagte ich nun, was sie hören wollten.

»Ja, es war am Dienstag.«

Er betrachtete mich eine Weile kalt und stumm. »Warum nicht gleich so!«, meinte er schließlich.

Ich erwiderte nichts, und er verschränkte die Arme vor der Brust.

»Von dort aus sind Sie zusammen mit den Herren Rudolf Mantiss, Philipp Arnheim und ein paar SA-Männern, deren Namen mich nicht interessieren, in ein Waldstück westlich der Stadt gefahren. Richtig?«

Sie wussten wirklich alles. Was wollten sie denn noch von mir? Ich war ein wenig verwirrt.

»Ja.«

»Auf den Befehl von Mantiss oder Arnheim hin wurde Zerner liquidiert und seine Leiche im Wald verscharrt?«

Da blieb ich lieber erst einmal still.

»Ihre Antwort!«, sagte der Schmallippige.

Der Mann mit dem Gummiknüppel hatte die Hand am Gürtel.

Ich nickte. »Es ist leider wahr.«

»Sie geben also zu, dass Sie zugegen waren, als Zerner liquidiert wurde?«

»Ich wurde gezwungen, zugegen zu sein.«

»Wer gab den Hinrichtungsbefehl?«

»Rudolf Mantiss.«

»Was tat der Bankier Arnheim? Stimmte er der Maßnahme zu?«

Ich zögerte.

»Antwort!«

Arnheim hatte mir gedroht, mich umzubringen, falls ich plaudern sollte, aber wie es aussah, hatte ich nur die Wahl zwischen Pest und Cholera.

»Üblicherweise werden Informanten geschützt«, sagte ich. »Werden Sie das auch in meinem Fall so handhaben?«

Der Angesprochene brauchte seinem Schergen kein Zeichen geben. Ohne Aufforderung trat dieser vor. Ein SS-Mann reagierte offenbar schneller als ein abgerichteter Hund.

»Halt«, sagte ich. »Es ist gut. Ich werde reden. Pfeifen Sie den Herrn zurück.«

Der SS-Mann beließ die Hand am Gummiknüppel, der noch im Gürtel steckte.

»Also«, sagte Müller.

»Ich hatte den Eindruck, dass er einverstanden war.«

Müller kniff die Augen zusammen und blickte zu dem kleinen Fenster, als suchte er zu ergründen, woher das schwache Tageslicht kam. »Was ist mit Zerners Leiche passiert?«, fragte er.

»Er wurde an Ort und Stelle begraben.«

»Wo ist das genau?«

»An der Straße nach Seddin, in einem Waldstück nahe einer Lichtung.«

»Würden Sie die Stelle wiederfinden?«

»Ja.«

Er wandte den Blick wieder zu mir herum. »Sie werden uns begleiten, wenn wir hinausfahren?«, fragte er mit gespielter Höflichkeit.

»Wenn Sie es möchten, ja.«

Müller erhob sich, dann wandte er sich seiner Aktentasche zu, die auf dem Schreibtisch lag. Er nahm eine Mappe heraus.

»Falls es nötig werden sollte, dass Sie uns Zerners Grab zeigen, werden wir uns bei Ihnen melden. Haben Sie uns noch etwas anderes zu sagen?«

»Sie haben alles erfahren, was ich weiß.«

Er schaute mich aus seinen kalten Augen eine Zeit lang stumm an, als ob er irgendetwas plante. »Gut«, sagte er schließlich und öffnete dann seine Mappe. »Dann müssen Sie hier nur noch unterschreiben.«

»Was – unterschreiben?«

»Na, Ihre Aussage. Ich brauche das Ganze natürlich schriftlich.«

Nein, bloß nichts Schriftliches, schoss es mir sofort durch den Sinn. Etwas Schriftliches würde mein Todesurteil sein, und ich hätte es obendrein auch noch selber verfasst.

»Warum schriftlich? Sie wissen Bescheid und außerdem sind Ihre Männer Zeugen.«

»Was meine Männer und ich über den Tod von Zerner wissen, stammt nur vom Hörensagen. Das wussten wir im Prinzip auch schon, bevor Sie es uns noch mal erzählten. Sie aber«, er kam näher und tippte mir mit dem Finger gegen die Brust, »waren wirklich dabei, als es geschah, und deshalb müssen wir uns Ihre Zeugenaussage sichern. Das versteht sich doch von selbst.«

Es war genauso gekommen, wie ich befürchtet hatte. Frau von Tryska hatte aus dem Nähkästchen geplaudert, mit der Folge, dass der Mord an Zerner die Höhler-Sache übertrumpft hatte. Wenn ich ein Dokument über den Mord an Zerner unterschrieb, geriet ich in dieselbe Rolle, die Rahn in Bezug auf die Höhler-Sache gespielt hatte, und Rahn hatte sein Wissen mit dem Leben bezahlt. Es war schließlich egal, ob man Mantiss und Arnheim wegen des Mordes an Höhler oder wegen des Mordes an Zerner belangte!

Nur mir war es nicht egal!

»Wir haben Ihre Aussage schon fertig vorliegen«, sagte Müller und wedelte mit einem Schriftstück, das er der Mappe entnahm. »Es entspricht exakt dem, was Sie uns mitgeteilt haben. Sie können es unterschreiben.« Er hielt mir das Dokument vor die Nase und ich warf einen Blick darauf.

Sie hatten tatsächlich alles gewusst. Ich wollte es nicht unterschreiben. Wie konnte ich sie nur davon abbringen, dass sie auf diese Unterschrift bestanden, fragte ich mich verzweifelt. Ich hegte keine Illusionen darüber, wie die SA mit Leuten umging, die schriftliche Zeugenaussagen machten.

»Sie haben meine Aussage, aber ich kann Ihnen nichts unterschreiben«, sagte ich und schüttelte den Kopf. »Ich habe eine viel bessere Idee. Ich besorge Ihnen, wonach Sie suchen. Die Liste, die ich Ihnen beschaffen kann, enthält noch ein paar mehr Namen als die der Herren Mantiss und Arnheim.«

Überraschenderweise folgte kein Schlagstock. Im Gegensatz zur SA kam es bei den schwarz Uniformierten anders, als ich dachte. Es war wohl ein Teil ihrer

Strategie, in jeder Situation für Überraschungen gut zu sein.

Müller erhob sich mit einer fast gelangweilt wirkenden Geste von der Schreibtischkante, gab seinen Leuten ein Zeichen und dann verschwanden sie alle vier aus meinem Blickfeld. Ehe ich mir darüber klar werden konnte, wie ich auf ihr Verhalten reagieren sollte, hörte ich, wie die Tür geschlossen wurde. Als letztes waren Schritte zu vernehmen, die sich zügig entfernten. Im nächsten Moment war es fast unwirklich still geworden, und ich war mit mir selbst und meinen Gedanken mutterseelenallein.

Es waren keine schönen Gedanken. Zuerst sagte ich mir, dass sie sicher bald wiederkommen würden; denn schließlich wollten sie ja etwas von mir. Als aber eine gefühlte halbe Stunde vorbei war, ohne dass irgendein Geräusch die Stille durchbrach, dauerte es nicht mehr lange, bis Angst, Ärger und Verzweiflung in mir um die Vorherrschaft rangen, und diese Gefühle wurden stärker, umso mehr Zeit verstrich.

Ich begann, an meinen Fesseln zu ruckeln. Doch es gelang mir nicht, sie ein wenig zu lösen. Selbst wenn ich mich von ihnen würde befreien können, dachte ich, käme ich nicht weiter durch die geschlossene Tür. Trotzdem versuchte ich es, es war ein mühseliges Geschäft, und es zeitigte nur geringen Erfolg.

Es verging eine weitere halbe Stunde, während ich mich mit den Fesseln abquälte, und immer stärker wurde der Drang, dass ich zur Toilette musste.

Ich dachte an den jungen Zerner draußen im Wald, an die Mutter und den Vater, die schon so lange tot waren, an meine Schwester Doris und ihren Mann, an das schöne

Mädchen in der sonnigen Gartenkolonie, und irgendwann kämpfte ich gegen die Tränen.

Warum weinen? Heutzutage war man hart und weinte nicht mehr; hart wie Kruppstahl, und schon die kleinen Jungen waren hart und weinten nicht mehr! Außerdem war ich ja kein kleiner Junge mehr, oder etwa doch?

Ich versuchte es mit einem Lied.

›Die Gedanken sind frei, wer kann sie erraten?
Sie fliehen vorbei, wie nächtliche Schatten.
Kein Mensch kann sie wissen, kein Jäger erschießen
Mit Pulver und Blei: die Gedanken sind frei!
Und sperrt man mich ein, im finsteren Kerker,
das alles sind rein vergebliche Werke.
Denn meine Gedanken zerreißen die Schranken
Und Mauern entzwei: Die Gedanken sind frei.‹

Es half nichts. Mir war hundeelend zumute.

Das Überzeugende an der Strategie, die sie an mir erprobten, war vor allem, dass sie so verdammt einfach war: Sie ließen mich schmoren, den Rest erledigte die Zeit. Ich wusste aus meiner anwaltlichen Tätigkeit, dass die Zeit immer für den Vernehmenden arbeitete, nie für den Verdächtigen. Was draußen nur eine Stunde war, war drinnen eine Ewigkeit. Schon jetzt war ich fast so weit, dass ich alles unterschrieben hätte, was man mir vorlegen würde, und bald schon würde es so weit sein, dass ich mir nichts sehnlicher wünschte, als dass meine Folterer zurückkehrten. Und genauso war es auch! Immer wieder spitzte ich die Ohren, in der Hoffnung auf fremde Geräusche, auf Stimmen anderer Menschen, auf Schritte, die sich näherten; aber ich hörte nichts. Wie lange sie mich hier wohl sitzen lassen wollten? Stunden oder gar Tage? Aber hatten sie denn so lange Zeit um auf meine Unterschrift zu warten?

Wie lange saß ich denn schon mutterseelenallein in diesem verfluchten Keller? Wurde es etwa schon Abend? Ich hatte das Gefühl, dass das Licht im Keller schwächer wurde. Nein, das war nicht möglich; aber wie würde es erst sein, wenn ich bei Einbruch der Nacht hier immer noch sitzen musste? Ich mochte gar nicht daran denken.

Kurz bevor ich so weit war, dass ich am liebsten laut nach meinen Folterern gerufen hätte, hörte ich endlich etwas. Geräusche hinter der Tür kamen näher, und es ließ sich kaum beschreiben, welche Erleichterung ich empfand.

Ein Schlüssel im Türschloss drehte sich, und dann kehrten sie alle vier in den Raum zurück.

»Klappt es jetzt mit der Unterschrift oder müssen wir weitere Maßnahmen ergreifen«, fragte Müller emotionslos, als er vor mir stand.

Immerhin würde ich mit meiner Unterschrift helfen, dass man die Namen von Mantiss und Arnheim auf eine Todesliste setzte, tröstete ich mich. Welche Konsequenzen es für mich hätte, stand natürlich auf einem anderen Blatt.

»Gut, ich unterschreibe«, sagte ich leise.

Mein Peiniger lächelte und befahl einem seiner Männer, mir die Fesseln zu lösen.

Müller hielt mir einen Stift hin und ich nahm ihn zur Hand. »Wird's bald?«

Ich wagte es nicht, nochmals das Höhler-Dokument anzusprechen, das ich für die SS besorgen wollte, und griff nach dem Stift, dann setzte ich meinen Namen unter das Dokument.

Müller lächelte, nahm das Schriftstück und legte es in eine Mappe, die ganz neu aussah. Ein sauberer Aktenvorgang. In Deutschland war das die halbe Miete.

»Es wäre dumm gewesen, es nicht zu tun«, fügte er hinzu. »Sie werden noch sehen, dass es zu Ihrem Vorteil war.« Er wandte sich zu seinen Kumpanen. »Macht ihn los.«

Ich stand von dem Stuhl auf.

»Ich weiß, Ihre Termine warten«, sagte Müller. »Sie können jetzt gehen.« Und zu dem Mann mit dem Gummiknüppel meinte er: »Begleit' ihn hinaus.«

Der SS-Mann brachte mich bis zur Kasernentür. Dort ließ er mich allein in den sonnigen Nachmittag gehen.

Auf der anderen Straßenseite bellte ein Hund, als ich auf den Bürgersteig trat, und irgendwo ging eine Kirchturmuhr. Ich zählte die Schläge, es waren vier. Kein Hahn, der krähte, sondern ein Hund, der bellte. Nicht drei Schläge, sondern vier. Aber im Vergleich zu Petrus, dem Apostel, hatte ich kein schlechtes Gewissen.

15

Violets Garten blühte in voller Pracht. Die Linde war über Nacht vollständig erblüht, so auch die Rosen. Viele Stauden und Sträucher standen in Knospe und würden bald den Betrachter mit der Schönheit ihrer Blüten erfreuen.

Hinter der immergrünen Hecke war Violet mit Gartenarbeiten beschäftigt; sie entfernte Unkraut und bewässerte die Pflanzen im Gemüsebeet. Am Rande des Weges lag Gartenschnitt von bereits verblühten Pflanzen, den sie entfernt und auf einen Haufen geworfen hatte. Im Weg stand eine Schale mit Erdbeeren.

»Ach, da sind Sie ja«, sagte sie, als sie mich erblickte, und richtete sich auf. »Ich habe schon gedacht: Na, wann schaut er denn mal wieder vorbei?«

»Ja, da bin ich. Darf ich Sie Violet nennen?«

»Natürlich.« Doch ganz schnell wurde ihr Gesicht wieder ernst. »Sie sehen so mitgenommen aus. Ist etwas passiert?«

»Tut mir leid, ich war in eine Schlägerei verwickelt. Nicht der Rede wert.«

Sie lächelte und wirkte verständnisvoll. Natürlich dachte sie, ich machte einen Scherz.

»Gerrit ist nicht zurückgekommen«, sagte sie mit unsicherer Stimme. »Was soll ich bloß tun? Es bleibt mir nun doch nichts anderes übrig, als zur Polizei zu gehen: Morgen früh gehe ich auf die Wache – jedenfalls, wenn Gerrit heute Abend auch nicht nach Hause kommt.«

Sie blickte mich aus ihren wunderbaren Augen an, als hoffte sie auf ein Signal, das ihr die baldige Wiederkehr des Geliebten ankündigen würde, aber ein solches Signal konnte sie in meinem Gesicht nicht finden. Stattdessen bemerkte sie, dass etwas darin fehlte, das ihr Hoffnung geben konnte. Während ihr Gesicht seinen freundlichen Ausdruck beibehielt, umschattete sich ihr Blick und wanderte von mir fort.

Ihr reizender Anblick brach mir das Herz. In wenigen Minuten würde ihr freundliches Gesicht von Gram und Leid erfüllt sein. Was für ein Jammer! Dieses schlanke Geschöpf mit seinen schönen Armen und Beinen anzusehen, war die reine Freude. Nicht wegen der starken erotischen Anziehung, die sie ausstrahlte, sondern einfach, weil es sie gab. Allein die Tatsache, dass die Welt es verstand, solch herrliche Gestalten hervorzubringen, war eigentlich ein Glück. Doch was taten die Menschen! Sie zerstörten das Schöne, als könnten sie diesen Anblick nicht ertragen, raubten ihren Mitmenschen ihr Glück und ihre Liebe, und brachten ihnen höherer Zwecke wegen Elend und Leid!

»Über Gerrit wollte ich mit Ihnen sprechen«, sagte ich. »Aber wir wollen uns nicht hier draußen unterhalten. Gehen wir hinein, und nennen Sie mich bitte Eugen.«

Sie sah mich irritiert an, entgegnete nichts, dann wischte sie die feuchten Hände an einer Schürze ab und nahm die Schale mit den Erdbeeren.

»Ja, gehen wir hinein.«

Im Häuschen war es schattig geworden, nachdem sich die Sonne nach Westen geneigt hatte, und obwohl es an der Sache nichts änderte, registrierte ich es mit einer Art Erleichterung. So brauchte ich mein schlechtes Gewissen nicht auch noch dem Licht auszusetzen, dachte ich, und in der Tat fühlte ich mich, als müsste ich eine böse Tat gestehen, die ich selbst begangen hatte. Und irgendwie war es ja auch so! Ich hatte die furchtbare Tat, die ich gestehen wollte, nicht verhindern können, und obendrein hatte ich Violet tagelang getäuscht.

»Ich glaube, Sie sollten von hier fortgehen, Violet«, sagte ich, als wir uns an dem Tisch gegenübersaßen.

Sie blickte mich erschrocken an.

»Warum sagen Sie das? Ich bin nicht allein. Gerrit wird bei mir sein.«

»Und wenn Sie doch allein bleiben?«

Ein tiefer Schatten legte sich über ihr Gesicht. »Sie dürfen so nicht sprechen.«

Es entstand ein Moment bedrückender Stille.

»Ich muss leider so sprechen.«

Sie schluckte. »Was soll das heißen?«

Ich nahm all meinen Mut zusammen. »Gerrit wird nicht zurückkehren.«

Sie starrte mich an und verharrte eine Zeit lang in betroffenem Schweigen. »Er kommt wirklich nicht wieder?«, fragte sie leise, zögernd, und schon die Frage zu stellen kostete sie einigen Mut.

»Nein.«

Draußen hinter dem Fenster tanzten Insekten in einem Sonnenstrahl. Auf und ab. Das Licht hatte seinen Weg zwischen den Bäumen und Büschen gefunden, und die Insekten hatten sich in ihm gefangen. Hinauf und hinunter taumelten und tanzten sie im Licht.

»Ist er tot?«, fragte sie dumpf.

Ihr Gesicht war leichenblass geworden. Sie mochte es geahnt haben, aber die Gewissheit war mehr. In einem solchen Fall starb die Hoffnung wirklich zuletzt. Denn bis eben hatte sie auf die Rückkehr ihres Liebsten gesetzt.

»Ja.«

Sie wandte den Blick von mir ab und sah auf ihre Hände, die sie ineinanderschob. »Woher wissen Sie das?«

»Ich war dabei, als Gerrit starb.«

Sie schaute auf und sah mich fast eine Minute lang stumm an. Ihre Augen schimmerten, hatten aber jeden Glanz verloren.

»Es tut mir schrecklich leid«, sagte ich und hörte doch nur, wie hohl der Ton meiner Stimme klang.

»Bitte sagen Sie, dass es nicht wahr ist«, flüsterte sie.

»Ich täte es gern, aber ich kann es doch nicht.«

Ihre Lippen bebten. »Warum sagten Sie denn letztens, Gerrit wäre nicht zu dem Treffen mit Ihnen gekommen?«, fragte sie nach einer Weile. »Sind Sie etwa sein Mörder?«

Ich schüttelte den Kopf. »Ich habe es bisher nicht übers Herz gebracht, Ihnen die Wahrheit zu sagen. Er kam zu dem Treffen, aber wir hatten kaum ein paar Worte miteinander gewechselt, als Männer, von denen einige SA-Uniformen trugen, auftauchten und uns beide schnappten. Die Männer müssen einen Tipp bekommen haben. Sie bezeichneten Gerrit als Verräter und haben ihn liquidiert. Mich selbst ließen sie wieder laufen, weil ich ihnen zu unwichtig war.«

Weiter sagte ich nichts, weil es nichts mehr zu sagen gab, aber die Stille, die nun eintrat, war nicht minder bedrückend. Ich fühlte mich fast noch hilfloser als an dem Abend, an dem ihr Liebster gestorben war.

»Ja, wenn es so ist«, unterbrach sie schließlich das

Schweigen, »dann kommt er wohl wirklich nicht wieder zu mir zurück.« Der Blick ihrer schimmernden blauen Augen fand den meinen. »Wo ist er?«, fragte sie. »Kann ich ihn noch einmal sehen? Oder ist er schon begraben?«

Sie wirkte jetzt merkwürdig beherrscht, aber ich wusste, dass das nur die Fassade war. Die Todesnachricht hatte ihr einen Schock versetzt und sie bis ins Mark ihrer Seele getroffen.

»Er ruht in der Erde. Außerhalb von Berlin, im Südwesten, bei Seddin in einem Wald.«

»Zeigen Sie mir den Ort?«

Ich zögerte.

»Tun Sie es bitte!«, flehte sie nicht ohne einen leisen Anflug von Schärfe in ihrem Ton, ein Anzeichen immerhin, dass sie wieder zu fühlen begann. »Dafür gebe ich Ihnen auch, wonach Sie suchen.«

»Sie meinen das Dokument von Rahn?«

»Ja, die Dokumente von Rahn, es sind mehrere. Ich will, dass sie weg sind. Es ändert zwar nichts mehr, aber trotzdem. Das alles soll weg! Sind Sie einverstanden?«

»Ja, natürlich.«

Abrupt stand sie vom Tisch auf. »Die Sachen sind im Garten vergraben.«

Ich folgte ihr nach draußen. Auf der Rückseite des Häuschens gab es einen kleinen Anbau, eine Art Holzverschlag, aus dem sie einen Spaten holte. An einer Stelle zwischen der Linde und der Hecke zum Nachbargarten blieb sie stehen und musterte eine Weile den Erdboden, dann setzte sie den Spaten an und stach ihn heftig in die Erde. Als ich ihr zur Hand gehen wollte, wies sie mich zurück. Sie arbeitete stumm, holte ein paar Spatenstiche Erde aus dem Boden, bevor sie innehielt und sich hinunterbeugte. Sie zog ein Kästchen aus dem Erdreich, eine hölzerne Zigarrenschachtel. Darin lag ein flacher, in Zeitungspapier eingeschlagener Gegenstand, den sie mir gab.

Ich faltete alles vorsichtig auseinander und hielt dann einen kleinen Stapel Unterlagen in der Hand. Obenauf lag das Schriftstück, von dem ihr Geliebter an dem Abend, an dem er gestorben war, eine Abschrift mit sich geführt hatte. Es war besagte Liste.

Überschrieben war sie mit den Worten: ›Teilnehmer der Mordaktion Albrecht Höhler am 21. September 1933‹. Ich überflog schnell die Namen, es waren recht viele, ich zählte sie und kam auf zwölf. Darunter war der Name von Philipp Arnheim, Rudolf Mantiss fehlte allerdings. Es gab noch ein paar andere Namen, die ich schon einmal gehört hatte, die restlichen Personen kannte ich nicht.

Obwohl ich mit etwas Ähnlichem gerechnet hatte, war ich überrascht. Es war eine richtig illustre Gesellschaft, die sich für die Mordaktion Höhler zusammengefunden hatte, als ob es auf einen gemeinsamen Jagdausflug gegangen war, bei dem die Leute ihren Spaß gehabt hatten. Fehlten nur noch die Damen! Unter den Teilnehmern der Aktion war auch Rudolf Diels, der frühere Gestapo-Chef und nunmehrige Kölner Regierungspräsident. Bei einem weiteren Namen verweilten meine Augen einen Moment länger als bei den anderen: Prinz August Wilhelm von Preußen! Einer der Kaisersöhne hatte also auch mitgemacht, Prinz Auwi, der Kandidat für das Reichspräsidentenamt.

Daneben gab es noch zwei weitere Dokumente.

Das eine war ein Zeitungsausschnitt aus einem lokalen Blatt, der vom 11. Mai 1933 datierte und von einem Leichenfund berichtete.

Am Sonntag, den 7. Mai 1933, war in der Nähe von Crossen die junge Arbeiterin Else Cohn erschossen neben einer Landstraße aufgefunden worden. Die Frau hatte mehrere Schüsse in den Körper und einen Schuss in die Schläfe erhalten. Der Mord war offenbar in der Nacht zum Sonntag passiert, denn etwa gegen 11 Uhr am Abend hatte ein Landjäger in einem benachbarten Dorf eine Reihe von Schüssen gehört. Brauchbare Hinweise auf die Täter gäbe es nicht, schrieb die Zeitung, fügte aber hinzu, dass das Mordopfer einer jüdischen Familie in Breslau entstammte und an dem Überfall auf Horst Wessel beteiligt gewesen wäre.

Else Cohn. Ich erinnerte mich, wo ich erstmals auf denNamen dieser Frau gestoßen war; im Archiv der Vossischen Zeitung, als ich nach den Hintergründen des Wesselmords gesucht hatte. Else Cohn hatte dem Trupp angehört, der in Wessels Wohnung gegangen war und zu dem auch der Todesschütze Höhler gehört hatte.

Ich blickte auf. Die Sonne brannte. Violet stand bei der Hecke, die die Gartenseite einfriedete. Ihr verlorener Blick verband sich mit den Schatten, die die Büsche auf den Gartenweg warfen. Ich nahm das letzte Schriftstück zur Hand, das wiederum von Rahn stammte.

›Am Sonnabend, dem 6. Mai 1933, fuhr ich gemeinsam mit den mir bekannten Herren Mantiss und Arnheim nach Crossen an der Oder. Außer den Herren war noch eine Dame dabei, die von den Männern Henny genannt wurde, den Nachnamen erfuhr ich nicht. Sie war weit über fünfzig, hatte sich aber stark geschminkt, sodass sie auf den ersten Blick jünger wirkte. In Crossen suchten wir nach dem Haus, wo die Arbeiterin Else Cohn wohnte. Als wir es gefunden hatten, stieg die Dame aus, um die Cohn aufzusuchen. Ich fuhr auf Weisung von Herrn Mantiss weiter und bog in eine Seitenstraße, da wir bei ihrem Haus von Passanten beobachtet wurden. Wir warteten in der Nähe eines Wäldchens, bis es dunkel geworden war. Ungefähr um zehn Uhr abends ging es über die Oder zurück und nach Crossen hinein, wo wir am Stadtrand in der Nähe einer Gaststätte hielten. Nach ungefähr zehn Minuten erschien Henny zusammen mit der Cohn auf der Straße. Als die beiden in der Höhe des Autos waren, stiegen Mantiss und Arnheim aus, packten die Cohn in aller Schnelle und schoben sie gewaltsam in den Wagen. Die Cohn schrie, aber Mantiss hatte Chloroform dabei, das er ihr mit einem Tuch unter die Nase hielt, sodass sie recht schnell das Bewusstsein verlor. Wir verließen Crossen und fuhren über Landstraßen, bis Mantiss mir befahl, anzuhalten. Die Cohn saß bewusstlos hinten zwischen Mantiss und Arnheim auf der Rückbank. Die beiden zerrten sie aus dem Wagen und gleich darauf hörte ich mehrere Schüsse. Dann schleppten sie sie zu einem Feld auf der anderen Straßenseite, und gleich darauf hörte ich einen weiteren Schuss. Die Dame, die Henny hieß, blieb mit mir im Wagen zurück. Kurz darauf kehrten Mantiss und Arnheim zum Wagen zurück und wir traten unverzüglich die Rückfahrt nach Berlin an.‹

Ich schloss die Augen und in meinem Kopf begann es zu arbeiten.

»Stecken Sie das alles ein«, hörte ich Violet sagen, und als ich die Augen aufmachte und zu ihr hinblickte, sah ich, dass sie weinte.

Ich trat zu ihr und legte meinen Arm um sie, während sie leise schluchzend dastand.

»Ich will dieses furchtbare Zeug nie mehr sehen«, sagte sie irgendwann.

Ich legte die Dokumente in den Zeitungsumschlag zurück und stopfte alles in die Innentasche meiner Jacke.

»Wie spät ist es?«, fragte Violet, während sie sich die Tränen wegwischte.

Ich blickte auf meine Armbanduhr. »Halb sieben.«

»Ich will jetzt nicht hierbleiben«, sagte sie. »Lassen Sie uns fortgehen. Irgendwohin; nein, ich möchte nach Seddin, in den Wald! Wie weit ist es? Wie kommen wir dorthin?«

»Ich habe ein Auto«, sagte ich. »Es ist ganz in der Nähe geparkt.«

»Dort in Seddin ist es doch schön grün, nicht wahr? Es gibt dort Seen, nicht wahr? Und einen Wald, einen tiefen, dunklen Wald, oder?«

Ihre Lippen zitterten und sie kämpfte erneut mit den Tränen, aus irgendeinem Grunde wollte sie tapfer sein.

»Die Havel fließt dort und bildet kleine und größere Seen«, sagte ich, »und es gibt Wiesen und Wälder, es ist ein schönes Land.«

Sie legte die Hand über die Augen und blickte zum Himmel. »Und es ist ein heller Abend und es wird noch eine ganze Weile dauern, bis die Sonne untergeht«, sagte sie und lächelte mir tapfer zu. »Fahren Sie mit mir in die Havellandschaft hinaus – an den Ort, an dem Gerrit ruht?«

Auch ich blickte zum Himmel. Ja, die Sonne schien immer noch hell. »Einverstanden«, sagte ich. »Fahren wir!«

Während wir den Gartenweg hinabgingen, reichte sie mir ihre Hand, als ob sie meinen Halt brauchte, und diese Geste berührte mich so stark, dass plötzlich auch ich mit den Tränen kämpfen musste.

In meinem Auto war es heiß, aber als ich zu Violet hinübersah, die auf dem Beifahrersitz Platz genommen hatte, bemerkte ich, dass sie zitterte.

»Es geht gleich vorüber«, sagte sie, als sie meine besorgte Miene bemerkte. »Keine Sorge, ich friere nicht.«

Hinter dem Steglitzer Bahnhof bogen wir in die stadtauswärts führende Allee ab, die ein Teil der alten Straßenverbindung von Berlin nach Potsdam und Brandenburg an der Havel war, und in dieser Richtung fuhren wir gegen das blendende Sonnenlicht an. Keiner von uns beiden sagte ein Wort, während der Roadster über den flimmernden Asphalt unter seinen Rädern strich. Der Blick auf die lange Gerade, die vor uns gegen die Sonne anhob, rief in mir die Erinnerung an ein Bild von Los Angeles wach, das ich in einer der letzten Sonntagsausgaben gesehen hatte. Das Foto hatte den zum Pazifik strebenden Sunset Boulevard mit seinen Palmen gezeigt, und wie in einer Vision stellte ich mir vor, am Ende der Geraden würde sich das Meer befinden und ich könnte dort mit Violet schwimmen gehen, und alles vergessen, was hinter uns lag.

Die Vision war verschwunden, als wir hinter Nikolassee nach Süden abbogen, und die Landschaft der Seen, Wiesen und Wälder südlich von Potsdam erreichten. Wir fuhren an mit Weidengebüschen und mit Schilfröhricht bewachsenen Ufern entlang und kamen schließlich auf die Leipziger Chaussee, die durch eine mit Pappeln, Kiefern und Fichten bewaldete Gegend führte.

Hinter einem kleinen Dorf erkannte ich die Abzweigung wieder, die Mantiss mit uns vor drei Tagen genommen hatte, und ich steuerte den Ford auf den unbefestigten Weg. Langsam holperten wir auf das Buchenwäldchen zu, und als wir den Waldrand erreichten, parkte ich den Wagen im Schatten der Bäume.

Das Sonnenlicht drang kaum in den Wald herein, als wir den Weg betraten, der zu der Lichtung führte. Graue Lianen kletterten an den Bäumen empor, fielen aus dem unergründlichem Blattwerk der Baumkronen wieder herab und warfen ihre Enden bis an den Wegesrand.

Überall schimmerte es dunkel, als ob der Wald düstere Geheimnisse barg. Es herrschte Schweigen, selbst die Vögel zwitscherten nicht. Das Knacken der Zweige unter unseren Füßen waren die einzigen Geräusche, die wir vernahmen.

»Hier ist es«, sagte ich, als es endlich wieder heller wurde und wir auf der Lichtung standen, an deren Rand sich das Grab von Violets Geliebten befand. Mit der Hand deutete ich auf die Stelle am Waldboden, wo zu erkennen war, dass der Boden vor Kurzem bearbeitet worden war. Von dem Grab selbst war natürlich nichts zu sehen, der Boden war notdürftig mit Blättern und Geäst bedeckt.

Eine Minute lang starrte Violet, die bis zuletzt geschwiegen hatte, auf das unorthodoxe Grab ihres Geliebten, dann kniete sie nieder, schob Blätter und Geäst zur Seite, und begann den Waldboden zu streicheln, als hoffte sie, dass ihr Geliebter, der nicht weit unter ihr ruhte, durch die kalte Erde hindurch die warme Zärtlichkeit ihrer Hände spüren könnte.

In der Nähe der Stelle, wo sie sich niederkniete, lag ein umgestürzter Baumstamm, auf den ich mich setzte.

Während ich ihr zusah, wie sie im Gedenken an ihren toten Geliebten verharrte, übertrug sich das Schweigen der Natur auch auf mich, und die innere Unruhe, die mich beim Erreichen der Lichtung ergriffen hatte, legte sich ein Stück.

Mehr als fünf Minuten dauerte Violets stille Andacht an, dann erhob sie sich und setzte sich zu mir auf den Stamm, wobei sie so dicht an mich heranrückte, dass sich unsere Flanken berührten. Den Blick ihrer Augen hielt sie versonnen auf die Lichtung gerichtet, auf der ihr Liebster gestorben war.

»Wir haben uns alles so leicht vorgestellt«, sagte sie schließlich. »Rahn hatte aufgeschrieben, was er über die Liquidierung von Ali Höhler und Else Cohn wusste. Gerrit sollte die Schriftstücke gut verwahren, vielleicht würde Rahn sie noch einmal brauchen. Tja, er brauchte sie dann nicht mehr. Gerrit und ich wollten aus Deutschland fort, und als Gerrit erfuhr, dass die SS solches Material suchte, kam er auf die Idee, diese Sachen zu Geld zu machen. Als Ende letzter Woche herauskam, dass eine Abrechnung der SS mit der SA unmittelbar bevorsteht, schien der richtige Zeitpunkt gekommen zu sein, um das Zeug zu verkaufen. Ich hatte Zweifel, ob es klappen könnte, und auch Angst, aber am Ende war ich auch dafür, es zu versuchen. Wir brauchten ja das Geld! Oh, wie haben wir uns getäuscht!«

»Wohin wollten Sie gehen?«, fragte ich sie.

»Nach Frankreich! Nach Paris! Wir wollten fort, sobald wir das Geld bekommen hätten. Wir hatten uns Pässe beschafft.«

»Was wollten Sie in Paris tun?«

Die Lider mit den langen Wimpern senkten sich über

ihre Augen herab. »Wir dachten, mit unserem Aussehen würden wir schon eine Anstellung finden, als Tänzer in einem der vielen Clubs, oder als Darsteller in Filmen«, sagte sie über den zerstörten Traum ihres Lebens. »Leute wie wir, glaubten wir, würden dort immer gesucht.«

»Paris war vor nicht langer Zeit auch mein eigener Traum«, sagte ich, »und auch er ist geplatzt. Es hat nicht viel gefehlt damals ... Paris soll eine fantastische Stadt sein.«

Sie schaute auf, als sei sie neugierig geworden, und so erzählte ich ihr von meinem Plan, gemeinsam mit Judith Singer, einer jüdischen Freundin, in die französische Hauptstadt zu gehen, und auch davon, wie meine Flucht aus Berlin in der Nacht, als in Berlin der Reichstag brannte, von Mantiss und seinen SA-Häschern vereitelt worden war; auch die zwei schrecklichen Tage, die ich in einem Folterkeller der SA hatte verbringen müssen, ließ ich nicht unerwähnt.

»Berlin ist eigentlich eine wunderbare Stadt«, sagte Violet, als ich fertig war, »aber jetzt, ohne Gerrit, ist es kein Platz zum Leben mehr für mich. Sie haben ein Auto, Eugen. Wir steigen einfach ein und fahren nach Paris.«

»Das Auto zu nehmen, wäre jedenfalls besser, als mit dem Zug zu fahren«, sagte ich. »Aber ich habe keinen Pass. Den hat man mir damals abgenommen.«

»Es gibt doch kleinere Straßen, Schleichpfade oder so, auf denen man sich über die Grenze durchschmuggeln kann, oder nicht?«

»Sicher! Irgendwie kämen wir schon rüber. Ich denke mal darüber nach. Sie werden sicher Ihr Auskommen finden, Violet. Ich aber bin Jurist. Für mich gibt es da drüben keine Arbeit.«

»Dann arbeiten Sie eben für mich, als mein Agent«, lächelte sie. »Wenn es wegen des Geldes nicht anders geht, muss ich mich eben auf der Straße anbieten. Ich würde meinen Körper teuer verkaufen, ich glaube, das ist er wert.«

»Agent?«

Sie nickte.

Ihr Lächeln, das sie trotz der bedrückten Stimmung zeigte, entlockte mir ein Schmunzeln, während ich mir zugleich vorstellte, wie ich als Zuhälter durch die Straßen und Bars am Montmartre schlich. Na ja, warum auch nicht! Frankreich war eine Republik, und wie man hörte, ging es sehr liberal in diesem Lande zu. Als Zuhälter im republikanischen Paris lebte man sicher besser als ein Anwalt im nationalsozialistischen Berlin.

»Das Angebot klingt verlockend.«

Während ich mir mein neues Leben in Paris noch in den schillernden Farben ausmalte, verlor sich ihr Lächeln.

»Ohne Gerrit ist das alles sinnlos geworden«, sagte sie nach einer Weile traurig. »Es war nur ein Scherz! Mein Weg führt nicht nach Paris, sondern er endet in Berlin.«

»Ach, Violet, sprechen Sie nicht vom Ende Ihres Weges!«, widersprach ich ihr heftig. »Sie sind noch so jung! Was Sie erleben mussten, ist schmerzlich, ja, ganz furchtbar, aber es werden doch auch einmal bessere Tage kommen. Es wird so sein, auch wenn Sie es jetzt nicht glauben mögen, Violet, da bin ich ganz sicher. Wissen Sie was, wir machen es so: Ich versuche meinen Pass wiederzubekommen, und sobald ich ihn habe, verduften wir zusammen nach Paris.«

Mein Vorschlag war natürlich nur ein Scherz, wenn auch nur ein halber, und wenn Violet es wirklich wünschen würde, käme ich sicher an den Punkt, an dem ich den ernstlichen Entschluss fassen würde, mit ihr zu gehen.

»Was ist mit Ihrer Freundin?«, fragte sie. »Dieser Judith, ist sie noch in Paris?«

»Vor ein paar Monaten schrieb sie mir, dass sie nach New York reisen wollte. Seither habe ich nichts mehr von ihr gehört.«

»Gut, Eugen«, spielte sie unser kleines Spiel weiter mit, »wenn es so weit ist, melden Sie sich einfach bei mir. Wenn ich dann noch da bin, denke ich neu darüber nach.«

»Sicher sind Sie noch da, Violet! Warum sollten Sie nicht mehr da sein?«

Violet sah zum Himmel über der Lichtung, aus dem die Sonne sich nun zurückgezogen hatte, aber sie antwortete mir nicht.

Die Dämmerung trat nur langsam ein; doch nun senkten sich die Abendschatten über der Lichtung herab und mischten sich mit dem Grün und Braun der Bäume, und dann war es, wie ich es vor Tagen schon einmal erlebt hatte: Überall unter den Bäumen blitzten kleine Lichtpunkte auf, zuerst nur wenige, doch dann immer mehr.

»Der Juni ist der Monat der Glühwürmchen«, flüsterte Violet. »Irgendwo hier in der Nähe muss es einen See, einen Bach oder anderes Gewässer geben. Die Glühwürmchen flimmern, weil sie sich ihres Lebens freuen und weil sie uns Menschen in einer Nacht wie dieser mit ihrem Anblick eine kleine Freude machen wollen. Aber die Menschen verdienen es nicht. Gott hat einen Fehler gemacht, als er die Menschen schuf.«

Es war herzergreifend, wie die Glühwürmchen in der Dämmerung tanzten; es waren Hunderte, Tausende gar, und sie waren mit einem Male überall, über uns, vor uns und hinter uns, als hätten sich alle Glühwürmchen der Umgebung an diesem abgeschiedenen Ort zusammengefunden, um ein Fest zu feiern.

»Sie haben doch das Foto von Gerrit und mir auf dem Karnevalsball gesehen, nicht wahr?«, fuhr Violet fort. »Ich ging als Junge und Gerrit als Mädchen, wir waren das schönste Paar auf dem Ball und alle haben uns mit ihren Blicken verschlungen. Nur für uns hat Meister Lincke das ›Glühwürmchen‹ gespielt.«

Leise begann Violet die Melodie zu summen, das Glühwürmchen-Lied von Paul Lincke, und dann summte sie es nicht mehr, sondern dann sang sie es auch:

»Glühwürmchen, Glühwürmchen
        flimmre, flimmre,
Glühwürmchen, Glühwürmchen
        schimmre, schimmre,
Führe uns auf rechten Wegen,
führe uns dem Glück entgegen.
Gib uns schützend dein Geleit
zur Liebesseligkeit.«

Sie hatte unrecht, als sie neulich zu mir gesagt hatte, ihre Stimme sei nicht schön. Selten hatte mich ein Gesang so ergriffen wie der ihre, er war so zart, so wissend, so tief, obwohl es nur ein alter Schlager war, den sie, die

Glühwürmchen vor Augen, in Erinnerung an ihren toten Geliebten sang.

Ihre Stimme erstarb, und als ich zu ihr hinüberblickte, sah ich, dass sie weinte. Sie hob die Augen, um sie mir zuzuwenden, und ihr großer tränenverschleierter Blick konzentrierte sich ganz auf mein Gesicht.

»Wie ist Gerrit gestorben«, fragte sie mich, »wie haben sie ihn umgebracht?«

Schon seit wir am Priesterweg in den Wagen gestiegen waren, hatte ich mich vor dieser Frage gefürchtet, doch nun, da diese ausgesprochen war, wurde mir klar, dass ich einer ehrlichen Antwort nicht würde ausweichen können. Schon die Art, wie sie mich mit ihren verweinten Augen ansah, ließ mich in das Unvermeidliche fügen.

»Er hat die Glühwürmchen tanzen gesehen«, sagte ich leise, während mein Blick hinüberwanderte zu dem Ort, an dem Gerrit gestorben war. »Sie flimmerten genauso wie heute, Violet – auch an jenem Abend waren die Glühwürmchen da.«

16

Die späten Strahlen der Sonne, die durch das schattig grüne Blattwerk drangen, leuchteten auf Gerrits todgeweihter Gestalt. Höher und höher türmte sich die Erde auf, und nicht nur am Winkel der Sonne, sondern auch am Fortschritt der Arbeit konnte Gerrit die Zeitspanne ermessen, die ihm noch verblieb. Er wusste, dass es keine Hoffnung für ihn gab; aber obwohl er angesichts des ihm drohenden Geschicks schier verzweifeln musste, beklagte er sich nicht. Manchmal weinte er und senkte dabei den Kopf auf die Brust herab, aber zumeist sah er in den dämmernden Himmel hinauf, auf den ihm die Lichtung zwischen den Bäumen den Blick frei gab.

Gelegentlich streiften seine umschatteten Augen auch in meine Richtung, aber ich hielt seinen Blicken nicht lange stand. Was könnte ich im Angesicht des Todes, der ihn schon fest in seinem Würgegriff hatte, auch für ihn tun? Alle Überlegungen, die ich anstellte, prallten an der Erkenntnis ab, dass es keine Möglichkeit für mich gab, seine Exekution zu verhindern.

Man hätte sich keinen schöneren Sommerabend vorstellen können als diesen, wäre nicht das Wissen um das bevorstehende Ereignis gewesen, das in einem so furchtbaren Gegensatz zu der ruhigen Abendstimmung stand, und immer dann, wenn ich zu dem Baum hinüberblickte, an den sie Gerrit gefesselt hatten, befiel mich der Eindruck, ein Trugbild zu sehen.

Mantiss hatte die Männer, die mich beim Schaufeln unterstützten, angewiesen, mir kein Wasser zu geben, bevor meine Arbeit nicht beendet war. Mit seiner Anordnung wollte er wohl bewirken, dass ich in meiner Anstrengung nicht nachlassen würde, damit Gerrits Grab vor Sonnenuntergang ausgehoben war. Es war eine physische Qual, die er mir bereitete, aber ein erträgliches Los im Vergleich zu der seelischen Folter, die er dem armen Jungen antat.

Die Sonne sank hinter dem Horizont herab und die Abenddämmerung kam allmählich voran. Doch es war eine helle Mittsommernacht und richtig dunkel würde es nicht werden. Ich arbeitete stumm vor mich hin und versuchte nicht daran zu denken, was geschehen sollte, wenn ich mit dem Ausgraben fertig war.

»Das ist tief genug«, hörte ich den Vorsitzenden des Femegerichts schließlich sagen, »legt die Spaten aus der Hand.«

Er stand mit Arnheim zusammen und beobachtete unsere Arbeit.

Die beiden Männer neben mir warfen die Gerätschaften beiseite, und dank eines Rippenstoßes kam auch ich mit kurzer Verzögerung der Aufforderung Mantiss' nach.

Zwei Männer traten zu Gerrit und banden ihn los, dann führten sie ihn vor Mantiss in die Mitte der Lichtung.

Gerrit war von erschreckender Schönheit. Aufrecht und mit erhobenem Kopf stand er in der Mitte seiner Peiniger. Es war, als hätte erst seine Entkleidung sein wirkliches Selbst zur Entfaltung gebracht, sodass seine Nacktheit nicht als ein Mangel, sondern wie eine ihm gebührende Zierde erschien. Er schien entschlossen, nicht zu verzagen, flehte seinen Peiniger auch nicht um eine

Gnade an, zumal er wohl wusste, dass er mit einer solchen Bitte bei Mantiss ohne Chance war.

»Hast du noch einen Wunsch?«, fragte der Feme-Richter den jungen Mann.

Gerrit schüttelte stumm den Kopf, bat dann aber um etwas Wasser.

Mantiss gab einem der Männer mit der Hand ein Zeichen und dieser trat mit einer Feldflasche vor.

»Halt!«, sagte Mantiss. »Goltz soll ihm das Wasser geben!«

Der SA-Mann drehte sich herum und reichte mir die Feldflasche. Ich widerstand der Versuchung, selbst daraus zu trinken, sondern ging zu Gerrit und setzte ihm die Flasche an die Lippen.

Er trank in kräftigen Zügen.

»Grüßen Sie mein Mädchen von mir«, sagte er leise, als er zu Ende getrunken hatte. »Sagen Sie ihr, dass sie mein ein und alles ist, und dass sie sich keine Sorgen machen soll. Sagen Sie ihr, ich bin in einer besseren Welt, und dort werden wir uns einmal wiedersehen.«

»Schluss mit dem Gerede!«, fauchte der Mann hinter mir. »Es ist so weit! Das Urteil wird jetzt vollstreckt.«

In diesem Moment, als die Schatten des Abends auf die Lichtung fielen, kamen die Glühwürmchen daher. Nicht nur ich, sondern auch Mantiss, Arnheim und die anderen nahmen deren Aufleuchten in der Dämmerung wahr. Wir richteten nicht ohne Erstaunen unsere Blicke in die Kronen der schattigen Bäume, und starrten für eine Weile die zahllosen Lichtpunkte an, die inmitten der Baumschatten glitzerten und blitzten. Das Schauspiel wirkte so, als ob die Glühwürmchen Gerrits Beistand auf seinem letzten schweren Gang bildeten.

»Er gehört euch!«, sagte Mantiss zu seinen Leuten und riss sich vom Anblick der tanzenden Lichter fort.

Die Männer, die hinter Gerrit standen, rissen dem jungen Mann die Arme auf den Rücken und banden ihm die Handgelenke zusammen. Dann führten sie ihn zu einem der Bäume, an dessen Ast ein Strick mit einem Henkersknoten bis auf Kopfhöhe fiel.

Darunter am Boden war ein Holzklotz aufgestellt, den Gerrit besteigen musste. Als er mit seinen bloßen Füßen auf dem Block stand, schoben sie ihm die Schlinge über den Kopf und zogen sie zu, sodass der straff gespannte Strick seinen Hals fest umschloss.

Gerrit wich dem Blick seiner Mörder nicht mehr aus. Seine dunkelgrauen Augen hatten einen seltsamen Glanz bekommen, als ob ihm das Bewusstsein der eigenen Ohnmacht und Verletzlichkeit auch ein Stück Kraft gegeben hatte. Sein Brustkorb hob und senkte sich, während er voller Angst atmete. Aber obwohl er am ganzen Körper heftig zitterte, bewahrte sein Blick eine tapfere Festigkeit. Der Ausdruck seines unveränderlichen Wesens schimmerte plötzlich in ihm auf, und alle, die ihn umstanden, spürten, dass ihr Opfer, dass der Junge etwas besaß, das sie ihm nicht würden nehmen können, etwas Unzerstörbares, das seinen Henkern fehlte.

Auch Mantiss schien diesen Eindruck zu empfinden, denn sein Gesicht verzerrte sich für einen Moment, als wäre ihm ein peinigender Gedanke gekommen; ein Gedanke, der auch seine eigenen festen Überzeugungen für einen Moment ins Wanken brachte. Es war allerdings nur ein kleiner Augenblick der Schwäche, von dem er sich überrumpeln ließ, dann zeigte sich auf seinen Zügen erneut das böse Lächeln und gleich darauf hatte er sich wieder im Griff.

Die Glühwürmchen über uns waren noch mehr geworden. Funken gleich flogen sie kreisend über Gerrits Kopf durch die Nacht. Von überall waren sie aus dem Wald gekommen, als hätten sie sich in der Lichtung zu einem Fest versammelt, das für sie aber keinen furchtbaren Charakter besaß. Gerrit, der gebannt ihr Flirren und Flimmern verfolgte, beruhigte ihr Anblick, er zitterte nicht mehr, sondern wirkte gefasst. Er hatte die Botschaft der Glühwürmchen verstanden und übertrug ihr Glitzern und Leuchten nun auf sich. Es schien, als ob er mit den Signalen einer besseren Welt in eine Verbindung getreten war.

Mantiss, der neben seinen Freund Arnheim getreten war, betrachtete mit einem Lächeln den todgeweihten Jungen, der ihn keines Blickes mehr würdigte, sondern wie gebannt hinauf zu dem weichenden Licht zwischen den Bäumen sah.

»Du bist ein tapferer Bursche, immerhin«, sagte Mantiss und trat ein paar Schritte zurück, »bewahrst deine Haltung und tust recht daran, uns zu beweisen, dass du ein Mann bist, der die verdiente Strafe auf sich nimmt.«

Die Schergen, die alle Vorbereitungen für die Hinrichtung beendet hatten, blickten stumm in die Richtung von Mantiss und dessen Freund Arnheim.

Das Lächeln auf dem Gesicht von Mantiss wurde breit, dann hob er für einen Moment die Hand wie zu einem Gruß und ließ sie gleich wieder sinken. Er trat einen Schritt von dem Verurteilten zurück und schien sich auf die folgende Szenerie zu freuen.

Die Männer aber bückten sich und zogen den Baumklotz unter Gerrits bloßen Füßen weg.

17

Violet weinte ohne Unterlass. Der ganze Kummer über den Tod ihres Liebsten war über sie hereingebrochen, und es flossen ununterbrochen Tränen über ihre Wangen.

»Mein Leben mit meinem schönen Geliebten haben sie mir geraubt!«, schluchzte sie jammervoll und in tiefstem Schmerz. »Oh, er fehlt mir so sehr! Diese verfluchten Mörder! Ich werde es ihnen heimzahlen, und wenn es das Letzte ist, was ich in meinem Leben tun werde.«

»Ich hoffe, dass andere Ihnen diese Arbeit abnehmen werden, Violet«, sagte ich, obwohl es mehr Wunsch als Überzeugung war, dem ich Ausdruck gab.

Ihr Gesicht mit den nicht versiegenden Tränen richtete sich zum Himmel über der Lichtung hinauf, wo es bald dunkel werden würde. »Diese Männer – wie heißen sie?«

Wenn ich auch das Gefühl hatte, sie davor bewahren zu müssen, etwas Unüberlegtes zu tun, war mir gewiss, dass sie es mir nicht durchgehen lassen, wenn ich ihr die Namen der Mörder ihres Liebsten verschwieg, und es wäre wohl auch nicht richtig gewesen, das zu tun.

»Einem seiner Mörder bin ich gestern Mittag in Ihrem Garten begegnet«, erwiderte ich und erzählte ihr in ein paar Sätzen von meinem heimlichen Besuch in ihrem Haus. »Sein Name ist Arnheim. Ihm gehört eine Bank. Vor zwei Jahren hat er den Auftrag gegeben, seine Frau, die sich von ihm getrennt hatte, umbringen zu lassen. Er befindet sich auf einem Weg in die Tiefe, auf dem es kein Halten mehr gibt. Mittlerweile scheint er selbst das Gefühl zu haben, dass er den Boden unter den Füßen verliert, deshalb kam er auch in Ihre Gartenlaube. Das macht ihn noch gefährlicher. Er ist unberechenbar, ja wahnsinnig. Sie müssen sich vor ihm in Acht nehmen.«

»Er war es also, der die Laube durchsucht hat. Ich habe es wohl bemerkt. Wo wohnt er?«

Ich nannte ihr die Adresse nahe Tiergarten.

»Und der andere?«

»Rudolf Mantiss. Er ist mein Schwager, und er ist noch schlimmer als sein Freund, der Bankier.«

Violet weinte leise und blieb minutenlang stumm in ihrem Leid.

»Suchen Sie aber besser keinen Kontakt zu diesen Leuten, Violet«, fügte ich schließlich hinzu. »Sie kämen andernfalls in große Gefahr. So Gott will, werden diese Mörder ihrer gerechten Strafe nicht entgehen. Lassen Sie uns nur ein paar Tage warten, dann wird sich zeigen, ob sie für ihre Mordtaten zur Rechenschaft gezogen werden.«

Sie antwortete nicht und eine Zeit lang herrschte Schweigen.

»Glaubte Gerrit wirklich, dass wir uns einmal wiedersehen?«, fragte sie dann.

»In seiner letzten Stunde hat er fest daran geglaubt, ja. Und Sie sollten auch daran glauben, Violet.«

»Ach was!«, rief sie trotzig aus. »Woran soll ich glauben? Daran, dass Gerrit wiederkommt? Wer denn – er selbst oder sein Geist? Ich will nicht seinen Geist, ich will seinen Körper! Ich will ihn leibhaftig wiederhaben!«

»Das werden Sie auch!«, entgegnete ich in meiner Hilflosigkeit.

»Nein!«, schrie sie mich nun an. »So ein Unsinn! Er ist fort, er kommt nicht mehr wieder! Er besteht nur noch aus Knochen und Staub!«

»Geben Sie die Hoffnung nicht auf, Violet!«

»Hoffnung? Auf was denn?« Sie starrte mich an. »Werde ich mich mit Gerrit vereinigen und unter körperliche Freuden Kinder mit ihm zeugen können? Wollten Sie das etwa sagen?«

Eine Weile betrachtete sie mich mit ihren tränenverschleierten Augen, als suchte sie zu ergründen, ob ich ernstlich die Meinung vertrat, die aus meiner Bemerkung sprach. Doch ein neuerlicher Ausbruch, mit dem ich fest gerechnet hatte, blieb mir erstaunlicherweise erspart.

»Wofür sonst brauchte man auch einen Körper, wenn nicht dafür?«, sagte sie leise und ganz unaufgeregt. »Wenn man den Körper dafür nicht hätte, könnte man wirklich besser auf ihn verzichten!« Sie wendete ihren Blick von mir ab. »Ich wünsche mir, Sie hätten recht, aber glauben kann ich es nicht.«

Die Abendschatten hatten sich tief herabgesenkt und oben am Himmel über der Lichtung war der Mond zu sehen. Violets Augen waren auf die letzte Ruhestätte ihres Geliebten gerichtet.

»Wo ist der Baum, an dem er gestorben ist?«

Ich zeigte darauf, er wuchs nur wenige Meter von uns entfernt. Sie stand auf und trat näher heran an den Stamm und ich folgte ihr.

»Obwohl ich nicht an so etwas glauben kann, könnten wir noch ein Gebet für Gerrit sprechen, bevor wir diesen Ort verlassen«, sagte sie. »Aber Sie müssen es tun, ich kenne keines.«

Ich trat neben sie und sprach ein kurze Fürbitte für ihren toten Geliebten.

Sie reichte mir die Hand und wir kehrten der Lichtung den Rücken, um zum Auto zurückzukehren. Das

Licht, das noch vom Himmel kam, reichte aus, damit wir den Weg halbwegs erkennen konnten und uns nicht im Dickicht verirrten. Mit jedem Schritt schien man ein bisschen weniger zu sehen, aber irgendwie gewöhnten sich die Augen an die zunehmende Dunkelheit. Hand in Hand stolperten wir so an den Bäumen entlang, bis wir mit Glück und ein wenig Intuition den Waldesrand erreichten. Als wir in meinen Wagen einstiegen, herrschte Finsternis.

»Ich meinte es ernst, als ich Ihnen empfahl, Sie sollten besser nicht in ihrem Garten bleiben«, sagte ich, während der Ford langsam über den Feldweg in Richtung der befestigten Straße holperte, »jedenfalls nicht in den nächsten Tagen und Wochen.«

»Ich habe keine Angst vor Gerrits Mördern«, gab Violet zurück. »Sie sollen nur kommen. Ich werde sie so empfangen, wie es sich gehört.«

Ich warf ihr einen Blick zu. Obwohl es so dunkel war, konnte ich sehen, dass sich eine eiserne Entschlossenheit auf ihre schönen Züge gelegt hatte. Ihre im Wald noch friedfertige Stimmung war wie weggeweht.

»Tun Sie nichts Unüberlegtes, Violet. Es würde Sie Ihren hübschen Kopf kosten, wenn Sie etwas unternehmen und Ihr Vorhaben misslingt.«

»Ich weiß genau, was ich zu tun habe«, antwortete sie. »Unüberlegt ist es schon gar nicht! Ich habe es mir sogar ganz genau überlegt.«

»Was haben Sie vor?«

Sie antwortete nicht, und auch, als ich die Frage wiederholte, blieb sie stumm.

Ich bog auf die asphaltierte Straße ein und dann ging es in nordöstliche Richtung nach Berlin zurück.

»Wollen Sie nicht heute Nacht in meiner Wohnung übernachten?«, fragte ich sie, als wir die Stadtgrenze passierten. »Sie hätten ein eigenes kleines Zimmer. In Ihrem Häuschen ist es nicht sicher, nicht heute Nacht. Es bahnt sich irgendetwas an in der Stadt; heute, oder morgen, oder in den nächsten Tagen. Es deutet manches darauf hin. Sie sind in Ihrer Laube wirklich in Gefahr!«

Da sie noch immer nicht antwortete, schaute ich zu ihr hin. Ihr Gesicht war dunkel und ernst.

»Ich habe keine Angst«, sagte sie wieder und massierte mit der Hand ihre bloße Schulter.

»Falls Sie sich noch etwas zum Anziehen holen wollen, kann ich Sie vorher zum Garten begleiten«, sagte ich, da sie nichts weiter bei sich hatte, als sie am Leibe trug.

»Nein, ich brauche nichts! Gerrit hat man auch alles genommen! Fahren Sie mich zur Schönhäuser Allee. Da in der Nähe wohnen Freunde von mir, bei denen ich die Nacht verbringen will. Und morgen … morgen werde ich dann weitersehen.«

»Ich habe vor, für ein paar Tage aus der Stadt zu verschwinden«, sagte ich. »Wenn Sie mögen, nehme ich Sie mit.«

Sie schüttelte den Kopf. »Ich laufe nicht davon und ich habe auch vor niemandem Angst. Ganz gewiss nicht vor diesen Schuften, die Gerrit getötet haben! Es ist mir egal, was mit mir passiert. Wenn ich sterben muss, dann soll es so sein. Ohne Gerrit hat mein Leben ja doch keinen Sinn.«

»Es kommt der Tag, da werden Sie anders darüber denken, Violet.«

»Niemals!«, erwiderte sie. »Ich will und werde nicht

anders darüber denken. Nie! Fahren Sie mich zur Schönhäuser Allee!«

Die Fahrt zurück ging durch die glitzernde Nacht der Berliner Straßen, durch ein Labyrinth von Alleen und Plätzen, das die Nacht undurchschaubar machte. Scheinwerfer von Autos, die uns entgegenkamen, blitzten in der Dunkelheit auf, glänzende Augenblicke, die aufflammten und vergingen. Die steinerne Stadtlandschaft schien sich zu dieser Stunde in ein schwarzes, von Irrlichtern durchsetztes Schattenreich verwandelt zu haben, das mir unter der friedlichen Oberfläche unruhig erschien. Ich hatte das Gefühl, mich auf brüchig gewordenem Terrain zu bewegen, in das der Tod bald seinen triumphalen Einzug halten würde. Etwas Unheilvolles, das noch nicht sichtbar geworden war, suchte und bahnte sich bereits seinen Weg, um das Meer der Häuser zu einem Totengerippe zu skelettieren.

In der Schönhäuser Allee fiel das Licht der Straßenlaternen auf verwegen aussehende Gestalten, die sich mit Betrunkenen und Obdachlosen ein Stelldichein gaben. Aus vielen von den unzähligen Fenstern hinter den dunklen Fassaden drang helles Licht. Ein Arbeiterviertel, meist mit fünfstöckigen Mietskasernen und zahllosen Hinterhöfen; doch die Straße besaß ein gewisses großstädtischen Flair.

Jugendliche waren auf der Straße zu sehen, auch ein paar Kinder. Händler boten mitten in der Nacht ihre Waren feil und eine alte gebeugte Frau zog am Straßenrand mit einem Handkarren entlang. In Hauseingängen standen halb nackte Freudenmädchen. Die machtvollen Triebe, die im Untergrund der Stadt schlummerten, waren wach geworden, und ihre Anonymität gab zuweilen überraschende Blicke auf das Verborgene frei.

»Hier ist es«, sagte Violet, nachdem sie mich in eine Seitenstraße dirigiert hatte, und an einer Stelle, wo sich eine Hofeinfahrt in ein hohes, finsteres Gebäude auftat, fuhr ich den Wagen an den Bordsteinrand. Das Haus sah aus, als ob sich darin der Zugang zu einem dunklen Labyrinth befände. Es wirkte alles andere als vertrauenserweckend.

Violet öffnete die Beifahrertür. »Vielen Dank, Eugen, für alles«, sagte sie. »Mag sein, dass wir uns nicht mehr wiedersehen. Deshalb alles Gute! Passen Sie gut auf sich auf!«

Sie schien in der Gegend zu Hause zu sein, und mir kam der Gedanke, dass sie hinter den Mauern der finsteren Häuserfassaden besser aufgehoben war als in ihrem kleinen Garten auf dem Schöneberger Südgelände.

»Tun Sie das auch, Violet! Und wenn Sie Hilfe brauchen, Sie wissen, wo Sie mich finden.«

»Na klar, weiß ich.«

»Sie haben meine Karte doch noch, oder? Meine private Telefonnummer steht auch mit darauf. Außerdem finden Sie mich im Telefonbuch. Morgen bin ich zu Hause oder in der Kanzlei sicher anzutreffen.«

Sie sprang aus dem Wagen. »Ja, alles klar! Wünsche noch ’ne angenehme Nacht.« Sie warf die Tür zu und ein paar Augenblicke später war das schöne Nachtgeschöpf in der dunklen Höhle des Haustorbogens verschwunden.

18

Im ungewissen Allerlei der letzten Tage war in meiner Kanzlei eine Menge Arbeit liegen geblieben. Unter diesem Eindruck verließ ich am nächsten Morgen frühzeitig das Haus. Der Himmel war wolkenlos und leuchtete in reinstem Blau. Der letzte Tag im Juni versprach genauso sonnig und warm zu werden wie die vorangegangenen Tage. Kaiserwetter hatte man es früher genannt; heute sagte man wohl Führerwetter dazu.

Bereits nach einer Stunde an meinem Schreibtisch hatte ich die Akten satt. Es fiel mir schwer, mich auf meine Fälle zu konzentrieren. Der Gedanke an die junge Violet und an das, was sie wohl unternehmen würde, nachdem sie nun wusste, dass ihr Schatz nicht mehr lebte, beschäftigte mich ohne Unterlass und beunruhigte mich.

Musste ich mich nicht um sie kümmern? Es ärgerte mich, dass ich sie nicht nach den Namen ihrer Freunde befragt hatte. Ob sie mir eine Antwort gegeben hätte, war zweifelhaft; trotzdem hätte ich mich dann besser gefühlt. Erneut versuchte ich, mich abzulenken, aber nichts half mir dabei, meine Unruhe loszuwerden. Schließlich gab ich es auf. Immerhin würde ich das Haus wiederfinden, durch dessen Torbogen sie verschwunden war, sagte ich mir. Es war wohl einen Versuch wert, wenn ich dort einmal nach ihr suchte; sei es auch nur, um mein schlechtes Gewissen zu beruhigen.

Als ich vom Schreibtisch aufstand, um in die Schönhäuser Allee zu fahren, klingelte das Telefon.

Frau von Tryska war in der Leitung.

»Gibt es etwas Neues?«, fragte sie leise, als hätte sie Angst, es hörte jemand mit. »Haben Sie die Liste?«

Es war komisch, aber nachdem ich mich nun im Besitz dieser schrecklichen Dokumente befand, hatte ich das Anliegen der Fabrikantin fast vergessen. Doch nun fiel mir sofort wieder ein, was ich am Vortag in Rahns Dokumenten gelesen hatte.

»Sie können diese Schriftstücke haben.«

»Ich brauche sie sofort«, verlangte Frau von Tryska. »Hoffentlich ist es noch nicht zu spät. Können Sie zu mir kommen?«

»Sofort geht nicht!« Ich überlegte. »In zwei Stunden könnte ich bei Ihnen sein.«

»Geht es nicht eher?«

»Nein.«

Durch die Leitung kam ein Seufzen. »Gut! Aber beeilen Sie sich! Ich bin hier in meiner Wohnung und warte auf Sie!«

Der Zeitungsumschlag mit der Liste und den anderen Dokumenten befand sich im Handschuhfach meines Roadsters. Ich verließ das Büro, lief zum Wagen und fuhr los.

Die Stadt wirkte nicht mehr so friedlich wie am Vortag. Auf den Straßen waren Autos mit Polizei- und SS-Nummernschildern zu sehen. Es lag etwas in der Luft, und die Ruhe, die herrschte, glich der vor dem Sturm. Die unheilvolle Vorahnung, die mich seit dem Verlassen meiner Wohnung befallen hatte, schien sich zu bestätigen. Ich wusste, dass ich allen Grund hatte, auf der Hut zu sein.

Eine halbe Stunde später stand ich vor dem besagten Haus in der Seitenstraße der Schönhäuser Allee.

In der warmen Vormittagssonne spielten ein paar Kinder auf dem Bürgersteig. Das Gebäude wirkte auch bei Tageslicht besehen finster. Der Stuck an der Fassade war schmutzigbraun. Bis zur vergangenen Nacht war ich nie in dieser Straße gewesen, obwohl hier keine reichen Leute wohnten, wirkte die Straße doch nicht ärmlich oder heruntergekommen. Die hohen Fassaden besaßen sogar einen eigenwilligen Charme und strahlten zugleich etwas eindrucksvoll Unzugängliches aus, als ob man gewisse Qualitäten besitzen musste, um hier Eingang zu finden. Es war ein Gegenentwurf zu den großbürgerlichen Vierteln, eine Gegenwelt, die durchaus etwas Attraktives besaß.

Hinter dem Torbogen, durch den Violet in der vergangenen Nacht verschwunden war, trat ich in ein dunkles Treppenhaus und stand dann vor dem Schild mit den Namen der Hausbewohner. Ich suchte nach einem Hinweis, nach etwas Bekanntem, das mich inspirieren könnte, fand aber nichts.

Ich ging weiter über den Hof zum ersten der Hinterhäuser. Wieder starrte ich auf eine Tafel mit Namen, ohne dass sich eine Erkenntnis einstellen wollte. Irgendjemand hier in den Häusern, dachte ich, müsste Violet eigentlich kennen.

Eine alte Frau mit einem Eimer in der Hand kam die Treppe herunter. Sie blieb auf dem untersten Treppenabsatz stehen und starrte mich an.

»Zu wem wollen Sie denn?«

»Sagt Ihnen der Name Violet Halder etwas?«

Sie nahm die letzte Stufe, stellte den Eimer hin und verschränkte die Arme vor der Brust, als wollte sie ein längeres Gespräch beginnen.

»Wohnt hier nicht«, erwiderte sie nur und schüttelte den silbern behaarten Kopf.

»Vielleicht im Vorderhaus? Eine junge Frau, blond und auffallend hübsch.«

Die Alte betrachtete mich fast mitleidig. Ihr Gesicht war von Arbeit und Entbehrungen gezeichnet. »Ach jehchen«, sagte sie schließlich. »Na, von der Sorte gibt es hier einige.«

Sie sagte es in einem Tonfall, der mich hellhörig machte.

»Von der Sorte?«, wiederholte ich gedehnt. »Wie meinen Sie das denn?«

Sie sah mich an. »Na, die Sorte Damen, die Geld damit verdienen, dass sie so hübsch aus der Wäsche gucken, wenn 'se denn welche anhaben – haben 'se oft ja nicht.«

»Ich verstehe«, sagte ich. »Bei wem könnte ich mich denn hier im Haus nach der Dame erkundigen?«

Von der Treppe kamen Geräusche und die Alte blickte nach oben, von wo sich Schritte näherten.

»Na bei der zum Beispiel, die gerade die Treppe herunterkommt«, sagte sie. »Die hält sich auch für was Besseres.«

Ich trat zur Seite, um die junge Frau, die ziemlich schnell und behände die Treppe heruntergeeilt kam, vorbeizulassen. Sie warf mir einen Blick zu und grüßte knapp, während sie die Alte ignorierte, und in diesem Moment wusste ich, dass mein Ausflug an diesen Ort nicht vergeblich sein würde.

Der Vorname der jungen Frau, die an uns vorübereilte, war Lina. Ich war ihr schon einmal begegnet, in dem Fotoatelier in der Rollerstraße.

»Einen Moment bitte!«, rief ich ihr nach. »Ich wollte gerade zu Ihnen. Ich suche Violet Halder.«

Die junge Frau blieb stehen und drehte sich um. Sie hatte schillernde grüne Augen, und ich sah, dass sie geweint hatte. Sie trug ein luftiges Kleidchen, das nicht viel von ihrer schlanken und gut gewachsenen Gestalt bedeckte.

»Wer sind Sie denn?« Ihre Augen musterten mich misstrauisch.

»Ich bin Violets Anwalt.«

Ihr Blick wurde unsicher, aber nur für einen kurzen Augenblick. »Wofür braucht Violet denn einen Anwalt?«, fragte sie.

»Können wir uns irgendwo unterhalten, wo wir allein sind?«

Sie musterte mich genauer. »Kennen wir uns?«

»Wir sind uns vorgestern in der Rollerstraße begegnet, im Atelier oben unter dem Dach.«

Sie senkte für einen kleinen Moment den Blick.

»Ach richtig«, entgegnete sie dann und wirkte wieder sehr selbstbewusst. »Sie haben sich dort mit Violet unterhalten, ja, Sie waren das!« Sie warf einen Blick auf die ältere Frau, die zwischen uns stand. »Warten Sie einen Moment, ich bin gleich zurück.«

Dann verschwand sie durch die Tür ins Freie.

Die andere Frau griff nach ihrem Eimer. »Na? Haben Sie gefunden, wonach Sie suchten?«

Ich nickte. »Ich hoffe es.«

»Da will ich die Herrschaften nicht länger stören.« Sie schüttelte missbilligend den Kopf und griff nach dem Wischeimer. »Schon so früh am Morgen«, sagte sie. »Und ich hielt Sie für einen anständigen Herrn!«

Sie ließ mir keine Zeit, etwas zu erwidern, sondern

machte ebenfalls die Haustür auf und verschwand nach draußen.

Zwei, drei Minuten war ich in dem schattigen Treppenhaus allein, dann kam Violets Filmpartnerin ins Haus zurück.

»Ich nehme an, Sie möchten mit heraufkommen?«, sagte sie. »Sie dürfen nichts darauf geben, was die Alte erzählt. Das ist alles Unsinn.«

»Habe ich mir schon gedacht. Mein Name ist Goltz. Darf ich Ihren erfahren?«

»Riemann! Lina Riemann.«

Während ich ihr durch das Treppenhaus über zwei Stockwerke nach oben folgte, kamen uns ein paar Kinder entgegen, die einen so munteren Eindruck machten, dass ich bei dem Gedanken darüber regelrecht erschrak, wie bekümmert und beschwert mein eigenes Leben geworden war.

»Kommen Sie!«, sagte die junge Frau Riemann und schloss eine Tür auf.

Hinter der Wohnungstür befanden sich ein Flur und zwei kleine Zimmer. Der eine Raum war eine Wohnküche, wie ich bei einem Blick durch die halb offene Tür bemerkte, aber Lina Riemann führte mich in das andere Zimmer, das sehr einfach eingerichtet war. Darin befanden sich eine große Matratze und ein Schrank, eine Anrichte und eine Frisierkommode mit einem großen Spiegel, ein Tisch und ein paar Stühle. In der Ecke neben dem Schrank stand ein großer Ohrensessel, dessen Polster ziemlich abgenutzt war. Die Wohnung machte einen sauberen und aufgeräumten Eindruck.

»Möchten Sie sich setzen?«, fragte die junge Frau und wies auf einen der Stühle.

Ich setzte mich an den Tisch und sie nahm mir gegenüber Platz.

»Violet war heute Nacht bei Ihnen?«

Die junge Frau nickte.

»Wann ist Violet wieder gegangen?«

»So vor einer Stunde, oder etwas länger.«

»Wissen Sie, wohin sie wollte?«

»Zur Elektrischen.«

»Um wohin zu fahren?«

»Wahrscheinlich ist sie in ihr Gartenhaus zurück.«

»Hat sie das gesagt – dass sie dorthin wollte?«

»Sie hat gar nicht gesagt, wohin sie wollte. Sie wollte es auch nicht sagen!« Sie griff nach einem Päckchen Juno und fingerte eine Zigarette heraus, dann bot sie mir eine an. Ich nahm dankend an und eine Weile rauchten wir schweigend.

»Was wollte Violet von Ihnen?«, fragte ich sie. »Warum kam sie heute Nacht hierher?«

»Na, wir sind doch befreundet.« Lina Riemanns Ton war plötzlich aufmüpfig wie um klarzustellen, dass ich kein Recht hatte sie zu verhören. »Sie hat mir erzählt, dass Gerrit tot ist.«

Eine Zeit lang war es still.

»Hat sie auch Einzelheiten genannt?«

Sie schüttelte den Kopf. »Nur dass die SA ihn aufgehängt und seine Leiche im Wald verscharrt hat.«

Sie sagte es ohne sichtliche Bewegung, als wenn es keine größere Bedeutung besäße. Aber es war anzunehmen, dass sie noch unter dem Einfluss der Todesnachricht stand. Sie hatte Gerrit, wie ich wusste, gut gekannt.

»Hat Violet mit Ihnen über Gerrits Mörder gesprochen?«

Sie inhalierte tief, blies den Rauch in einer feinen weißen Wolke in die Luft und schüttelte den Kopf. »Sie sagte zu mir: Es ist besser, du kennst die Namen dieser Herren nicht.«

»Was hat sie über ihre weiteren Pläne erzählt?«

»Nichts.«

Ich blickte mich um. Auf der Matratze lagen zwei Kissen und Decken. »Sie leben hier nicht allein?«

»Walter musste diese Nacht arbeiten«, sagte sie und zog an der Zigarette.

»Was hat er für eine Arbeit?«

»Er arbeitet in einem Lokal. Er kommt erst heute Mittag zurück.«

»Blieb Violet nur deshalb über Nacht, weil er nicht zu Hause war?«

Sie blickte mich an. »Wie meinen Sie das?«

»Ich meine: War das der einzige Grund, weshalb Violet herkam – um Ihnen von Gerrits Tod zu erzählen?«

»Das reicht ja wohl als Grund, oder?«

»Wollte sie noch etwas anderes?«

Sie antwortete nicht sofort, sondern blickte zum Fenster.

»Sie kam, um Abschied zu nehmen.«

»Abschied? Was hat sie denn vor?«

»Hat sie mir nicht gesagt«, erwiderte sie, ohne mich anzusehen. »Aber ich glaube, sie wollte für eine Weile weg. Sie war verzweifelt. Wir haben uns die ganze Nacht in den Armen gehalten und viel geweint. Was sollten wir sonst tun!« Sie wandte den Kopf herum und warf mir einen trotzigen Blick zu. »Was wollen Sie hier überhaupt? Weshalb braucht Violet einen Anwalt?«

»Ich hoffe, dass sie keinen braucht. Aber wenn sie sich

etwas in den Kopf gesetzt hat, ist sie kaum noch davon abzubringen, nicht wahr?«

Sie zuckte mit den Achseln und legte die Zigarette in den Aschenbecher, der zwischen uns stand. »Glauben Sie, dass Violet eine Dummheit begehen wird? Will sie an Gerrits Mördern Rache nehmen? So was in der Art? Ist es das, woran Sie denken?«

»Erscheint Ihnen der Gedanke abwegig?«

Sie ließ den Kopf sinken. »So einfach kriegt man das ja wohl nicht hin – Rache zu nehmen, meine ich. Oder?«

»Nein, es ist nicht einfach – vor allem ist es gefährlich.«

Sie hob den Kopf und sah mich mit ihren schönen grünen Augen an. »Also ängstlich ist Violet nun gerade nicht.«

In diesem Moment kam mir ein Verdacht. Es war mehr als ein Verdacht, schon fast eine Gewissheit. »Hat Violet etwas von hier mitgenommen, als sie ging?«

Lina Riemanns Blick wanderte hinüber zu der kleinen Anrichte, auf der ein paar Gegenstände lagen, wie Frauen sie in ihrer Handtasche aufbewahrten. Einen Moment lang schien sie zu stutzen, als ob ihr ein Gedanke gekommen war, doch dann schüttelte sie den Kopf. »Nein! Sie hat mich nur um ein Handtäschchen gebeten.«

»Wozu hat sie es gebraucht?«

»Woher soll ich das wissen? Wozu braucht eine Frau ein Handtäschchen?«

»Warum brauchte sie Ihres? Hatte Violet gewöhnlich eines bei sich, wenn sie unterwegs war?«

Lina Riemann griff nach der glimmenden Zigarette, nahm einen letzten Zug und drückte sie im Aschenbecher aus.

»Nicht immer«, sagte sie, »so jemand ist sie nicht – sie

ist nicht die Art Dame, die Schmuck besitzt und ihn mit sich herumschleppt, sie ist eher wie – ach, ich habe das Wort vergessen, wie sagt man, wenn ein Mädchen ein bisschen wie ein Junge ist?«

»Burschikos?«

»Genau so! Das meinte ich.«

Sie sah wieder zu dem Buffet. »Tja, wofür braucht sie es? Ich habe mich das auch gefragt. Aber ich konnte sie nicht mehr fragen, so schnell war sie mit einem Mal weg.«

»Vielleicht wollte sie etwas in dem Täschchen verstecken. Fehlt etwas aus der Wohnung?«

Sie blickte sich um. »Sie meinen etwas, das so groß ist, dass es in das dort hineinpasst?«

»Ja, daran dachte ich.«

»Wenn Sie glauben, dass Violet mich bestehlen würde, haben Sie sich mächtig geschnitten.«

»Nicht bestehlen – ausleihen! Sicher wollte sie nicht für immer Abschied von Ihnen nehmen?«

Lina Riemann wurde plötzlich blass.

»Verdammt! Die Wumme!«

Sie sprang auf, trat zu der Anrichte, ging in die Hocke und zog die unterste Schublade auf. »Hab ich's doch geahnt!«, rief sie aus. »Walters Wumme ist weg!« Sie blickte auf, drehte den Kopf in meine Richtung und sah mich entsetzt an. »Mein Gott, sie wird sich doch nicht in Schwierigkeiten bringen!«

»Wer sich in den Besitz einer Pistole bringt, wird sie benutzen wollen.«

»Aber wofür?« Sie schüttelte den Kopf und blickte dann auf. »Um sich damit zu verteidigen?«

»Glauben Sie das?«

Ihr Blick wurde unsicher. »Sie will sich doch wohl nicht damit erschießen?« Sie schüttelte nun heftig den Kopf. »Nein, das macht sie bestimmt nicht. Sie würde es anders machen, nicht mit einer Pistole.«

»Bleibt nicht mehr viel übrig, was sie mit der Waffe vorhaben könnte.«

Lina rieb sich die Stirn. »Jetzt ist mir das mit dem Abschied klar! Sie plant etwas, bei dem sie sterben könnte. Oh, meine Gott, erst Gerrit und jetzt Violet.«

Ich stand von dem Stuhl auf. »Noch ist sie ja nicht tot.«

Lina erhob sich, dann schluchzte sie auf, und als sie zu mir herblickte, waren in ihren Augen Tränen zu sehen. »Ich werde sie nicht wiedersehen«, murmelte sie. »Ich fühle es!«

Ob Violet direkt zu den Wohnungen von Arnheim und Mantiss gefahren war, um an deren Türen zu klingeln und ihre Pistole zu benutzen? Obwohl ich mir Sorgen um das Mädchen machte, verursachte mir die Vorstellung, Mantiss oder Arnheim könnten bereits durch eine Kugel von ihrer Hand gestorben sein, auch ein seltsames Hochgefühl. Ein Teil von mir wollte Violets Pläne gar nicht verhindern, sondern wünschte sich, Violet hätte ihren Racheplan bereits in die Tat umgesetzt.

»Vielleicht ist es noch nicht zu spät«, sagte ich. »Sagen Sie Violet, dass sie mit mir rechnen kann, wenn Sie ihr begegnen sollten. Ich bin nach wie vor ihr Anwalt.«

Lina betrachtete mich zweifelnd. »Helfen Sie ihr, ich könnte es nicht ertragen, wenn das Gleiche mit ihr geschieht wie mit Gerrit.«

19

Als Frau von Tryska mir die Tür ihrer Wohnung am Hohenzollerndamm öffnete, standen Schweißperlen auf ihrer Stirn. Sie trug eine weiße Bluse mit kurzen Ärmeln und wirkte angespannt.

»Noch gestern sah es so aus, als hätten wir ein paar Tage oder gar Wochen Zeit«, flüsterte sie und blickte an mir vorbei in das Treppenhaus. »Doch nun schwant mir, dass der Tag der Entscheidung bereits gekommen ist. Es geht etwas vor in der Stadt. Hoffentlich ist es noch nicht zu spät. Was haben Sie mir mitgebracht?«

Sie schloss hinter mit die Tür, während ich das Zeitungspapier aufschlug und die Dokumente herausnahm. Erwartungsvoll blickte sie mich an, und so gab ich ihr die Höhler-Liste, die beiden anderen Unterlagen behielt ich noch in der Hand.

Frau von Tryska warf einen Blick auf die anderen Dokumente, als ob sie sie mir am liebsten entreißen wollte, doch dann bezähmte sie ihr Verlangen und begann, noch während sie mir über einen lang gestreckten Flur voranging, in der Liste zu lesen.

Es war ein stiller, rückwärtiger Raum, eine Art Arbeitszimmer, das wir betraten, möbliert mit dunklem Teakholz. Der Schreibtisch wirkte klobig und schwer, der ganze Raum ziemlich düster. Exotische Masken, wahrscheinlich aus Afrika, hingen an den Wänden.

Frau von Tryska blickte von der Lektüre auf. Sie nickte zufrieden. »Gut, jetzt habe ich die Namen, sie hatten mir noch gefehlt.« Sie blickte auf meine Hände.

»Was haben Sie da? Was wollte Zerner mir noch verkaufen?«

Die Namen auf der Liste hatten ihr natürlich nie gefehlt, jedenfalls nicht so sehr, dass sie sie nicht hätte entbehren können. Erst seit gestern wusste ich, dass es ihr um viel mehr als um die Höhler-Liste gegangen war.

»Sie besitzen doch bereits ein Dokument, das die Namen von Arnheim und Mantiss als Anführer eines Todeskommandos enthält«, sagte ich. »So wichtig kann die Höhler-Liste für Sie nicht gewesen sein.« Ich blickte sie scharf an, und sie registrierte ersichtlich den Vorwurf, der in meinen Augen lag.

Ihr Gesicht verzog sich ob meiner finsteren Miene zu einem vorsichtigen Lächeln. »Ach, Sie denken an das Dokument, das Ihre Unterschrift trägt? Nun ja, Sie haben nicht ganz Unrecht, aber doppelt hält besser, wie man so schön sagt. Außerdem enthält diese Liste hier weitere bedeutende Persönlichkeiten, wie den Prinzen. Zusammen ergibt sich ein vollständiges Bild. Nun kann ich den Nachweis erbringen, dass verschiedene Herren von Einfluss und Bedeutung die nationalen Bestrebungen durch ihre Schandtaten zu untergraben trachten.« Sie blickte wieder auf meine Hände. »Also! Was haben Sie da noch? Geben Sie es mir!«

Ich reichte ihr nur den Zeitungsausschnitt, den sie kurz überflog; kein einziger Muskel rührte sich in ihrem Gesicht, dennoch war zu spüren, dass ein Zeitungsbericht über Else Cohns Tod nicht die Lektüre war, die sie sich wünschte.

»Das letzte Dokument lese ich Ihnen vor«, sagte ich, als sie die Hand mit dem Zeitungsausschnitt sinken ließ.

»Es enthält eine Art Geständnis, und es stammt auch von Rahn, dem Verfasser der Liste. Hören Sie, was er schreibt!«

Sie widersprach mir nicht und der starre, finstere Ausdruck ihres Gesichts blieb unverändert, während ich Rahns Erinnerung an ihren Ausflug nach Crossen zitierte, den sie zusammen mit ihren früheren Freunden unternommen hatte; es war, als hätte sie gewusst, was sie hören würde, und so war es auch.

Als ich fertig war, musterte sie mich kalt und ungerührt. »Geben Sie mir den Schrieb! Er gehört mir!« Sie hielt mir die ausgestreckte Hand entgegen. »Ich habe Sie dafür bezahlt, dass Sie mir alles beschaffen, was dieser Zerner besaß. Also her damit!«

Es gab keinen Grund, mich an den Besitz des Schriftstücks zu klammern, und so gab ich es ihr. Sie warf nur einen kurzen Blick auf den handgeschriebenen Text, faltete ihn zusammen und stopfte ihn in ihre Bluse.

»Gut!«, sagte sie. »Das also wäre es dann. Ihr Auftrag ist erledigt, Herr Goltz! Schicken Sie mir Ihre Rechnung!«

Mit diesen Worten erhob sie sich aus ihrem Sessel.

Ich war entlassen, der Mohr hatte seine Arbeit getan und konnte gehen.

»Ist noch etwas?«, fragte sie, weil ich sitzen geblieben war. »Ich bin etwas in Eile. Sie haben mich lange genug warten lassen.«

»Und Sie haben mich getäuscht!«, sagte ich. »Oder richtiger gesagt: Sie haben mir nur die halbe Wahrheit erzählt! Sicher! Sie wollten Material, das sich gegen Arnheim und Mantiss verwenden ließ, aber vor allem wollten Sie das Dokument über den Mord an Else Cohn in Ihre

Hände bekommen, das Zerner Ihnen gegenüber offenbar erwähnt hat. Der Junge sollte es herausrücken oder jedenfalls nicht gegen Sie verwenden können. Zerner hatte mit Arnheim gar nichts am Hut; er wollte *Sie* erpressen.«

»Das ist falsch«, entgegnete sie scharf. »Zerner wollte doppelt abkassieren, er wollte Geld von Arnheim und er wollte Geld von mir, – nur mit Mantiss hat er nicht gerechnet. Mit dem wollte er nichts zu tun haben. Aber mit dem hat er zu tun bekommen!«

»Sie haben all das eingefädelt, was dann geschah – jedenfalls haben Sie dabei tatkräftig mitgeholfen – vor allem, um Zerner mundtot zu machen. Dafür war Mantiss genau der Richtige; denn für den war der Junge ein gefundenes Fressen. Gemeinsam mit Arnheim haben Sie den armen Kerl in eine Falle gelockt, damit Mantiss ein Todesurteil gegen ihn fällen und vollstrecken konnte. Obendrein bekamen Sie mich als Zeugen für eine Untat, die Mantiss und Arnheim begingen, sodass Sie gleich mehrere Fliegen mit einer Klappe schlagen konnten. Mit etwas Glück wären Sie an Zerners Material vor ein paar Tagen schon gelangt, jedenfalls erfuhren sie, was es war und wonach Sie suchen mussten. Nachdem ich den Abend überlebte – ob Sie damit gerechnet haben, weiß ich nicht –, haben Sie mich in Marsch gesetzt, um nach dem Verbleib der Originale zu forschen. Irgendetwas würde am Ende schon für Sie übrig bleiben, so haben Sie sich vermutlich gedacht, als Sie Zerner am Dienstag in die Falle tappen ließen; so war es doch, nicht wahr?«

Ihr Blick wurde spöttisch, und sie gab sich jetzt keine Mühe mehr, vor mir zu verbergen, dass sie auch mit mir ein doppeltes Spiel getrieben hatte.

»Was wollen Sie denn überhaupt? Zerner hat es nicht

anders verdient«, erklärte sie kalt. »Er hat mit hohem Einsatz gespielt und verloren! Die Feme hat ihn gerichtet. Wenn ich in vielem mit Mantiss nicht mehr einer Meinung bin, so ist doch das Urteil, das er gegen Zerner verhängt hat, nicht zu beanstanden. Ja, Sie haben recht. Es war so ähnlich, wie Sie sagten. Die Liste und Rahns Geständnis in der Hand zu haben dient zudem meinem persönlichen Schutz. Meine Ausbeute war sogar besser als erhofft, wenn ich auch angenommen hatte, dass das alles etwas schneller gehen würde. Aber gut! Ich habe erreicht, was ich wollte.« Sie wandte sich zur Seite. »Leben Sie wohl, Herr Rechtsanwalt!«

Ich fühlte nichts als Ekel. Sie hätte kaum deutlicher zum Ausdruck bringen können, wie sehr sie mich verachtete und für wie unbedeutend sie mich hielt.

Doch hatte sie nicht recht? Warum sollte sie ihre Absichten weiter hinter einer Maske der Wohlanständigkeit verbergen, nachdem sie mich nicht mehr brauchte? Sie hatte mich benutzt und ich hatte mich benutzen lassen! Hatte ich nicht immer gewusst, wes Geistes Kind meine Mandantin war?

Schade, dachte ich in diesem Moment, dass ich Violet nicht auch den Namen Henny von Tryska mit auf den Weg gegeben hatte.

Es war wirklich Zeit, aus der Stadt zu verschwinden. Am besten zusammen mit Violet, und warum nicht nach Paris! Alles war besser, als dieses Elend hier länger zu ertragen. Ich konnte sie alle nicht mehr sehen: diese Frau nicht, und Mantiss nicht, und all die anderen Leute nicht, die mitwirkten, aus Deutschland etwas zu machen, das es in Wahrheit gar nicht war, ein Land voller gottloser, barbarischer Menschen. Meine Heimat war in die Fänge von Dämonen geraten, und es gab einfach viel zu viele davon. Man kam nicht mehr gegen diese Leute an! Also war es das Beste, wenn man verschwand.

»Gut, dann will ich Ihre wertvolle Zeit nicht länger in Anspruch nehmen«, sagte ich. »Die Rechnung kommt in Kürze.«

In diesem Moment klingelte es an der Tür.

Frau von Tryska blickte auf eine Wanduhr.

»Der Postbote«, sagte sie und ging hinaus in den Flur. »Er kommt heute sehr spät.«

Die Wanduhr holte aus und schlug die volle Stunde, ich zählte die Schläge, es waren zwei.

Ich blieb noch einen Moment sitzen und dachte über die Alternativen nach, vor allem darüber, wohin ich fahren sollte, wenn es nicht nach Paris ginge, sondern ich Berlin nur für ein oder zwei Wochen verließ. Um diese Jahreszeit fiel man in den Gegenden, in denen die Menschen Ferien machten, wohl am wenigsten auf; an der Ostsee, im Harz oder im Thüringer Wald. Obwohl es draußen auf dem Lande nicht wirklich besser war! Es war ja nicht so, dass man in schwierigen Zeiten außerhalb der großen Städte freier lebte. Um unterzutauchen war Berlin, wenn man es recht bedachte, in ganz Deutschland der sicherste Ort. Auf dem Lande war das System der Überwachung engmaschiger und funktionierte besser als in den großen Städten.

Vom Flur hörte ich Stimmen. Frau von Tryska sprach mit jemandem. Es wurde laut, dann wieder leise.

Einen Augenblick später hörte ich einen dumpfen Knall, und gleich darauf einen schweren Schlag, als ob jemand auf den Boden gestürzt war, kurz darauf gab es erneut einen dumpfen Knall.

Ich rührte mich nicht, sondern saß wie erstarrt, wagte es nicht einmal mehr zu atmen. Auf meiner Stirn stand der kalte Schweiß, während ich mich langsam umblickte. Wo konnte ich hin? Gab es hier irgendwo ein Versteck?

Das Fenster zeigte in einen Garten. Die Wohnung lag im ersten Stock. Sollte ich es wagen zu springen? Vorsichtig und ohne ein Geräusch zu machen erhob ich mich aus dem Stuhl und schlich still und leise in Richtung des Fensters.

Erneut waren Geräusche zu hören, ferne Stimmen, die wie Flüstern klangen. Lauter als diese Stimmen war mein Herz, das mir bis zum Halse schlug. Selbst im Keller der SS hatte ich nicht eine solche Todesangst gehabt wie hier.

Warum, verdammt, besaß ich keine Pistole? Jetzt war es zu spät, und ich würde meine Zurückhaltung den Waffen gegenüber mit dem Leben bezahlen! Violet war schlauer als ich! Wie gern hätte ich ihre Waffe zu meiner Verteidigung in den Händen gehalten!

Doch dann war es plötzlich vorbei. Eine Tür wurde ins Schloss gezogen, und dann trat völlige Stille ein.

Meine Ohren blieben gespitzt. Ich atmete tief ein und aus. Die unmittelbare Gefahr schien tatsächlich vorüber zu sein.

Ein Gefühl der Erleichterung stellte sich ein, aber erst jetzt begann ich zu zittern. Eines war klar: Ich war dem Tode nur äußerst knapp von der Schippe gesprungen.

Langsam bewegte ich mich zurück zum Flur.

Es war niemand mehr in der Wohnung, vor dem ich hätte Angst haben müssen. Der Besuch der Witwe war gegangen, und bevor ich mich vollständig von der Richtigkeit dieser Annahme überzeugte, wusste ich, dass ich auch der einzig Lebende in dieser Wohnung war.

Henny von Tryskas massiger Körper versperrte den Flurdurchgang in kompletter Breite. Der erste Schuss hatte ihren Oberkörper getroffen und sie zu Boden geworfen, der zweite Schuss war ihr mitten durch die Stirn gegangen, und ich brauchte nicht ihren Puls zu fühlen, um die Gewissheit zu haben, dass sie mausetot war.

Ihr Gesicht zeigte einen Ausdruck von Überraschung. Es war so schnell gegangen, dass sie noch nicht einmal begriffen hatte, dass es der Tod war, der an der Tür geklingelt und den sie hereingelassen hatte.

Auf der anderen Seite des Flurs stand die Tür zum Wohnzimmer offen, hier gingen die Fenster zur Straße. Ich machte einen großen Schritt über die Leiche der Fabrikantenwitwe hinweg und durchquerte auf Zehenspitzen den Raum bis zum Fenster. Vorsichtig spähte ich nach draußen und erblickte zwei Männer, die in ihren Wagen stiegen. Sie trugen hellgraue Sommeranzüge mit Filzhüten auf den Köpfen, die Halbschatten über ihre Gesichter warfen; es waren keine Uniformierten, sondern Männer in Zivil.

Ihr Instinkt hatte die Fabrikantenwitwe nicht getäuscht, doch die böse Ahnung, die heute von ihr Besitz ergriffen hatte, war zu spät gekommen. Sie hatte ein wenig zu lange gewartet, und das Dokument, auf dessen Besitz sie so scharf gewesen war, hatte ihr nicht nur nichts genützt, sondern war ihr zum Verhängnis geworden. Wäre ich zwei Stunden früher hier gewesen, so wie sie es sich gewünscht hatte, wäre alles wohl anders gekommen; so aber waren die Ereignisse über sie hinweggeeilt. Andere waren schneller gewesen als sie.

Ich trat zurück in den Flur, stieg über die Leiche von Frau von Tryska hinweg und lauschte eine Weile an der Wohnungstür. Es war nichts zu hören.

Im Treppenhaus war kein Mensch zu sehen. Entweder hatte niemand im Haus die Schüsse gehört – oder niemand hatte sie hören wollen. Wahrscheinlich war Letzteres der Fall. Wir lebten in einer Zeit, wo es besser war, wenn man nicht alles hörte und sah.

Ich eilte die Treppe hinunter, wandte mich draußen mit zügigen Schritten zur nächsten Straßenecke und atmete erleichtert auf, als ich hinter dem Steuer meines Roadsters saß und das Schnurren des Motors hörte.

20

Das Licht des frühen Nachmittags glitt über den Lack meines Wagens. Ich startete den Ford und nahm den Weg nach Osten.

In den Straßen stand die Hitze und ich empfand den Fahrtwind als angenehm. In der Ferne hörte ich ein paar Martinshörner. An den wichtigsten Straßenkreuzungen, die ich passierte, waren Polizisten postiert. Die Männer standen an den Fahrzeugen, taten gelangweilt, dabei warteten sie nur auf den nächsten Einsatzbefehl.

Hatte es begonnen? War der von manchen Leuten vorausgesagte Bruderkrieg zwischen SA und SS ausgebrochen? Wie würde er ausgehen? Was würde die Reichswehr tun?

Hinter dem Gleisdreieck herrschte Ruhe, und auch in den Straßen westlich der Belle Alliance bemerkte ich keine Polizei. An einem schönen Sommernachmittag wie diesem waren die Leute ausgeflogen, hinaus in die Sommerfrische oder an einen Badesee. Wo Violet wohl steckte? Ob sie versuchen würde, sich mit mir in Verbindung zu setzen? In meiner Wohnung oder in meiner Kanzlei? Wartete sie hier oder dort gar auf mich?

Langsam fuhr ich an dem Gebäude vorbei, in dem sich meine Wohnung befand. Das Haus lag still in der Nachmittagssonnenglut, Violet war nirgendwo zu entdecken. Fünfzig Meter von meiner Wohnung entfernt bog ich um die Ecke und stellte den Ford ab, dann ging ich die Strecke zu Fuß zurück.

Im Treppenhaus war es schattig, fast dunkel, und ich

musste einen Anflug von Panik niederkämpfen, bevor ich die Stufen zu meiner Wohnung nach oben stieg. Die Vorstellung, in meiner Wohnung könnten mich ein paar Herren von der Gestapo erwarten, erwischte mich kalt, und ich musste mich zusammenreißen, damit ich nicht sofort wieder den Rückweg nach unten antrat.

Trotzdem blieb ich auf der Treppe stehen. War es nun töricht oder notwendig, noch einmal hierhergekommen zu sein? Etwas Geld hatte ich bei mir, für zwei oder drei Tage käme ich schon zurecht. Unsinn, sagte ich mir und fasste wieder Mut. Es war niemand hier und ich durfte mich nicht von meinem Erlebnis am Hohenzollerndamm entmutigen und beherrschen lassen. Ich würde nur den kleinen Reisekoffer und das Geld holen, und dann wäre ich wieder weg!

In der Wohnung war alles in Ordnung. Ich holte im Schlafzimmer den kleinen Reisekoffer unter dem Bett hervor. Alles Geld, das ich in einer Kommode aufbewahrte, stopfte ich mir in die Hosentasche. Nun aber los, dachte ich, und stürmte mit dem kleinen Koffer in Richtung Wohnungstür.

Gerade, als ich im Flur war, klingelte neben mir das Telefon, sodass ich mitten in der Bewegung innehielt.

Mein Verstand sagte mir, dass ich den Anruf einfach ignorieren sollte, aber ein diffus aufkeimendes Gefühl drängte mich herauszufinden, wer der Anrufer war. Was, wenn Violet in der Leitung war, weil sie meine Hilfe brauchte, oder sich entschlossen hatte, mit mir zu gehen?

Ich stellte den Koffer hin und nahm den Hörer von der Gabel.

Nicht Violet, sondern der Bankier Arnheim war am Apparat.

»Wie geht es Ihnen, Herr Goltz?«

»Warum rufen Sie mich an?«

»Um mich nach Ihrem Wohlbefinden zu erkundigen.«

»Danke der Nachfrage. Mir geht es leidlich.«

»Gibt es etwas Neues?«

Ich zögerte einen ganz kleinen Moment. »Nein!«

»Haben Sie von dem Mädchen etwas gehört?«

»Wie ich gerade sagte, es gibt nichts Neues.«

Eine Zeit lang herrschte Stille in der Leitung, dann hob er mit raunender Stimme an: »Ich wollte Sie warnen, Herr Goltz.«

»Wovor?«

Irgendetwas stimmte nicht, schoss es mir durch den Sinn. Hatte er bloß angerufen, um herauszufinden, ob ich zu Hause war? Wollte er mir seine Häscher auf den Hals hetzen oder war etwa schon jemand auf dem Weg zu mir?

Mitsamt dem Telefonapparat, der über eine lange Schnur verfügte, verließ ich den Flur und ging ins Wohnzimmer, wo ich den Apparat auf eine Anrichte nahe dem Fenster stellte, sodass ich einen Blick auf die Straße hatte.

»Vor einer halben Stunde erhielt ich einen Anruf«, sagte Arnheim. »Mir wurde erzählt, heute Mittag sei der General Schleicher nebst Gattin in seinem Haus erschossen worden. Jemand riet mir, aus der Stadt zu verschwinden. Bisher ist niemand hierhergekommen, der mir Übles wollte, und ich frage mich, ob der Anruf nicht eine Falle war, um mich aus dem Haus zu locken. Was denken Sie?«

Schleicher hatte es also auch erwischt, und nicht einmal seine Gattin hatte man verschont! Ja! Die Hunde waren von der Leine gelassen und sprangen an die Kehlen ihrer Opfer, egal ob Mann oder Frau.

Und Arnheim? Drohte auch ihm aus dieser Richtung eine Gefahr? Immerhin hatte ich der SS Arnheims Namen als Beteiligten am Zerner-Mord genannt und es mochte Leute in der SS geben, die ihn für diesen Mord gern zur Rechenschaft ziehen würden. Ob der Einfluss von Frau von Tryska zu ihren Lebzeiten ausgereicht hatte, um ihre Freunde von der SS auf ihn anzusetzen? Aber wohin hätte man ihn locken sollen?

»Sie fragen den Falschen, Herr Arnheim. Ich bin nicht der Bär mit der Todesliste.«

»Ich stehe mit dem Hörer in der Hand am Fenster meines Hauses und starre auf die Straße«, sagte er. »Seit einiger Zeit habe ich so ein komisches Gefühl, als ob ich beobachtet werde. Mir kam der Gedanke, Sie könnten das sein. Um den Verdacht zu überprüfen, habe ich Sie angerufen. Es ist also doch jemand anderes.«

Vor mir hatte er bestimmt keine Angst. Es bestand zwar tatsächlich ein Anlass, sich nicht sicher zu fühlen, selbst dann, wenn die SS nichts gegen ihn plante, doch davon konnte er kaum etwas wissen. Ich hätte ihm den richtigen Tipp geben können, von woher ihm eine Gefahr drohte, aber ich tat es natürlich nicht.

»Sie sollten sich keine Sorgen machen«, erwiderte ich. »Wenn da draußen jemand wäre, so wäre er doch schon hereingekommen.«

Ob er wirklich – so wie ich hier bei mir – die Straße vor seinem Haus beobachtete?

»Trotzdem bin ich unruhig, Herr Goltz«, sagte er, »Sie

müssen mir helfen. Veronika ist nicht da. Ich bin ganz allein zu Haus.«

Veronika hieß seine Hausangestellte, eine hübsche junge Frau, der ich im letzten Jahr bei meinen Besuchen in seinem Haus mehrmals begegnet war.

»Ich kann nichts für Sie tun, Herr Arnheim.«

»Doch, Sie können, Goltz. Sie haben ein Auto. Kommen Sie einfach her.« Um direkt in die Höhle des Löwen zu fahren? In eine Falle, die er mir stellte? Ich war drauf und dran, den Hörer auf die Gabel zu werfen, um das Spiel um Lügen und Tricks zu beenden. Aber ich musste aufpassen, dass ich nicht durch eine unbeherrschte Reaktion seinen Verdacht erregte.

»Wenn man Sie wirklich bedroht, Herr Arnheim, reicht es doch, wenn Sie das Opfer sind. Außerdem können Sie Ihr Haus doch verlassen. Fahren Sie irgendwohin, wenn Sie sich dort nicht sicher fühlen.«

»So einfach ist das nicht. Das Tiergartenviertel ist abgeriegelt. Wenn ich meinen Wagen benutze, werde ich womöglich abgepasst. Mir wäre lieber, ich wäre in der nächsten Zeit nicht allein. Unterschätzen Sie nicht, was ich für Sie getan habe, Herr Goltz! Ohne mich hätte Mantiss Sie neben dem Jungen an den Baum gehängt.«

Er band mir einen Bären nach dem anderen auf und spielte nun regelrecht Katz und Maus mit mir. Ob er ahnte, dass ich im Begriff stand unterzutauchen und die Stadt zu verlassen? Ich musste das Gespräch schleunigst beenden.

»Sie hätten sich für den Jungen einsetzen sollen! Sie als Einziger hätten die Möglichkeit gehabt, auf Mantiss Einfluss zu nehmen.«

»Sie kennen doch Ihren Schwager. Der Junge hatte keine Chance. Diese Sache wurde so durchgezogen, wie es dem unabänderlichen Entschluss von Mantiss entsprach.«

Durch den Hörer war so etwas wie eine Türklingel oder Glockenton zu hören.

»Oh, da ist ja jemand«, kam es durch die Leitung. »Ich will doch mal sehen … oh, eine junge Frau, na ja, das ist etwas anderes – und ach, wie reizend!« Er ließ so etwas wie ein Lachen hören. »Auf Frauen verstehe ich mich, besonders, wenn sie hübsch sind. Aber kommen Sie trotzdem, Herr Goltz. Ich erwarte Sie vor Ablauf einer Stunde. Verstehen Sie mich nicht falsch! Es ist kein Befehl, den kann ich Ihnen nicht erteilen, wohl aber eine dringende Bitte. Sie wissen ja, dass es in Ihrem ureigenen Interesse ist. Sie könnten bald wieder auf mich angewiesen sein. Bis später.«

Es machte Klick, und die Leitung war stumm.

Dieser Narr! Er gehörte zu den Männern, die glaubten, sich auf Frauen zu verstehen, aber nie begreifen würde, wozu Frauen fähig waren, wenn es um die Liebe ging. So schlau und ausgefuchst er bei vielen Anlässen war, wenn eine schöne Frau ins Spiel kam, wurde er blind.

Doch wer von uns beiden war der größere Narr? Die Frage drängte sich mir auf, als ich zurück auf die Straße blickte.

Auch ich war töricht gewesen. Der Unterschied zwischen Arnheim und mir war nur der, dass ich die Gefahr erkannte, als ich sie sah. Einzig in diesem einen Punkt war ich dem Bankier im Augenblick voraus.

Die Gefahr kam in Gestalt einer schwarzen Limousine die Straße heraufgekrochen.

Der schwarze Wagen hielt gegenüber meiner Wohnung. Aus dem Fond stiegen die mir bekannten Männer in Sommeranzügen und mit Filzhüten auf dem Kopf. Sollte ich es vorhin geschafft haben, ihnen zu entkommen, damit sie mich jetzt doch noch erwischten?

Ich verlor keine Sekunde und eilte in den Flur, griff nach dem Koffer und stürmte ins Treppenhaus. Nachdem ich die Wohnungstür abgeschlossen hatte, lauschte ich einen Moment. Es blieb nicht lange still, dann hörte ich ihre Geräusche, energische Schritte, die Männer waren im Haus. Es gab keinen Zweifel: Sie wollten zu mir.

Ich wandte mich nach oben und schlich leise im Treppenhaus bis zur nächsten Etage. Dort gab es zwei Wohnungen. In der Etage über diesen Wohnungen lag der Dachboden mit seinen Verschlägen.

Die Schritte kamen die Treppe herauf, und jetzt hörte ich auch Stimmengemurmel. Ich stieg ein paar Stufen weiter in Richtung Dachboden nach oben, war aber nahe genug am Geschehen, um mitzubekommen, was vor sich ging.

Die Männer hatten wie erwartet vor meiner Wohnungstür Halt gemacht und klingelten mehrmals.

»Er scheint nicht da zu sein«, hörte ich einen der Männer sagen.

»Und wenn er nicht aufmacht?«, fragte der andere.

»Er fährt einen Ford, Baujahr 32, und der stand nicht auf der Straße.«

Was für ein Glück, dass ich den Ford um die Ecke geparkt hatte.

»Ganz so dämlich, wie man glauben könnte, an einem Tag wie heute den Wagen vor die Tür zu stellen, ist er womöglich nicht.«

Dämlich – ja, da war wohl etwas dran. Dass ich noch einmal hierhergekommen war und mich so lange hatte aufhalten lassen, konnte man kaum anders bezeichnen. Nun gut, umso mehr musste ich den Herren beweisen, dass sie sich irrten; es kam nun alles darauf an.

»Woher soll er wissen, dass heute ein besonderer Tag ist«, sagte der andere. »Vielleicht hat er uns gesehen. Man müsste die Tür aufbrechen.«

Hoffentlich hatten sie nicht die gleiche Idee wie ich. Was sollte ich tun, wenn sie begannen, nicht nur die Wohnung, sondern das ganze Haus zu durchsuchen? Mein Fluchtweg nach oben war eine Sackgasse, es gab von dort oben für mich keinen Weg zurück.

»Die sieht recht solide aus. Aber er muss nicht unbedingt in der Wohnung sein. Er könnte zur Kanzlei gefahren oder auch zu Fuß dorthin gegangen sein. Möglicherweise sitzt er in seinem Büro.«

»Bei diesem Wetter! Sonnabendnachmittags?«

»Anwälte arbeiten doch immer! Wir sollten es dort nochmals versuchen, bevor wir uns hier die Arbeit machen. Wir gehen am besten zu Fuß. Es ist ganz in der Nähe, zweihundert Meter. Jochen wartet hier im Auto, für den Fall, dass er doch vor dem Haus auftauchen sollte.«

Wenn mich einer von den Dreien erblickte, wäre ich tot.

»Ich weiß nicht, ob das eine gute Idee ist«, sagte der andere. »Wenn er nicht in seiner Wohnung ist, hat er sich vielleicht anderswo im Haus versteckt.«

Eine Minute lang redeten sie über die anderen Wohnungen und wogen die Möglichkeiten gegeneinander ab. Während ich mir meine Flucht über die Dächer ausmalte, überlegte ich, was ich aus meinem Koffer am dringendsten brauchte.

»Also los! Zur Kanzlei!«, ergriff derjenige, der anscheinend das Sagen hatte, die Initiative. »Wenn er da nicht ist, rollen wir die Bude von unten her auf. Jochen passt auf, während wir fort sind.«

Der andere Mann brummte etwas, das wie eine Zustimmung klang, und gleich darauf entfernte sich das Stimmengemurmel die Treppe hinunter.

Das Leben gewährte mir eine weitere Chance, wahrscheinlich war es diesmal wirklich die letzte!

Nachdem ich zwei, drei Minuten gewartet hatte, eilte ich leise durch das Treppenhaus bis hinunter in den Keller. Das Haus hatte einen Hinterausgang, der zu einem Garten führte. Den Gefallen, auf der Straße zu erscheinen, würde ich diesen Männern nicht tun.

Ich durchquerte die Waschküche, trat dann ins Freie und ging den schnurgeraden Gartenweg entlang, der zwischen Brombeer-, Stachelbeer- und Johannisbeerbüschen an die Grenze zum Garten des rückwärtig gelegenen Grundstücks führte.

Die Mauer zum Nachbargebäude war kein Hindernis für mich. Die Holzkisten und Paletten, die sich neben den Geräteschuppen stapelten, machte deren Überwindung selbst mit dem Koffer in der Hand zu einem Kinderspiel.

Mit zwei Sprüngen setzte ich hinüber. Eine alte Frau, die im Nachbargarten Beeren pflücke, blickte auf und sagte: »Ach jeh! Sie haben es aber eilig!«

Weiter ging es durch den Keller des Gebäudes bis zum Straßenflur. Das Haus hatte seinen Zugang von der Großbeerenstaße. Dort wartete kein dritter Mann auf mich.

Als ich den Bürgersteig erreichte, schritt ich zielstrebig aus, um den gesamten Häuserblock zu umrunden. Kurz darauf saß ich in meinem Wagen.

21

Ich blickte in den Außenspiegel. Der Weg war frei. Niemand schien auf mich zu achten. Ich startete, ohne den Blick vom Rückspiegel zu nehmen, aber kein Verfolger setzte mir nach. Ich fuhr um ein paar Straßenecken und hielt dann noch einmal an, um mein Gepäckstück im Kofferraum unter der Haube zu verstauen, dann wandte ich mich über den Landwehrkanal nach Norden.

Warum hatte Arnheim die junge Violet an der Tür seiner Villa nicht erkannt? War sie ihm eine Unbekannte, oder lag es an seiner Überheblichkeit, dass er die Gefahr, die von dem schönen Mädchen ausging, ignorierte oder unterschätzte? Anscheinend war er einfach nicht in der Lage, dem erotischen Charme eines Mädchens wie Violet zu widerstehen.

Inzwischen war überall Polizei und SS zu sehen. Auf der Stresemannstraße wurde ich von mehreren SS-Motorrädern überholt. Am Potsdamer Platz jagten Wagen der Landespolizei und Lkw mit aufgesessenen SS-Männern an mir vorbei. Die grünen Bäume des Tiergartenviertels kamen in meinen Blick, aber als ich auf der Tiergartenstraße eine Weile nach Westen weitergerollt war, hinderte mich eine Straßensperre der Verkehrspolizei an der Weiterfahrt.

»Wo wollen Sie hin?«, fragte mich ein uniformierter Schutzpolizist.

Ich nannte die Straße, in der Arnheim wohnte.

»Nein, das geht nicht!«, erwiderte er. »Das gesamte Viertel ist abgesperrt. Drehen Sie ab und fahren Sie geradeaus weiter!«

Ich tat wie geheißen, ließ den Ford aber nur rund hundert Meter nach Osten rollen und parkte dann in einem kleinen Seitenweg, um mich von dort zu Fuß auf den Weg zu Arnheims Villa zu machen. Die Schutzpolizei konnte wohl die Straßenzugänge sperren, nicht aber die Fuß- und Waldwege, die es hier gab.

Die Villa lag versteckt hinter Tannen. Vom Bordsteinrand aus wirkte das Gebäude fast unbewohnt. Die Jalousien an den Vorderfenstern waren heruntergelassen, das Haus machte einen richtig verlassenen Eindruck. Die Sonne stand über hohen Kiefern. Das Haus lag still im Schatten der Bäume.

Flache Stufen führten zur Eingangstür. Auf mein Klingeln hin tat sich nichts. Ich hatte damit gerechnet; dass ich es befürchtet hatte, wäre nicht das richtige Wort.

Ich ging um das Haus herum, bis ich eine Seitentür fand. Die Tür war nicht verschlossen. Durch einen Vorraum gelangte ich in das schmale, aber repräsentative Vestibül der Villa.

Die Halle war dämmrig. Es gab zu wenige Fenster. Nur durch eines auf der Nordseite und durch den Flur im Westen, der zum Eingang führte, kam ein wenig Licht herein.

Sämtliche Türen, die an das Vestibül angrenzten, waren geschlossen. Bei meinen beiden früheren Besuchen hatte immer alles offen gestanden.

Die erste Tür, die ich öffnete, führte mich in einen kleinen Wohnraum, in dem gläserne Vitrinen standen, außerdem ein Spiegel. Wann hatte ich das letzte Mal in einen Spiegel gesehen? Es war bestimmt ein paar Tage her. Von meinem gestrigen Erlebnis im Keller der SS hatte ich erstaunlicherweise nur eine kleine dünne Schramme an der Stirn zurückbehalten, die nicht weiter auffiel. Mein Gesicht hatte Farbe bekommen, wie bei jemandem, der nicht in einem Büro zu Hause war, sondern draußen arbeitete, nur die Ringe unter meinen Augen waren größer geworden.

Ich trat zurück und nahm mir den nächsten Raum vor.

Diesmal war es das richtige Zimmer.

Der Hausherr lag vor einem Ledersofa, ein Stück seitlich von der Tür. Er lag auf dem Rücken; seine Schuhspitzen zeigten nach oben. Sein linkes Auge sah direkt ins Sonnenlicht, das durch die Fenster fiel, ohne blinzeln zu müssen. Von dem anderen Auge war nicht mehr viel übrig. Es war durch eine Kugel zerstört. Die Schusswunde an seinem Bauch hatte sein helles Hemd rostbraun gefärbt. Sein Gesicht war von Schmerz verzerrt, offenbar war er nicht sofort tot gewesen.

Ein Meter von Arnheims Füßen entfernt stand ein Ledersessel. Vorsichtig setzte ich mich hinein und betrachtete den Toten.

Es war nicht schwer, sich vorzustellen, was geschehen war. Arnheim hatte die Tür geöffnet, um ein schönes Mädchen einzulassen und damit den größten Fehler seines Lebens begangen. Violet war ihm bis zur Schwelle dieses Zimmers gefolgt, und als Arnheim sich ihr zuwandte, hatte sie ihm mit der Pistole, die sie aus dem Handtäschchen genommen hatte, in den Bauch geschossen.

Während ich dasaß und den Toten anschaute, tat er mir fast leid, so wie er dalag. Seine Gier nach Geld hatte ihn gefressen, und die nach schönen Mädchen ihm den Rest gegeben. Das Bündnis, das er mit dem Bösen eingegangen war, hatte ihm eine Macht beschert, mit der er nicht fertig geworden war, und am Ende hatte sie ihn leichtsinnig gemacht. Er hatte sich auf einen Weg begeben, der über kurz oder lang dahin hatte führen müssen, wo er jetzt angelangt war.

Ein Geräusch ließ mich zusammenfahren, und als ich aufblickte, verdunkelte ein Schatten die Tür, und so schnell, wie ich zusammengeschreckt war, schoss ich auch in die Höhe.

Vor mir stand Violet.

»Ich habe Sie die Straße heraufkommen sehen«, sagte sie.

In den Händen hielt sie das Täschchen, das sie von ihrer Freundin entliehen hatte. Sie hatte es gegen den Bauch gedrückt. Sie trug das Kleidchen der vergangenen Nacht und sie erschien mir schöner als jemals zuvor.

Ich warf einen Blick hinunter zu dem Toten.

»Sie haben ihn erschossen?«

Sie nickte. »Ja, das war ich.«

Schwache Geräusche, die aus weiter Ferne kamen und die ich nirgendwo zuordnen konnte, kratzten plötzlich an meinen Nerven.

»Warum haben Sie es getan?«

Sie schaute mich gleichmütig an. »Letzte Nacht, während wir nach Berlin zurückfuhren, überlegte ich mir, dass ich nicht warten würde, bis es diesen Herren gefiele, mir einen Besuch abzustatten«, sagte sie. »Ich wollte sie zur Rede stellen, konnte nicht untätig sein, bis es diesen – Menschen gefällt, bei mir aufkreuzen und mit mir zu tun, was ihnen gerade in den Kram passt! Ich wusste, woher ich eine Pistole bekommen würde, aber ich besorgte sie mir vor allem zu meinem eigenen Schutz.«

»Aber für Ihren eigenen Schutz haben Sie sie dann doch nicht gebraucht.«

»Oh doch, habe ich! Als ich herkam, wusste ich nicht, ob ich sie benutzen würde. Ich habe die Waffe erst gezogen, als er mir«, sie zupfte am Saum des ärmellosen Trägers ihres Kleides, »an die Wäsche wollte. Er glaubte wirklich, ich käme als Bittstellerin, und wollte mich ihm anbieten. Dieser Narr! Nachdem ich ihm gesagt hatte, wer ich bin, meinte er: ›Dein Liebster hatte einen guten Geschmack.‹ Ich aber fragte ihn: ›Hat es dir gefallen, Gerrit sterben zu sehen. Hast du dich an seinem Anblick geweidet?‹ – ›Nein‹, meinte er, ›aber an deinem Anblick würde ich mich gerne weiden. Du gefällst mir sehr! Zieh dein Kleidchen aus, wir wollen uns ein wenig vergnügen.‹ Und schon kommt dieser Schuft auf mich zu – und ich weiche zurück, und als er nicht stehen bleibt, ziehe ich die Waffe aus der Tasche, und – oh ja, ich hatte sie bereits entsichert – ich sagte es ihm sogar noch – aber er nahm mich überhaupt nicht ernst. ›Komm, gib mir das Ding, das ist nichts für zarte Frauenhände‹, meinte er nur und wollte nach mir greifen – und da, na ja – da schoss ich ihn eben über den Haufen!«

Ich musterte sie, aber sie wirkte ihrer selbst sehr sicher. »War er gleich tot?«

»Nein! Er fiel auf die Knie und begriff, was passiert war. Der erste Schuss hatte ihn in den Bauch getroffen, und er schaute an sich hinab auf die Wunde, und dann plötzlich begann er zu schreien, und da traf ihn mein zweiter Schuss direkt in den Kopf.« Sie seufzte. »Genau so war es.«

Sie stand nicht unter Schock, jedenfalls nicht offensichtlich, denn sie betrachtete ungerührt Arnheims Leiche.

»Was ist mit Mantiss?«

»Den habe ich noch nicht erwischt. Eine Frau hat aufgemacht, als ich an der Tür seiner Wohnung klingelte. Sie sagte, ihr Gatte sei nicht zu Hause. Was ich denn von ihm wolle. Ich erwiderte, dass ich ihn selbst sprechen müsse. Da meinte sie, ich solle es später am Nachmittag noch einmal versuchen, und fragte nach meinem Namen. Ich habe ihr keine Antwort gegeben und bin gleich weg. Unten auf der Straße fiel mir ein, dass ich ihr besser einen falschen Namen genannt hätte und mir vorher eine Geschichte für den Fall hätte ausdenken sollen, dass der Mann nicht zu Hause war. Seine Frau sah mich so merkwürdig an.«

Doris. Ob sie etwas ahnte? Aber sie konnte doch nichts von der Zerner-Sache wissen! Oder etwa doch?

»Vielleicht ist Mantiss mit seinem Mordkommando unterwegs. Heute ist ein Tag des Mordens. Es war leichtsinnig, einfach bei ihm an der Haustür zu klingeln.«

»Es war das Nächstliegende, und das Nächstliegende ist meistens das Beste.«

»Sie dürfen dort nicht wieder hingehen. Mantiss wird etwas ahnen, wenn er durch seine Frau von Ihrem Besuch erfährt. Er stellt Ihnen eine Falle.«

»Ich muss es versuchen!«

»Und dann?«

Sie zuckte mit den Achseln. »Dann können sie mit mir machen, was sie wollen. Sie können mich an einen Galgen hängen. Ich will so sterben wie Gerrit.«

»Hören Sie auf, so zu reden! Sie dürfen dort nicht hingehen! Sie müssen fliehen! Weit weg! Am besten wirklich nach – Paris! Jedenfalls müssen wir überlegen, wie Sie aus der Sache rauskommen.«

Sie zuckte die Achseln. »Es war Notwehr, ich habe ein reines Gewissen.«

»Man wird Sie nicht mit Notwehr davonkommen lassen, Violet. Arnheim war ein wichtiger Mann.«

Sie funkelte mich an. »Wer sagt denn, dass ich mit der Notwehr davonkommen will! Hauptsache, ich stehe vor mir selbst gerade da! Ich weiß, dass ich an den Galgen komme. Ist mir recht. Aber vorher schnappe ich mir den anderen Kerl!«

»Sie haben noch eine Chance, Violet! Es ist heute wirklich ein Tag, an dem man ungestraft Morde begehen kann; nur heute, morgen nicht mehr. Arnheims Name stand möglicherweise auf einer Todesliste, sodass Sie anderen nur zuvorgekommen sind. Als ich vorhin mit ihm telefonierte, hat er sich geäußert, als würde er mit einem Anschlag rechnen. Wie auch immer: Man wird denken, dass er einem Kommando der SS zum Opfer gefallen ist!«

Violet schüttelte den Kopf. »Glauben Sie das im Ernst? Wenn Mantiss erfährt, dass Arnheim tot ist, wird er bald wissen, dass ich es gewesen bin.«

»Mantiss kennt nicht alle Todeslisten, die kursieren. Er kann nicht ausschließen, dass es jemand anderer war.«

»Doch, das kann er, und das wird er auch! Und Sie wissen es! Deshalb muss ich ihn auch töten, gerade jetzt, nachdem sein Kumpan tot ist. Wenn ich es nicht mache, bringt er mich um. Da beißt die Maus keinen Faden ab!«

Wenn ich ehrlich war, musste ich ihr recht geben; dennoch zögerte ich, ihr zuzustimmen.

»Mit Arnheim haben Sie Glück gehabt. Aber Mantiss ist ein anderes Kaliber. Er ist ein Offizier, ein ehemaliger

Oberst oder General, ein sehr gefährlicher Mann. Er wird es Ihnen nicht so leicht machen wie Arnheim.«

Ihre dunkel schimmernden Augen blitzen auf.

»Ich habe ihm gegenüber auch einen Vorteil«, erwiderte sie. »Ich habe keine Angst um mein Leben. Ich bin sowieso dem Tode geweiht. Vielleicht haben Sie ja recht und ich werde Gerrit wirklich einmal wiedersehen. Deshalb denke ich: Je früher der Tod mich holen kommt, umso besser, denn umso eher bin ich wieder mit Gerrit vereint.«

»Werfen Sie Ihr Leben nicht weg! Wählen Sie nicht freiwillig den Tod!«

Sie funkelte mich trotzig an. »Ich wähle nicht den Tod, sondern ich wähle den Kampf!«

»Kampf? Ihr Gegner ist ein Teufel, der mit allen Wassern gewaschen ist und der vor keinem Mittel zurückschreckt.«

Sie zuckte gleichmütig mit den Schultern. »Man muss den Teufel bekämpfen, aber man darf nicht erwarten, dass man auch gegen ihn siegen wird«, meinte sie sehr ruhig. »Das Wichtige ist ja nicht, dass man am Ende gewinnt, sondern wichtig ist nur, dass man es sich nicht gefallen lässt und das Böse bekämpft. Ist nicht sogar der Kampf der beste, der ohne Aussicht auf einen Sieg gekämpft wird? Nur ein solcher Kampf ist wahrhaft heroisch. Kämpfen in der sicheren Gewissheit, dass man verlieren wird.«

»Heldentum um jeden Preis sollte der Mensch nicht erstreben.«

»Warum denn nicht! Es ist ein Sieg, wenn man sich nicht ergibt. Wenn genug da sind, die den Teufel bekämpfen, wird er irgendwann verlieren! Bis es so weit ist, werden wohl noch viele sterben müssen! Ich werde ein Opfer sein in diesem Krieg, aber wenigstens werde ich gekämpft haben!«

Sie war ein mutiges Mädchen, doch ich musste unbedingt verhindern, dass sie Mantiss in die Hände fiel und dieser grausam Rache an ihr übte.

»Violet! Sie müssen weg aus dieser Stadt – weg aus diesem Land! Wenn Sie Mantiss nicht sofort erwischen, sitzt er auf jeden Fall am längeren Hebel. Er ist nicht zu Haus, und er wird wissen, warum. Sie müssen fliehen! Sie haben doch einen Pass! Sehen Sie zu, dass Sie außer Landes kommen. Diesen Weg sind schon zahlreiche Menschen in Deutschland während des vergangenen Jahres gegangen. Sie sind gewitzt, Sie werden es schaffen!«

Sie antwortete nicht, doch ich sah, wie der Schatten eines Zweifels sich ihrer Züge bemächtigte.

»Ich denke mal darüber nach«, sagte sie, um das Thema zu beenden. Es blieb fraglich, wie ehrlich sie es meinte. Wahrscheinlich sagte sie es nur, um mich zu beruhigen. »Jetzt werde ich hier erst einmal verschwinden. Ich war ja bereits auf dem Sprung, als ich Sie sah und es klingeln hörte.«

»Ich kenne mich hier im Viertel etwas aus. Es gibt Schleichwege. Ich führe Sie hier hinaus.«

»Ich finde auch allein wieder raus.«

»Das Tiergartenviertel ist abgesperrt.«

»Wenn es sein muss, gehe ich über Zäune und Mauern. Ich kann klettern wie eine Katze. Machen Sie sich wegen mir keine Sorgen!«

Sie wandte sich zur Seite, in Richtung der Terrassentür. »So, dann nochmals Adieu!«

»Wo gehen Sie hin?«

»Das ist unwichtig! Lassen Sie mich jetzt in Ruhe!«

Sie ging an mir vorbei und trat zu der Glastür, zog sie auf und machte einen Schritt ins Freie.

»Vergessen Sie nicht, bei der erstbesten Gelegenheit müssen Sie Ihr Täschchen mit der Pistole wegwerfen, möglichst in ein Gewässer!«, rief ich ihr nach.

Sie warf mir einen Blick über die Schulter zurück. »Passen Sie lieber auf sich selber auf.« Sie lächelte zart, dann war sie verschwunden.

22

Ich verließ die Villa durch den Seitenausgang und stahl mich bis zu der Hecke, die das Grundstück zur Straße hin einfriedete, dann schlüpfte ich durch das Tor. Im Schatten mächtiger Kastanien schlenderte ich in Richtung meines Wagens, versuchte so ruhig und unauffällig wie möglich die Straße entlangzugehen, mit gleichmütigem Gesicht, als wäre nichts gewesen und als hätte ich alle Zeit dieser Welt; aber ich war froh, als ich mich wieder im Schutze der bewaldeten Wege befand. Spaziergänger waren unterwegs, und es gab spielende Kinder, Polizei oder SS waren nirgendwo zu sehen.

Als ich wieder im Auto saß, überlegte ich, welchen Weg Violet wohl eingeschlagen hatte. Mantiss wohnte in der Hannoverschen Straße, und wenn sie weiterhin vorhatte, den Tod ihres Liebsten zu rächen, konnte sie ihn eigentlich nur dort erwischen. Falls es eine weitere Möglichkeit gab, ihn zu stellen, wüsste sie mehr als ich.

Ich dachte an Doris, meine Schwester, die mit Zerners furchtbarem Mörder verheiratet war. Es behagte mir nicht, dass ich ihr ausgerechnet an diesem Tag einen Besuch abstatten musste, aber so wie es aussah, blieb mir keine andere Wahl.

Während ich unter der Sonne des späten Nachmittags das Tiergartenviertel nach Norden hin umrundete, überlegte ich, ob es wirklich meine Aufgabe sein konnte, Violets Tat zu verhindern. Wenn man das Mädchen fasste, käme sie allein wegen des Mordes an Arnheim auf das Schafott. Wenn Mantiss den Verdacht hatte, dass sie die

Täterin war, würde er sie an den Galgen bringen, sei es mithilfe der Gerichte oder durch eigene Hand. Es würde ihr nicht anders als ihrem Liebsten ergehen, davon war ich inzwischen überzeugt. Mantiss zu töten wäre daher wirklich die zweitbeste Lösung für sie. Nur die Flucht wäre besser.

Und ich? War es nicht feige von mir, dass ich Violet die schmutzige Arbeit allein machen ließ? Warum hatte ich ihr nicht angeboten, ihr bei der Liquidierung dieses Schurken zu helfen? Schließlich wollte doch auch ich, dass dieser Mann starb! Nachdem Frau von Tryska das Zeitliche gesegnet hatte, konnte ich nicht mehr davon ausgehen, dass die SS das Geschäft besorgen und ihn in die Hölle befördern würde. Mantiss gehörte wahrscheinlich sogar zu den Leuten, die im Hintergrund die Fäden zogen; heimlich, aber in führender Stellung, und wenn Violet oder ich nichts unternahmen, würde er kein Opfer des mörderischen Bruderkampfes werden, der heute in dieser Stadt zu toben schien.

Ich kreuzte die Spree und erreichte zehn Minuten später mein Ziel.

Alles war ruhig. Auch das gelbe Backsteingebäude, in dem das gerichtsmedizinische Institut zu Hause war, lag wie verlassen im Sonnenlicht. Dabei hätten die Leute, die dort Dienst hatten – wenn alles mit rechten Dingen zuginge – heute jede Menge Arbeit vor sich. Aber die Toten dieses 30. Juni entsorgte man anscheinend anderswo.

Es war unwahrscheinlich, dass Violet die Hannoversche Straße vor mir erreicht hatte. Das hätte ihr nur mittels eines Taxis gelingen können, doch es wäre zu gefährlich gewesen, einen Wagen zu nehmen, denn dann würde man sie mit Sicherheit der Tat überführen können, falls sie diese an Mantiss in seiner Wohnung beging.

Von meinem Wagen aus beobachtete ich den Eingangsbereich des Gebäudes. Im dritten Geschoss besaßen Mantiss und meine Schwester eine großbürgerliche Wohnung. Die Entfernung war groß genug, um nicht aufzufallen, falls jemand aus dem Fenster blickte, aber nahe genug, damit mir nichts entging.

Hatte Violet eine Chance gegen ihren furchtbaren Feind? Eigentlich sprach alles dafür, dass sie im Kampf gegen Mantiss den Kürzeren ziehen musste. Ich musste an die tapfere Charlotte Corday aus der Zeit der französischen Revolution denken, die mit einem 20 Zentimeter langen Messer Jean Paul Marat, einen der Hauptverantwortlichen des Blutregimes der Jakobiner, zur Rechenschaft gezogen hatte. Auch die heutige Zeit brachte sicher solche tapferen Frauen hervor.

Eine halbe Stunde strich dahin, ohne dass Violet auftauchte oder sonst etwas geschah. Sie hätte längst hier sein müssen, falls die Hannoversche Straße ihr Ziel gewesen war, sagte ich mir schließlich. Ich überlegte, ob ich aussteigen und einfach an der Tür klingeln sollte, um vielleicht herauszubekommen, wo Mantiss war, aber dann passierte etwas, das mich rechtzeitig davon abbrachte.

Eine Taxe hielt am Straßenrand direkt vor dem Haus. Der Chauffeur stieg aus dem Wagen, trat zu der Haustür, drückte auf eine der Klingeln und verschwand kurz darauf im Gebäude. Dann vergingen ungefähr fünf Minuten, bis sich erwies, dass meine Ahnung mich nicht getrogen hatte. Der Chauffeur kehrte auf die Straße zurück und trug einen großen Reisekoffer in der Hand. Ihm folgte Doris, meine Schwester, nicht aber ihr Mann.

Sie sah gut aus, besser als bei unserer letzten Begegnung vor einem halben Jahr. Das helle, ärmellose Sommerkleid stand ihr ausgezeichnet. Dazu trug sie einen weiten, eleganten Hut, der ihr katzenhaft schönes Gesicht betonte. Der hagere Zug, den ich damals bei ihr an ihrer schlanken, sportlichen Gestalt wahrgenommen hatte, war an diesem Sommertag nicht zu sehen.

Der Chauffeur packte den Koffer in den Wagen, dann öffnete er Doris die Tür auf der Beifahrerseite und ließ sie einsteigen, bevor er zurück in den Wagen sprang.

Als der Abstand groß genug geworden war, ließ ich den Anlasser des Roadsters an und setzte mich hinter das Taxi, das sich zügig in Richtung Friedrichstraße entfernte. Am oberen Ende der Friedrichstraße bog der Wagen in die Chausseestraße ein, aber nur, um gleich darauf wieder nach rechts in die Invalidenstraße abzubiegen. Auch auf dieser Straße blieb der Wagen nicht lange, denn wie sich zeigte, war der Vorplatz des Stettiner Bahnhofs sein Ziel. Die Fahrt war hier zu Ende.

Der Stettiner Bahnhof an der Invalidenstraße war einer der großen Berliner Kopfbahnhöfe, der die Stadt mit Mecklenburg und Pommern verband. Von diesem Bahnhof fuhren Züge nach Stettin, Rostock, Danzig und zu den Seebädern ab. Vielleicht hatte Doris vor, an die Ostsee zu verreisen. Aber fuhr sie denn allein in den Urlaub, ohne ihren Mann? Das Taxi hielt, der Chauffeur holte den Koffer aus dem Wagen und folgte ihr in Richtung Bahnhofshalle. Ob Mantiss dort schon auf sie wartete? Wenn ich es herausfinden wollte, musste ich wohl oder übel meine Deckung verlassen, und einen Blick in das Bahnhofsgebäude riskieren.

Ich wartete, bis Doris durch den Eingang in der Halle

verschwunden war, stieg aus dem Wagen und überquerte den Vorplatz.

In der Halle war es schattig und dunkel, jedenfalls kam es mir so vor. Ich blieb stehen und schaute mich um, konnte Doris und ihren Gepäckträger aber nicht entdecken. Auch Rudolf Mantiss war nirgendwo zu sehen.

Die Anzeigentafel für die Zugverbindungen geriet in mein Blickfeld und ich trat mit ein paar Schritten darauf zu. Wie ich feststellte, ging in einer Viertelstunde ein Zug nach Rostock ab. Ob Doris vorhatte, diesen Zug zu nehmen, um von dort in eines der Seebäder zu gelangen?

Es war wohl wenig sinnvoll, mich hier länger aufzuhalten, überlegte ich. Mantiss war nicht hier und würde wohl auch nicht mehr kommen. Er hatte an einem Tag wie heute sicher anderes zu tun, als zu verreisen. Schließlich war er der Chef eines Mordkommandos. Am besten, ich machte mich schnell wieder dünne, nicht, dass Doris mich zufällig entdeckte.

Doch es war zu spät. Auf Bahnhöfen hatte ich einfach kein Glück.

»Was machst du hier?«

Die Stimme ließ mich zusammenfahren; sie war hell, schneidend und scharf, aber mir gut bekannt.

Ich drehte mich um.

Doris stand mir direkt gegenüber. Ihre grünen Augen blitzten böse.

»Was hast du hier zu suchen?«, wiederholte sie mit einem Zischen, bevor ich etwas erwidern konnte.

»Das könnte ich dich auch fragen.«

»Was willst du mich denn fragen? Siehst du nicht, dass ich verreisen will?«

»Du fährst an die See?«

»Du hast es erraten.«

»Wo ist dein Mann?«

»Was kümmert dich das!«

»Fahrt ihr nicht zusammen in den Urlaub?«

Ihre Augen funkelten zornig. Sie zögerte mit der Antwort.

»Doch!«, gab sie schließlich zurück. »Aber wir nehmen nicht denselben Zug!«

»Und welchen Zug nimmt Rudolf?«

Sie biss sich auf die Lippen, als müsste sie sich eine freche Antwort verkneifen, dann drehte sie sich abrupt zur Seite, als ob sie meinen Anblick nicht länger ertragen mochte. Ohne etwas zu erwidern oder mich eines weiteren Blickes zu würdigen, entfernte sie sich mit mehreren Schritte in Richtung des Chauffeurs, der noch immer ihren Koffer trug.

Das Signal war deutlich; ich sah ihr hinterher, wie sie zusammen zu den Bahnsteigen gingen.

Irgendwie wurde ich das Gefühl nicht los, dass der Reiseantritt von Doris nicht für diese Stunde geplant gewesen war. Es würde Nacht werden, bis sie eines der Seebäder erreichte, wenn es ihr denn heute überhaupt gelänge. Nein, es war wirklich kein besonders günstiger Zeitpunkt für den Aufbruch in einen Urlaub an der See. Hatte Mantiss seine Gattin auf Reisen geschickt, um sie aus der Schusslinie zu haben?

Ich verließ das Bahnhofsgebäude.

Noch war der Abend jung. Es konnte so einiges passieren, bevor die Sonne unterging.

Aber *wo* würde es passieren?

Gewiss würde es nicht lange dauern, bis Mantiss erfuhr, dass sein Freund Arnheim einem tödlichen Anschlag zum

Opfer gefallen war. Oder wusste er es bereits? Hatte er gar aus diesem Grunde Doris aufgefordert, unverzüglich die Stadt zu verlassen? Es war ja auch denkbar, dass Doris selbst ihn angerufen hatte, falls sie durch Violets Besuch an der Wohnungstür misstrauisch geworden war. Doris besaß so etwas wie den siebten Sinn. Ich wusste, dass es ein Telefon in ihrer Wohnung gab, sodass sie ihren Mann erreicht haben könnte, um ihn über den Besuch des Mädchens zu unterrichten, wenn sie seinen Aufenthaltsort kannte. Violet hatte recht, wenn sie annahm, dass der Verdacht, wer für den Anschlag auf Arnheim verantwortlich war, schnell, wenn nicht als erstes auf sie fallen würde.

Wie auch immer: Mantiss hatte seine Wohnung nicht wieder aufgesucht. Violet hatte das geahnt. Mir selbst wurde es erst mit Verspätung klar. Es bedeutete auch, dass Violet gar nicht nach Mantiss zu suchen brauchte. Sie konnte genauso gut darauf warten, dass er zu ihr kam. Sie war nicht in die Hannoversche Straße gefahren, sondern in ihren Garten zurückgekehrt.

23

Die Sonne stand am westlichen Horizont, als ich das Schöneberger Südgelände erreichte. An diesem Abend herrschte dort eine rege Betriebsamkeit. Familien mit Kindern, die den schönen Sommerabend genossen, saßen beim Abendbrot zusammen, und die Herren der Schöpfung tranken ihr Bier.

Ich musste daran denken, wie es damals in meiner Kindheit gewesen war, und ein wehmütiges Gefühl schnürte mir einen Moment lang die Kehle zu. Das Bild von Doris stand mir deutlich vor Augen, und irgendetwas berührte mich schmerzlich daran. Wie attraktiv sie mit ihren vierzig Jahren doch war! Ihre heutige Erscheinung erinnerte mich an das bildschöne Mädchen, das sie in ihrer Jugend gewesen war. Mein Gott! Warum hatte sie nur diesen schrecklichen Weg eingeschlagen, den Weg der Dämonen und der dunklen Mächte, den verfluchten Weg zur linken Hand?

Ich blinzelte in die Sonne. Die fernen Erinnerungen griffen mit einer furchtbaren Vehemenz nach mir. Die Dramatik der Ereignisse der vergangenen Tage hatte sie wachgerüttelt, nachdem sie lange Zeit in einem der hinteren Winkel meines Bewusstseins geschlummert hatten, und nun krochen sie Stück für Stück an die Oberfläche und widersetzten sich meinem Bestreben, sie neuerlich ins Vergessen zu zwingen. Dieses Gartengelände war wie eine Falle, der ich nicht entkommen konnte, wurde mir klar. Es besaß etwas Schicksalhaftes, dass mich die Laufbahn meines Lebens nach so vielen Jahren hierher zurückgeführt hatte.

Als ich die Stelle passierte, wo ich vor zwei Tagen schon einmal Halt gemacht hatte, blieb ich erneut stehen, um hinüber zu dem kleinen Hain zu sehen, der sich am Rande der Böschung erhob.

Sicher wäre alles anders gekommen, wenn wir die Mutter und den Vater nicht so früh durch einen Unfall verloren hätten. Doris und ich hätten uns nicht so weit voneinander entfernt, wie es dann Stück um Stück geschehen war. War der rechte Weg erst einmal verloren, ging es immer weiter bergab, es sei denn, jemand verstand es, einen auf den richtigen Pfad zurückzuführen. Wir wären unseren furchtbaren Verführern gar nicht erst begegnet, als diese unglückselige Entwicklung mit uns beiden begann, hätten die Eltern noch gelebt. Es wäre bei jenem ersten Fehltritt geblieben, an den ich verschwommen dachte.

Meine Gedanken eilten mit meinen Schritten voran, und ich dachte an Mantiss, meinen furchtbaren Feind. Wie sollte ich mich ihm gegenüber verhalten, wenn ich in Violets Häuschen auf ihn traf? Die ganze Entwicklung lief auf ein finales Ereignis zu, und ich dachte an den schrecklichen Abend am Anfang der Woche, als Mantiss mit seinen Helfern in den kleinen Park bei Onkel Toms Hütte gekommen war.

Arnheim war tot, aber es gab andere Männer, die Mantiss bereitwillig als Schergen dienen würden. Was also, wenn er nicht alleine kam, um sich Violet zu schnappen? Sollte sich alles Entsetzliche vom Dienstagabend wiederholen, einzig mit dem Unterschied, dass ich nun anstatt Zerners mit seiner Liebsten auf verlorenem Posten stand?

Beim Weitergehen wurde ich ruhiger und ich fasste

wieder Mut. Es würde geschehen, was geschehen musste, entschied ich für mich, und eine Art fatalistische Gelassenheit kam über mich.

Das Grundstück lag verlassen im späten Licht, kein Mensch war zu sehen. Auf dem Nachbargrundstück arbeitete ein alter Mann in einem Gemüsebeet unweit der Hecke. Er schien ganz in seine Arbeit vertieft und beachtete mich nicht.

Langsam ging ich den Gartenweg entlang und stand dann vor dem Haus.

Die Tür war unverschlossen und der Raum war leer. Auf der Anrichte stand noch die Schale mit den Erdbeeren, die Violet gestern Morgen gepflückt hatte.

Im nächsten Moment entdeckte ich einen Zettel auf dem Tisch.

›Ich folge meinem Liebsten‹, stand darauf geschrieben, ›Violet‹.

Mit einem Gefühl dumpfer Beklemmung starrte ich auf das Schriftstück, und ich sah und fühlte, wie meine Hand zu zittern begann.

Wie ich vermutet hatte, war Violet nicht in die Hannoversche Straße gefahren, sondern sofort in ihren Garten zurückgekehrt. Aber wo war sie jetzt?

Ich blickte auf und starrte auf die Tür, die hinüber in die Schlafkammer führte. In banger Erwartung begann mein Herz heftig zu klopfen. Ich legte den Zettel auf den Tisch zurück, biss die Zähne zusammen und näherte mich der Tür.

Zu hören war nichts. Ich drückte die Klinke nieder und schob die Tür auf, mein Blick fiel auf ein unbenutztes Bett.

Nicht nur das Bett, das Zimmer war leer. Das Fenster

zum Garten war geschlossen, Violets zarter Duft nicht gänzlich verweht, und nachdem ich mich schon darauf gefasst gemacht hatte, hier auf Violets Leiche zu stoßen, war ich fürs Erste erleichtert.

Zurück in dem größeren Raum betrachtete ich noch einmal den Zettel.

Die Frage blieb: Hatte Violet sich etwas angetan? Oder stand sie im Begriff, etwas Derartiges zu tun? An diese Möglichkeit hatte ich komischerweise bisher gar nicht gedacht – natürlich war es nicht auszuschließen, dass Violet beschlossen hatte, freiwillig in den Tod zu gehen. Gründe dafür hatte sie genug.

Stammte dieser Text denn wirklich von ihr? Hatte nicht möglicherweise Mantiss das obskure Schriftstück verfasst? Ich betrachtete die Schrift. Fein geschwungene Linien, eine schöne Schrift, wie die von einer Frau. Nein, das sah überhaupt nicht nach der Feder von Rudolf Mantiss aus; ganz sicher hatte Violet die Zeile geschrieben. Außerdem war ich mir sicher, wenn Mantiss der Verfasser des Textes gewesen wäre, hätte ich den Zettel wahrscheinlich neben Violets erhängter Leiche entdeckt.

Ich verließ das Häuschen und trat an die Hecke zum Nachbargarten. Der alte Mann von nebenan blickte auf und schaute mich unsicher an, dann erhob er sich aus der Hocke.

»Haben Sie Ihre Nachbarin gesehen? Violet Halder?«

Der Alte nickte und sagte: »Sie sind der Anwalt Goltz, nicht wahr?«

»Woher wissen Sie von mir?«

»Vor ungefähr einer Stunde ist die junge Dame fort«, sagte der Gartenmann. »Von ihr weiß ich es.«

»Vermutlich hat sie Ihnen nicht gesagt, wohin sie wollte.«

»Nein, das hat sie nicht, aber …« Er blickte sich um, als hätte er Angst, es könnte uns tatsächlich jemand belauschen.

»Aber was?«

»Nun, sie hatte ein kleines Köfferchen bei sich, und als sie an mir vorbeiging, habe ich sie gefragt: ›Na, schönes Fräulein – wohin geht's denn?‹«

»Und? Was hat sie geantwortet?«

»›Ganz weit weg‹, hat sie gesagt, und dann ›Adieu, Herr Nachbar, ich komme nicht zurück. Kümmern Sie sich um die Beeren und das Gemüse, solange es kein anderer tut. Sie können über alles verfügen.‹«

»Was für einen Eindruck hat sie gemacht? Wie ging es ihr?«

Er kratzte sich am Kopf. »Sie schien mir guter Dinge, fröhlich fast. Natürlich, wer weiß, wie es in einem Menschen aussieht, aber doch ja … sie wirkte gut gelaunt.«

Dass sie guter Dinge gewesen war, konnte so manches bedeuten. Da hatte der Alte recht. Auch Menschen, die sich für den Tod entschieden hatten, waren zuweilen recht heiter gestimmt, nachdem die Entscheidung endgültig gefallen war.

»Schade, so ein schönes Mädchen …«, sagte der knorrige Gartenmann. »Ich habe sie gern als Nachbarin gehabt. Den Jungen auch, er hat mir ein paar Mal geholfen, wenn ich Schweres zu arbeiten hatte. Aber für Fräulein Halder ist es wohl wirklich besser, sie kommt hierher nicht zurück.« Er sah zur Seite und fügte leiser hinzu: »In Zeiten wie diesen.«

Er kratzte sich wieder am Kopf. Er schien unsicher, als hätte er doch Angst, etwas Falsches zu sagen.

»Sie können mir vertrauen«, beschwor ich ihn so leise wie er. »Mit denen, die in Deutschland das Sagen haben, bin ich nicht per Du.«

Er nickte. »Ich sehe es am Gesicht, was einer für ein Mensch ist. Außerdem war ich ja gestern hier im Gartenhaus und habe Sie vom Fenster gesehen, wie sie den Arm um die Kleine gelegt haben, und dass sie es sich gefallen ließ. Und wie sie geweint hat. Ich weiß, es ist wegen ihrem Liebsten. Die von der Partei haben ihn abgeholt, nicht wahr?«

Ich nickte stumm. »Ja, etwas in der Art, es war ziemlich schrecklich.«

Er starrte in Richtung der untergehenden Sonne. »Weil ich etwas ahnte, wollte ich sie eigentlich nach ihrem Freund befragen, was sie mit ihm gemacht haben, habe es mich dann doch nicht getraut. Ich wollte es wohl nicht hören.«

»Es ist auch besser, es nicht zu wissen. Sie können also nicht sagen, wohin Violet gegangen ist?«

Er wandte den Blick wieder zu mir herum. »Nein, aber vielleicht wissen Sie es ja selbst?«

»Ich? Warum sagen Sie das?«

»Weil ich Ihnen etwas ausrichten soll«, gab er leise zurück. »Da, wo sie sich bald befindet, braucht sie noch einen Agenten.«

Ich schluckte. »Einen Agenten? Gebrauchte sie wirklich dieses Wort?«

»Ganz genau dieses Wort hat sie benutzt, zweimal hat sie es gesagt und es so ausdrücklich betont, dass ich es nicht vergesse. Ist ja ein Wort, das man nicht oft hört, jedenfalls meine Ohren, und ich hab' es mir gut gemerkt. Ich weiß nicht, was sie damit meinte – muss ich ja auch nicht wissen. Sie sagte mit Bestimmtheit, dass Sie es wüssten.«

Ich konnte fast nicht glauben, was ich hörte.

Wenn es so war, wie der Alte sagte – und ich hatte keinen Anlass, daran zu zweifeln –, dann hatten meine warnenden Worte von vorhin ihre Wirkung auf Violet nicht verfehlt. Verstand ich etwas falsch? Nein, die Nachricht ließ sich nicht anders deuten! Violet hatte sich gegen die Rache und für das Leben entschieden.

Eine Last fiel mir von den Schultern. Nicht nur eine Last: Ich fühlte mich wie von einer Schuld befreit. Als hätte ich eine Schuld, die ich gegenüber dem armen Zerner trug, an seinem Mädchen wieder gutgemacht.

»Ich weiß, was sie damit meinte«, sagte ich zu dem Alten. »Vielen Dank, dass Sie mir die Botschaft ausgerichtet haben. Es hilft mir sehr.«

»Nicht der Rede wert«, sagte der Gartenmann. »Hauptsache, es geht dem Mädel gut.«

»Sobald sie dort ist, wo sie hinwollte, wird es ihr gut gehen. Jedenfalls ist ihr Leben dort nicht in Gefahr.«

Der alte Mann schüttelte den Kopf. »Was ist bloß mit diesem Land passiert? Ich könnte heulen.«

Mir fiel noch etwas anderes ein. »Hören Sie«, sagte ich leise. »Es könnten andere Personen kommen und Sie nach dem Mädchen fragen. Leute, die ihr nicht wohlgesonnen sind. Sie müssen ja niemanden belügen, aber es wäre sehr wichtig, dass Sie den kleinen Reisekoffer nicht erwähnen, den Violet mit sich geführt hat, als sie von hier wegging.«

»Keine Sorge«, brummte der knorrige Gartenmann.

»Von mir erfahren die nichts. Sie können sich auf mich verlassen.«

Wir schüttelten uns die Hand und dann ging ich meines Weges.

Das erste Mal seit Langem fühlte ich so etwas wie Zuversicht. Der Schritt, zu dem Violet sich entschlossen hatte, stimmte mich froh. Was für ein Mädchen! Es schmerzte mich, nur zu wissen, dass ich sie nicht mehr wiedersehen würde; aber was wog das gegen die Tatsache, dass sie lebte, und dass sie leben wollte! Das war viel wichtiger als Mantiss' Tod. Und ich begriff es erst jetzt.

Hoffentlich gelangte sie unbehelligt aus der Stadt hinaus. Sie war geschickt, sie würde es mit Sicherheit schaffen, und sie tat wahrscheinlich auch gut daran, sich nicht meiner Hilfe zu bedienen. Ein gewitztes Mädchen wie sie kam allein in einer solchen Situation am besten zurecht.

Während ich weiter ging, merkte ich, dass die Schatten am Wegesrand länger geworden waren, und dass sich meine Schritte, ohne dass ich darüber nachgedacht hatte, in Richtung des kleinen Hains bewegten, an den sich viele alte Erinnerungen knüpften. Aber ich ließ es geschehen. Nachdem Violets Entscheidung mich der unmittelbaren Sorge um ihr Schicksal enthoben hatte, war der Zeitpunkt gekommen, einmal zu schauen, was aus dem Garten meiner Kindheit geworden war, und ich verstärkte meinen Schritt, damit ich mich womöglich nicht erneut anders entschloss.

Es würde eine ganze Weile dauern, bis aus der langsam fortschreitenden Dämmerung Dunkelheit geworden war; es war also ausreichend Zeit.

Inzwischen fand ich mich im Gewirr der Wege recht gut zurecht, und nach ein paar Abzweigen erreichte ich einen unregelmäßig gepflasterten Weg, der mir bekannt vorkam.

Es war ein wenig gepflegtes Grundstück, voller blühendem Wildwuchs, vor dem ich schließlich stehen blieb. Zwanzig Meter vom Zaun entfernt und fast verborgen erhob sich ein Häuschen in den Himmel, auf dem vor lauter Unkraut ein fast verschwindender Gartenweg hinführte. Es war unser altes Gartenhaus, es war also noch da. Es sah auch noch fast so aus wie vor dreißig Jahren, abgesehen von dem neuen Anstrich, der dem Putz irgendwann verpasst worden war.

Es war eines der ersten gemauerten Häuser im Gartenland gewesen, zu einer Zeit, als die meisten Gärten nur über schnell abreißbare Hütten verfügten. Viele der Laubenpieper besaßen damals nur Jahresverträge, sodass der Bau aufwendiger Gartenhäuser nicht lohnte. Nicht so mein Vater, ein Jurist bei einer Versicherungsanstalt, dem es gelungen war, in den Besitz eines langfristigen Pachtvertrages zu kommen, mit dem wir uns wohnlich niederlassen konnten, obwohl wir natürlich die Tage unter der Woche in unserer Schöneberger Stadtwohnung verbrachten.

Es schien niemand da zu sein, das Grundstück wirkte verlassen, als ob sein Nutzer sich, wenn überhaupt, nur wenig um den Garten kümmerte. Hatte ich nicht in der Zeitung gelesen, dass die Regierung auf dem Südgelände gewaltige Veränderungen plante, die mit dem Bau eines neuen Verschiebebahnhofs zusammenhingen, sodass viele der Gärten verschwinden sollten? Gehörte auch unser alter Garten dazu? Es sah fast danach aus.

Ich warf einen Blick auf die benachbarten Grundstücke. Auch diese machten einen wenig gepflegten Eindruck. Es schien der letzte Sommer zu sein, den die Gärten in diesem Teil des Geländes erleben durften. Es war wohl ganz gut, dass ich noch einmal hergekommen war, bevor sich die dreißig Jahre alte Spur im Nichts verlor.

Ach, wie sehr hatte ich damals das Labyrinth aus verwilderten Brombeer- und Himbeerhecken sowie alten Apfel-, Kirsch- und Zwetschgenbäumen geliebt, das es hier gegeben hatte. Das meiste davon war verschwunden; ja, es war der alte Garten, aber den Garten meiner Kindheit gab es nicht mehr.

Mein Gott! Wo war nur die vergangene Zeit geblieben? War diese Zeit für immer fort? Ich versuchte, ein vertrautes Zeichen zu entdecken, ein kleines Stück meiner Kindheit, das mich mit der Zeit, in der ich noch ein freier Mensch gewesen war, hätte versöhnen können – doch ich sah davon nichts.

Die Gartenpforte ließ sich öffnen. Kaum hatte ich den ersten Schritt auf das Grundstück getan, als mich ein ebenso plötzlicher wie mächtiger Impuls zurückschrecken ließ, als würde mir Furchtbares widerfahren, wenn ich auch nur einen einzigen Schritt weiterging.

Meine Kehle fühlte sich trocken an, und ich versuchte zwei, drei weitere Schritte; doch es war mir unmöglich weiterzugehen; die unsichtbare Kraft, die mächtiger war als mein bewusstes Ich, hielt mich fest. Das Häuschen meiner Kindheit lag kaum zwanzig Meter entfernt, schien aber plötzlich unerreichbar für mich zu sein.

Die alte Erinnerung, die das trostlose Gemäuer vor meinen Augen festhielt, reichte bis in meine Knabenzeit zurück.

In jener Nacht hatte alles begonnen, wurde mir klar. In jener Nacht war inmitten des hellsten Glücks ein dunkler

Stern geboren worden, und während ich zusah, wie weiter hinten das weichende Sonnenlicht mit den Schatten spielte, die ein Baum auf das alte Gemäuer des Gartenhäuschens warf, wurde die Erinnerung deutlich, an die ich seit damals nicht mehr hatte denken wollen.

Kein Schattenlicht war mehr zu sehen gewesen, als wir zurück auf unser Gärtchen kamen, es hatte schwarze sternenklare Dunkelheit geherrscht.

Doris und ich waren still gewesen, als wir in unser Häuschen gingen, aber was hätten wir auch sagen sollen. Wir wussten beide, dass es passieren würde, weil wir es beide wollten, und alles Reden hätte uns nur behindert oder in unserem Vorhaben unsicher gemacht. Drinnen zündete Doris eine Kerze an und breitete eine Decke auf dem Fußboden aus.

»Komm, Liebster!«, sagte sie nur, als wir uns gegenüberstanden.

Sie trat zu mir mit warmen Lippen, auf denen das Versprechen der Sommernacht lag. Ich breitete die Arme aus und presste ihren süßen Körper an den meinen, und ich war glücklich, denn ich liebte sie – das Verlangen aber, das sich regte, war von einer Intensität, die mich erschreckte, und doch so wild und heftig fordernd, so schrecklich und gewaltig, so unbezwingbar schön. Sie zitterte in meinen Armen, auch sie verlangte danach, und dann ließen wir uns niedergleiten.

»Endlich einmal ein Glühwürmchen sein«, flüsterte sie.

Warum war es geschehen? Hatte ich sie oder sie mich verführt? Was hatte die Dämme brechen lassen? Eigentlich alles, murmelte ich vor mich hin, die Nähe, die starke Anziehung, der warme Sommerabend, kaum Kleidung am Körper; die Summe von allem hatte die Gelegenheit plötzlich hervorgebracht, nachdem sich das Geschehen lange im Geheimen vorbereitet hatte. Wir hatten es beide gewollt; dessen war ich mir gewiss; die Schuld des einen war die des anderen.

Zum Äußersten war es nicht gekommen – aber es war so schön gewesen, so schön – doch dann, während wir noch nackt beieinander lagen, hatte uns ein Geräusch zusammenfahren lassen, das Geräusch einer sich öffnenden Tür. Als ich aufsprang und herumfuhr, hatte ich den Vater erblickt – er stand in der Tür des Häuschens und starrte uns, seine beiden prächtigen Kinder, erschrocken an.

Das Bild vor meinem Auge zersprang und so etwas wie ein Schluchzer entrang sich meiner Brust. Die Kindheit und die Eltern waren fort, verloren waren Unschuld und das Glück. Der Weg, auf dem wir in jener Nacht den ersten verhängnisvollen Schritt unternommen hatten, hatte uns an den Abgrund geführt, um dessen Ränder wir heute kreisten. Mein Gott, wie sollte ich dieses Leben nur noch länger ertragen?

Es war mir gar nicht aufgefallen, dass ich, während das alte Bild in mir aufgestiegen war, weiter vorgegangen war und nun tatsächlich vor dem alten Häuschen stand. Die Tatsache, dass ich die Erinnerung in ihrer ganzen Schärfe zugelassen hatte, schien das innere Hemmnis behoben zu haben.

Langsam wandte ich mich um, drehte dem alten Gemäuer den Rücken zu und blickte zurück zu der Pforte, von wo ich, ohne es zu bemerken, losgegangen war.

Die Abendschatten hatten sich weiter verlängert, der westliche Himmel verlor allmählich sein Licht und machte abendlichem Zwielicht Platz.

Mein Blick stellte sich scharf.

Vor dem Licht der untergehenden Sonne ragte auf dem Weg hinter der Pforte der Schatten eines Mannes auf.

24

Der Mann löste sich aus dem Hintergrund des allumfassenden Zwielichts, dann trat er durch die Pforte und bewegte sich langsam auf mich zu. Er trug einen hellen Sommeranzug, und trotz seines silbern schimmernden Haars war er noch der drahtige, gut gebaute Offizier, der auch in Zivil keine schlechte Figur machte; in jeder Beziehung ein Mann aus Eisen oder Stahl. Nicht ganz passend wirkte die Aktentasche, die er mit sich führte; zumal hier, in einer Gartenkolonie.

»Sieh an«, sagte Rudolf Mantiss, nachdem er zwei Meter von mir entfernt stehen geblieben war. »Da zieht es jemanden an den Ort seiner Kindheit zurück. Wo ist das Mädchen?«

Ich brauchte ein paar Augenblicke, um mich von dem Schrecken zu erholen, den sein Anblick bei mir ausgelöst hatte, und ich brauchte sie auch, um meinen Halt zu gewinnen und mich innerlich gegen das, was mir bevorstand, zu wappnen.

»Woher kennst du diesen Garten?«, fragte ich ihn, nachdem es einige Augenblicke zwischen uns still gewesen war.

»Wie sollte ich den Garten nicht kennen?«, antwortete er. »Da er Doris gehört, bleibt es nicht aus, dass ich um ihn weiß.«

Ich starrte ihn an. »Seit wann ist Doris Besitzerin des Gartens? Doch nicht seit damals?«

Eine Weile betrachtete er mich schweigend.

»Seit etwas länger als einem Jahr«, antwortete er

schließlich. »Ungefähr seit dem endgültigen Zerwürfnis mit dir. Sie brauchte wohl etwas, das sie mit ihren leiblichen Eltern oder ihrer Kindheit verband. Sie wandte sich an den damaligen Pächter und kaufte ihm den Garten ab. Der Pächter hat sich gefreut. Er hätte das Grundstück sowieso bald räumen müssen.« Er blickte zur Seite, zu den Nachbargärten hin. »Im Zuge des neuen Südbahnhofs werden die Gärten hier in zwei Jahren verschwinden.«

Es waren Geräusche zu hören, die nach fröhlich feiernden Menschen klangen, aber sie kamen von weither, auf den nahe umliegenden Gärten herrschte Ruhe.

»Ich habe von diesen Planungen gehört.«

Sein Blick kehrte zu mir zurück, und er betrachtete mich lächelnd. »Also, wo ist das Mädchen?«

»Sprichst du von Violet Halder?«

Sein Lächeln verschwand. »Spiel nicht den Dummen!«

»Wenn du glaubst, dass sie hier ist, kannst du gern im Haus nachsehen, falls die Tür offen ist«, erwiderte ich. »Ich habe nicht nachgesehen.«

Er musterte mich mit seinen kalten blauen Augen. »Weshalb bist du hergekommen?«

»Du hast ganz richtig vermutet, alter Erinnerungen wegen. Ich kam an den Ort meiner Kindheit. Es geht mir ganz ähnlich wie deiner Frau.«

In meinen Gedanken arbeitete es. Irgendetwas war komisch. Was für ein merkwürdiger Zufall, dass der Garten von Zerner und seinem Mädchen quasi um die Ecke lagen. Berlin war eben auch nur ein Dorf, wie manche Leute sagten. Hatte ich bisher auch gedacht.

Oder war das gar kein Zufall?

»Hast du sie in ihrem Garten angetroffen?«, fragte er. »Ich nehme an, dass du in ihrem Häuschen warst.«

»Wenn du auch in ihrem Gartenhaus warst, wird dir der Zettel auf dem Tisch nicht entgangen sein.«

Er ließ den Blick durch das Zwielicht des Gartens schweifen, und ich konnte plötzlich sehen, wie er lächelte.

»›Ich folge meinem Liebsten‹«, sagte er und nickte mit dem markanten Kopf. »Schön geschrieben, ja, geradezu herzergreifend. In der Tat, eine andere Möglichkeit hat sie auch nicht mehr. Entweder sie folgt freiwillig ihrem Liebsten, oder sie wird verhaftet und folgt ihm auch dann. Wenn sie es selbst macht, erspart sie sich viele Unannehmlichkeiten.« Er schaute zu mir her. »Kennt sie den Ort, an dem ihr Liebster starb?«

Es schien mir nicht sinnvoll, es abzustreiten. »Ich habe ihn ihr gezeigt.«

Seine blauen Augen konzentrierten sich auf mein Gesicht.

»Ja, vielleicht wird man sie tatsächlich dort finden«, sagte er nachdenklich. »Vielleicht sogar an demselben Baum. Allerdings müsste sie erst einmal dorthin kommen. Ohne ein Auto ist es ein weiter Weg. Sie hätte dich bitten können, sie dorthin zu bringen und ihr bei ihrem Vorhaben zu assistieren. Wenn sie schon nicht wollte, dass ich ihr helfe.«

»Sie braucht keine Hilfe, weder von dir noch von mir. Lass sie doch einfach in Ruhe!«

»Du weißt, dass Philipp Arnheim erschossen wurde?«, fragte er.

Ich wusste, dass ich jetzt höllisch aufpassen musste. Aber ich hatte mir meine Erklärung zurechtgelegt.

»Allerdings.«

»Woher weißt du es?«

»Ich habe seine Leiche gesehen.«

»Du warst in seinem Haus?«

»Arnheim rief mich an und erzählte mir, er hätte eine telefonische Warnung erhalten. Er war allein zu Hause und hatte offenbar das Gefühl, dass er Hilfe brauchte. Er bat mich, zu ihm zu kommen.«

Mantiss lachte böse.

»So ein Unfug. Er hatte nichts zu befürchten. Und wenn: Weshalb sollte er sich ausgerechnet an dich wenden, um Hilfe zu bekommen?«

»Das habe ich mich auch gefragt. Ich glaubte, er wollte mich in eine Falle locken.«

»Du überschätzt deine Bedeutung.«

»Bist du sicher? Bestimmt ist ihm nicht entgangen, dass du dich deiner alten Reichswehrverbindungen erinnert hast, sodass ihm wohl der Gedanke kam, er könnte zwischen die Stühle geraten sein. Jedenfalls hat er heimlich bei dem Mädchen nach dem Dokument gesucht, das dir selbst nicht sonderlich wichtig gewesen ist. Auch der Gedanke an Henny von Tryska und ihre SS-Verbindungen könnte ihn beunruhigt haben. Er selbst hatte ja nur die SA. Er wird gemutmaßt haben, dass auf einer der kursierenden Listen auch sein Name geschrieben stand. Aber was immer der Grund seines Anrufs war – es war so, wie ich sagte. Er hat mich um Hilfe gebeten. Anscheinend hatte er das Gefühl, niemandem sonst mehr vertrauen zu können.«

Mantiss blickte mich eine Weile stumm an.

»Ich habe eine andere Vermutung«, entgegnete er, »nämlich die, dass du mit Violet Halder unter einer Decke steckst und deshalb in Arnheims Villa warst.«

»Was hat das Mädchen damit zu tun?«

»Sie hat ihn erschossen!«

Ich starrte ihn an, als hätte mich sein Einwurf überrascht.

»Unsinn! Die Gestapo hat Arnheim auf dem Gewissen. Er scheint ja nicht der Einzige zu sein, der heute einer ›Aktion‹ zum Opfer gefallen ist. Wie ich hörte, hat die Gestapo auch Hitlers Vorgänger im Reichskanzleramt erschossen.«

Seine geraden weißen Zähne kauten auf seiner Unterlippe. »Nicht nur ihn – sondern auch seine aparte Gattin!«, sagte er. »Ja, und eine Reihe weiterer Zeitgenossen, die sich für besonders schlau hielten. Arnheim gehört nicht zu diesen Oberschlaumeiern. Er ist, er war – ein zuverlässiger Mann!« Er räusperte sich und seine Stimme wurde rau. »Sie war es! Das Mädchen hat ihn auf dem Gewissen, und dafür wird sie büßen.«

Ich schüttelte den Kopf. »Sie hat Arnheim nicht gekannt.«

Er trat einen Schritt näher an mich heran. »Das wagst du zu behaupten!«, fauchte er. »Sie kannte seinen Namen, weil sie ihn von dir erhalten hat. Ebenso meinen! Du hast ihr nicht nur erzählt, dass ihr Freund tot ist, sondern hast ihr auch all die Einzelheiten geschildert. Niemand sonst kommt dafür in Betracht.«

»Ich habe ihr keine Namen genannt«, log ich ihn an. »Du lässt außer Acht, dass weitere Personen bei Zerners Hinrichtung zugegen waren. Außerdem vergisst du Frau von Tryska. Sie wusste von mir, was geschehen war, und von ihr erfuhren es auch ihre Freunde, die sie bei der SS hatte. Es gibt eine ganze Reihe von Leuten, die inzwischen darüber Bescheid wissen, was du mit dem armen Zerner gemacht hast.«

Er atmete tief ein und aus, wurde aber ruhig und ließ sich auf die Ablenkung ein. »Auch die Dame, von der du sprichst, starb heute Mittag durch eine Kugel«, entgegnete er eisig.

Ich ließ mir nichts anmerken, sondern tat überrascht. »Warum musste sie sterben? Sie war doch eigentlich eine von euch!«

»Sie hat viel für unsere Bewegung getan«, sagte er, und es klang fast traurig, »leider hat sie die Zeichen der Zeit zuletzt nicht mehr verstanden. Sie wurde mehrfach gewarnt, sich unseren Bestrebungen nicht in den Weg zu stellen, aber sie blieb uneinsichtig und unternahm es, sich mit einigen ihr gewogenen Herren gegen Arnheim und mich zu verbünden. Das Los, das sie ereilte, war die zwingende Folge davon. Sie ist nicht die einzige aus unseren Reihen, die dem Irrtum erlag, sie könne eigene Wege gehen.«

Mein Gefühl riet mir, nicht in jeglicher Hinsicht den Ahnungslosen zu spielen, und deshalb sagte ich: »Hältst du es etwa für verwerflich, dass sie ihr Unternehmen nicht in den Händen amerikanischer Finanziers oder Banken sehen wollte?«

Der Anflug von Erstaunen, der sich für einen Moment auf seinem Gesicht zeigte, wirkte echt. »Es geht in dieser Welt ja nichts ohne Geld«, erwiderte er. »Wer eine schlagkräftige Armee schaffen und mit modernem Kriegsgerät ausrüsten will, braucht eine ganze Menge davon. Das internationale Börsen- und Finanzkapital schläft nicht. In den Kreisen der internationalen Geld- und Finanzverschwörer werden die Völker Europas nur als Aktienpakete betrachtet. Wir müssen diesen internationalen Finanzkapitalismus von innen her angreifen, und das können wir nur mit der Hilfe amerikanischer Freunde, die an der Wall Street sitzen.«

»An wen denkst du? An Henry Ford, den Automobilkönig? Gehört er nicht zu euch?«

»Die Namen meiner Freunde gehen dich nichts an! Für die wahren Zusammenhänge fehlt den meisten Leuten ohnehin das Verständnis, gerade einem Schlaumeier wie dir. Sie denken in viel zu beschränkten Kategorien. Wir brauchen diese Freunde, um mit der Kapitalkraft unserer Feinde mithalten zu können. Wir haben nichts Unzumutbares von der Stahlunternehmerin verlangt. Es ging ihr auch gar nicht ums Geld – sie fürchtete sich vor dem eigenen Bedeutungsverlust; hauptsächlich wohl dem Verlust ihres Einflusses auf den Führer. Den hat sie zwar nie besessen, konnte aber bis zum Ende nicht von dieser törichten Überzeugung lassen.«

Hoffentlich würde auch er sich irren, was seine eigene Bedeutung oder deren Nachhaltigkeit betraf, aber im Moment sah es leider nicht danach aus.

»Sie wollte den Führer nicht entmachtet sehen, sondern war eine glühende Anhängerin von ihm«, erwiderte ich. »Nicht dass ich sie besonders gemocht hätte, aber es konnte ihr nicht verwehrt sein, andere Ziele zu verfolgen als ihr Bankier.«

Eine Weile sagte er nichts und musterte mich bloß mit seinen kalten Augen. »Ich glaube, du weißt sehr gut, dass sie darauf hingearbeitet hat, Arnheim und mich bei höheren Stellen in Misskredit zu bringen, um zu erreichen, dass man uns liquidiert. Bei Arnheim ist es ihr im Ergebnis sogar gelungen. Sie hat Zerner auf Arnheim und mich angesetzt. Hätte sie den Jungen nicht auf uns losgelassen, wäre Arnheim noch am Leben.« Er machte eine Pause. »Ebenso vielleicht der Junge – auf jeden Fall aber sie selbst.«

Frau von Tryska hatte ihn unterschätzt. Sie hatte auf die SS gesetzt und geglaubt, auf der richtigen Seite zu stehen, und obwohl das sogar stimmte, hatte sie sich verkalkuliert. Sie hatte übersehen, dass Mantiss keine Rache aus Kreisen der SS zu befürchten hatte, weil sein Rang im herrschenden Machtgefüge viel bedeutender war als der ihre. Hinter der SS standen die Reichswehrteile um den Generalmajor von Reichenau, der die Richtung der Truppe bestimmte, und Mantiss stand unter Reichenaus Schutz. Sie hatte die herausragende Rolle der Reichswehr in diesem Intrigenspiel, die gewissermaßen die des lachenden Dritten im Bunde war, verkannt. Für mich fügte sich alles zu einem recht klaren Bild.

»Und die Schleichers und all die anderen? Was haben diese Leute getan, dass sie sterben mussten?«

»Die Maßnahmen gegenüber diesen Individuen sind ein Akt der Staatsnotwehr.«

»Staatsnotwehr? Gegen wen musste der Staat sich wehren? Ich habe keinen Angriff bemerkt?«

»Die Maßnahmen sind gegen den SA-Stabschef Röhm, seine Führungsclique und den weiteren Anhang gleich welcher Couleur gerichtet«, gab Mantiss gleichmütig und kalt zurück. »Es sind geheime Pläne aufgedeckt worden, die vorsahen, der gewählten deutschen Regierung einen tödlichen Schlag zu versetzen. Es lief auf eine Revolte der SA hinaus. Hitler sollte entmachtet werden und Röhm an seine Stelle treten.«

Ich starrte ihn an, als könnte ich es nicht glauben. »War die Staatsnotwehr, wie du sie nennst, denn erfolgreich? Ist sie nun abgeschlossen?«

»Die Führung der SA ist festgesetzt. Es sind bereits Todesurteile gefällt und vollstreckt worden. Man greift jetzt radikal durch, um das Land zu befrieden. Die Sache ist entschieden, der geplante Putsch der SA konnte vereitelt werden. Die Hinrichtungskommandos sind noch aktiv, leisten Aufräumarbeit und bringen die Dinge zum Abschluss.«

»Was ist mit Röhm passiert?«

Mantiss zuckte die Achseln. »Röhm ist ein alter Freund des Führers. So wie ich ist er jemand aus der Frühzeit der Bewegung. Es wird dem Führer nicht leicht werden, den alten Freund vor ein Erschießungskommando zu stellen. Aber ich denke, er wird es dennoch tun, Röhm ist nun einmal der Kopf der Verschwörung.«

»Waren diese SA-Männer, gegen die du nun den Staat verteidigst, nicht einmal deine Freunde?«

»Alte Bande haben keine Gültigkeit mehr, wenn neue Entwicklungen eintreten. Nicht ich bin es gewesen, der alte Freundschaften gekündigt hat.«

»Meinst du das im Ernst? War es nicht vielmehr so, dass du die Seiten gewechselt hast, als du erkanntest, dass die SA aus dem Bruderzwist mit der SS als Verlierer hervorgehen würde?«

»Pass auf, was du sagst!«, unterbrach Mantiss mich und trat einen Schritt auf mich zu. »Ich gehöre nicht zu denen, die die Seiten wechseln wie das Hemd. Ich bin stets meiner Linie treu geblieben. Meine Heimat ist die Partei, SA und SS sind nur untergeordnete Organisationen. Ich stehe fest wie eine Burg an meinem Platz – nicht ich, sondern andere verschieben die Grenzen.«

Hatte er wirklich an eine staatliche Notwehrlage geglaubt? Obwohl er sich Mühe gegeben hatte, seine

Worte aufrichtig klingen zu lassen, bezweifelte ich es. Aber es spielte keine Rolle. Mir war egal, wie er mit seinen früheren Freunden widerfuhr, mit Frau von Tryska konnte ich kein Mitleid empfinden. Doch was er in Bezug auf Zerner geäußert hatte, konnte höchstens die halbe Wahrheit gewesen sein. Die Fabrikantenwitwe mochte den jungen Mann dem furchtbaren Feme-Richter zum Fraß vorgeworfen haben, doch ich war mir sicher, dass kein Gebot der Staatsnotwehr Mantiss veranlasst hatte, sich diesen Köder schnappen. Die Hass- und Rachegelüste, die bei diesem Mord an Zerner im Spiel gewesen waren, speisten sich aus einer anderen Quelle.

»Ihr habt mit dem Kopf des Jungen gespielt«, sagte ich. »Tryska, Arnheim und du.«

Er lächelte böse. »Der junge Herr ist zwischen die Fronten geraten, das räume ich ein. Aber es hat ihn niemand gezwungen, mit geheimem Material hausieren zu gehen. Er war ein Verräter und hat sich seine Rolle selbst ausgesucht.«

Ich sah das Glimmen in seinen Augen, das bösartige Leuchten in seinem Gesicht; es war das Gleiche wie an jenem Abend, an dem er an dem jungen Zerner Rache genommen hatte, und ich spürte erneut, dass es etwas gab, um das ich noch nicht wusste.

»Du hast Zerner früher schon gekannt, nicht wahr?«

Es war nur ein Versuchsballon gewesen, aber ich hatte sogleich das Gefühl, dass ich mit meiner Vermutung richtig lag. »Ist es nicht so?«

Er antwortete nicht, sondern ließ mich aus den Augen und sah hinüber zu dem Häuschen. Schließlich nickte er und sagte: »Ja.«

»Woher kanntest du ihn?«

»Durch meine Frau«, antwortete er dumpf. »Doris kannte ihn von diesen Fotos, und es gab auch einen Film. Sie war sehr angetan von ihm und hat ihn in unsere Gesellschaft eingeführt.« Er machte eine Pause und blickte wieder her. »Sie fing ein Verhältnis mit ihm an und bezahlte ihn für seine Dienste. Schließlich hat sie ihm hier in der Anlage einen Garten beschafft, den keiner mehr haben wollte, was es ihr leichter machte, sich heimlich mit ihm zu treffen. Ich selbst kam ja praktisch nie hierher. Aber eines Tages, es war letztes Jahr im Spätsommer, habe ich die beiden überrascht.«

Es war nicht zu fassen. »Der junge Mann musste sterben, weil er mit Doris ein Verhältnis hatte?«

Seine Miene blieb unbewegt.

»Natürlich nicht!«, entgegnete er. »Das Verhältnis endete bereits letztes Jahr.«

»Und warum sonst hast du Zerner hinrichten lassen?«

Er winkte ab. »Weil ich keine Erpresser mag!«

»Das war doch nicht der einzige Grund!«

Er zuckte mit den Schultern. »Zuweilen ist es notwendig, ein Exempel zu statuieren.«

»Was meinst du damit?«

Seine Lider senkten sich halb über die eisblauen Augen herab, aber er ließ es sich gefallen, dass ich ihn verhörte. »Seit Tagen war abzusehen, dass gehandelt werden musste. Alle Personen, die sich in den Dienst der Kräfte gestellt haben, die die nationale Revolution verraten wollen, sind unnachsichtig zu bestrafen. Indem ich Zerner hinrichten ließ, habe ich meine Auffassung und meinen Standpunkt in dieser Angelegenheit deutlich gemacht.«

»Du musstest deine Macht demonstrieren, nicht wahr?

Frau von Tryska hat geglaubt, sie würde ein Beweismittel zu ihren Gunsten schaffen, wenn sie dir Zerner ans Messer liefert, oder besser gesagt, an den Strick. Tatsächlich war es genau umgekehrt. Sie hat dir das Opfer geliefert, das du gebraucht hast, um deine Stellung in der Partei zu festigen.«

»Du bist wirklich ein ganz Schlauer!«, erwiderte er. Es klang nicht einmal spöttisch; er schien zufrieden damit zu sein, dass ich ihn durchschaute. Er litt nicht an dem, was er tat, sondern war stolz darauf.

»Du stehst nicht so wie andere auf Seiten der SA oder auf Seiten der SS, sondern du stehst darüber! So siehst du es zumindest selbst! Du bist jemand, der noch einen draufsetzt, und eine Methode von Angst und Schrecken verbreitet, die diejenigen der SA sogar übertrifft. Und damit andere das auch begreifen, hast du an Zerner dein Exempel statuiert!«

Er schien zu zögern, ob er mir überhaupt eine Antwort geben sollte, doch dann nickte er. »Ich wusste, welch Geistes Kind dieser junge Mann war! Er war nicht nur ein Erpresser, sondern er war auch ein Gigolo! Und deshalb war er für die Rolle geeignet, die er spielen musste. Er hatte den Tod verdient, und am Ende hat er seine Strafe auch akzeptiert. Tief in seinem Inneren wusste er, dass es ihm gebührte, auf diese Art und Weise gerichtet zu werden. Das will ich ihm gern zugutehalten.«

Er war noch schlimmer, als ich gedacht hatte. Als eine Art Teufelspriester war er in diesem Lande einer der Herren über Leben und Tod, und damit seine Rolle und Bedeutung in allen maßgeblichen Kreisen bekannt wurde, hatte Zerner sterben müssen; die Sache mit der

Erpressung und die Untreue seiner Frau hatten das Übrige besorgt.

»Weiß Doris, dass Zerner tot ist?«

»Sie war mit seiner Hinrichtung einverstanden. Ich erzählte ihr von der Erpressung, und auch sie war der Meinung, dass er den Tod verdiente.«

Was er in Bezug auf Doris behauptete, entsetzte mich mehr als alles andere, was ich mir aus seinem Munde hatte anhören müssen. Noch immer konnte und wollte ich nicht für möglich halten, was aus meiner Schwester geworden war. Warum hatte sie sich mit ihrem Liebhaber überraschen lassen? Warum hatte uns damals unser Vater überrascht?

»Aber das ist alles Schnee von gestern!«, sagte er und machte eine ungeduldige Bewegung mit seiner Aktentasche. »Wegen Zerners Mädchen bin ich hier!« Er hob die Tasche ein Stück hoch und klopfte mit der anderen Hand darauf, die dunkelblauen Augen aber konzentrierte er auf mein Gesicht. »Was wolltest du von ihr?«

»Ich habe mir Sorgen um sie gemacht«, entgegnete ich. »Sie hat den Mann verloren, den sie liebte. Ich wollte mit ihr reden, sie trösten, weiter nichts. Was hast du in dieser Aktentasche?«

»Den Strick, den ich ihr um den Hals legen werde, sobald ich sie erwische«, antwortete er und sah zu den Bäumen.

Vielleicht sollte ich diesen Schuft einfach erschießen! Nicht Violet sollte es tun, sondern ich! Warum tat ich es nicht? Weil ich keine Pistole besaß? Jeder Ochse lief in diesem Land mit einer Waffe herum! Nur ich nicht! Und warum besaß ich keine? Damit ich nicht Gefahr lief, von ihr Gebrauch zu machen? Ja! Das war wohl der einzige Grund: Ich wollte die Pistole nicht haben, damit ich diesen Hund nicht erschießen musste.

»Ich weiß, dass das Mädchen ihn erschossen hat, und dass sie vorhatte, auch mich zu töten. Doris ist ihr heute Nachmittag an der Wohnungstür begegnet, nachdem sie bei uns geklingelt hatte. Von dort muss sie unmittelbar zu Arnheim gegangen sein. Ich kam zu spät. Aber ich werde sie mir schnappen und das Todesurteil an ihr vollstrecken. Ich bin es Arnheim schuldig – und auch mir selbst.«

So sprach er und blickte mich offen dabei an.

»Was du von dir gibst, ist ungeheuerlich«, entgegnete ich. »Die Rechte, die du dir anmaßt, stehen dir nicht zu.«

»Sprach der Jurist.«

»Ja, und er hat recht.«

Das purpurrote Abendlicht, das am westlichen Himmel aufgestiegen war, umgab ihn mit einer leuchtenden Aureole. Er wirkte wie eine finstere Lichtgestalt. Ich konnte seine Nähe kaum ertragen.

»Schade, dass das Vögelchen ausgeflogen ist!«, fuhr er unbeirrt fort. »Jetzt, wo die Dämmerung kommt, wäre es der rechte Ort und die rechte Zeit, sie hier an einen der Bäume zu hängen. Du hättest mir dabei helfen können, obwohl ich gar nicht damit rechne, dass sie großen Widerstand leisten würde.«

Er schien sich wirklich darüber zu ärgern, dass er an Violet nicht in gleicher Weise Rache nehmen konnte wie vor ein paar Tagen an ihrem Freund.

Sein Blick wurde nachdenklich. »Oder sie hat das Weite gesucht«, sagte er sinnend.

»Falls sie wirklich vorhat, sich das Leben zu nehmen,

könnte sie überall hingefahren sein, um ihren Entschluss in die Tat umzusetzen«, sagte ich in der Hoffnung, ihn davon abzubringen, dass er an andere Möglichkeiten dachte.

Er blickte mich scharf an. »Was willst du damit sagen? Du weißt etwas.«

Ich versuchte seinem Blick standzuhalten und mit keiner Wimper zu zucken, in Wahrheit fühlte ich mich unter dem böse funkelnden Blick seiner Augen ziemlich allein.

»Ich weiß von nichts.«

Er hatte jetzt ein Problem, dachte ich im Stillen.

Solange er nicht wusste, was mit Violet geschehen war, konnte er nicht sicher sein, ob sie nicht eines Tages wieder vor seiner Tür stehen oder ihm anderswo auflauern könnte, um ihren Rachefeldzug zu vollenden und ihm das gleiche Schicksal wie Arnheim zu bereiten. Der Gedanke erfüllte mich mit einer gewissen Genugtuung.

»Was ich in Bezug auf Zerners Mädchen sagte, gilt übrigens auch für dich«, sagte er und klopfte auf seine Aktentasche. »Wenn du diesen Strick für dich verwendest, kannst du dir Scherereien ersparen, die auf dich zukommen können, wenn wir das Mädchen nicht zu fassen kriegen. Dieser Ort hier ist doch auch sehr passend für dich! Der Ort deiner Kindheit. Dahin kehrt man doch gern zurück, wenn man vorhat, das Tor in die andere Welt zu durchschreiten.«

Auch er wünschte meinen Tod. Obwohl er keine grundsätzlichen Hemmungen hatte, anderen Menschen den Garaus zu machen, gelang es ihm bei mir nicht, seine Wünsche zu verwirklichen, zumindest bisher nicht! Nicht gegen meinen Willen und nicht mit eigener Hand! Doch immerhin hatte er dafür gesorgt, dass mein Name auf eine Todesliste kam. Ich musste achtgeben. Dieser Mann war auf einem Weg, bei dem ein Hemmnis nach dem anderen fiel!

»Ich bin schon durch das Tor gegangen«, sagte ich, und sah an ihm vorbei in Richtung der Pforte. »Eben erst, kurz bevor ich dich sah! Ich musste an Doris denken, wie sie früher war. Sie ist nicht, wie du sie gern hättest. Ihr Wesen ist mit dem deinen nur scheinbar verwandt. Ein Mensch wie du wollte Doris nie sein! In ihrem tiefsten Inneren ist sie noch das Mädchen von früher – oder würde es doch gern wieder sein.«

Glaubte ich wirklich, was ich da sagte, oder wollte ich es gern glauben? Aber stand Doris denn fest auf seiner Seite? Oder stand sie nur unter seinem Bann? Wie würde sie reagieren, wenn dieser Hexenmeister tot wäre? Würde sie ihn beweinen? Oder wäre sie wie von einem bösen Fluch befreit?

»Ach ja«, meinte er. »Und was will das Mädchen von früher gerne sein?«

»Ein Glühwürmchen«, sagte ich. »Ein Glühwürmchen, das ein bisschen Freude hat.«

Er starrte mich eine Weile stumm an.

»Eines will ich dir sagen«, sagte er dann. »Falls du Violet Halder irgendwo versteckt hast, werde ich dafür sorgen, dass du in Schutzhaft genommen und deinen zukünftigen Aufenthalt in einem der Lager nehmen wirst, wo viele Leute deines Schlages sich täglich wünschen, sie hätten sich der deutschen Sache nicht in den Weg gestellt! Überleg dir gut, was du tust! Noch hast du die Chance, mir die Wahrheit zu sagen.«

Ob Doris ihm erzählen würde, dass sie mir am Stettiner Bahnhof begegnet war? Würde es ihn auf den Gedanken bringen, dass Violet sich nicht für den Tod, sondern für die Flucht entschieden hatte? Gottlob wäre Violet, sollte Doris ihm von unserer Begegnung erzählen, längst über alle Berge.

»Nochmals: Ich habe sie in ihrem Garten nicht mehr angetroffen«, sagte ich zu ihm, und sah zum Himmel, wo die Sonne ein letztes Glimmen über den Horizont schickte. »Es ging mir nicht anders als dir. Ich weiß nicht, wo Violet Halder ist!«

»Halt in Zukunft gut deine Augen offen«, sagte er in harschem Ton. »Vielleicht erfährst du es. Sobald du von ihr hörst, wirst du mir Meldung machen. Tust du es nicht, wird es dir schlecht ergehen.«

Wahrscheinlich lag in der Tatsache, dass er nicht wissen konnte, was aus Violet geworden war, für mich sogar eine Chance. Das Wissen um die Existenz eines Menschen, der sich nicht scheute, eines seiner Opfer an ihm zu rächen, mochte es Mantiss geraten erscheinen lassen, nicht die letzte Tür zuzuschlagen, die noch eine Verbindung zu diesem Gegner bildete. Noch war er nicht der finstere mächtige Gott, der er werden wollte, und er war Realist genug, dies anzuerkennen.

»Du weißt nun Bescheid«, sagte er, und seine Hand an dem Griff der Aktentasche schloss sich fester. »Es ist deine letzte Chance, eine weitere wird es nicht für dich geben. Denk jeden Tag daran!« Er drehte sich um und schritt den Weg hinunter, der zu der Pforte führte, und ging dann, ohne sich noch einmal umzudrehen, durch das halb geöffnete Tor.

Im Licht des Mondes bewegte sich sein Schemen eine

Weile entlang der Zäune; dann war er fort, und ich war endlich allein.

Ich sah noch einmal zurück zu dem Häuschen meiner Kindheit, auf dem das letzte Abendlicht von dem alten Gemäuer Abschied nahm, und ein paar alte vertrocknete Tränen, die ich vor bald dreißig Jahren hätte weinen sollen, stiegen plötzlich in mir auf und bahnten sich ihren Weg.

Wen suchte Doris, wenn sie ihren Ehemann mit jungen Männern wie Zerner betrog? Ich wusste, dass er nicht der erste, sondern nur einer in der langen Reihe ähnlich attraktiver Männer gewesen war. Wen suchte sie in all diesen jungen Männern zu finden? Suchte sie in Wahrheit nach mir, ihrem Bruder?

Mit einem Taschentuch wischte ich mir die Tränen weg. Die alte Zeit verging, und sobald der Garten eingeebnet worden war, wäre sie für immer fort.

Dann gab es nur die Erinnerung an die Zeit, als die Eltern noch lebten, aber diese Erinnerung war schon jetzt wie ein leichter Wind, und auch der wäre irgendwann gänzlich vorüber.

Vor allem hier in Berlin, in der Hauptstadt des deutschen Reiches, wo nichts blieb, wie es war. In Deutschland herrschte eine andere Zeit, und morgen früh, wenn mit der Dämmerung die Sonne aufging, begann schon wieder eine neue; die SA lag am Boden, die SS hatte gesiegt.

Langsam ging ich entlang der Zäune. Es war dunkel und warm, als ich endgültig von dem alten Garten Abschied nahm. Der Mond und die Sterne spendeten ein wenig Licht, wie manche Gärten.

Sie sollten bald verschwinden, nur einen Sommer würden sie noch überdauern. Noch saßen da die Freunde, die

Familien in Verbundenheit beisammen und freuten sich an der warmen Sommernacht.

Es war wie damals, als ich ein Junge gewesen war.

ENDE

Weitere Krimis finden Sie auf den folgenden Seiten und im Internet: www.gmeiner-verlag.de

Bernward Schneider
Todeseis
978-3-8392-1252-3

»Zwischen Fakten und Fiktion: Die Ereignisse des Titanic-Untergangs verpackt in einem fesselnden Kriminalroman.«

Die Flucht vor dem Mörder ihres Geliebten führt die schöne Gladys auf die Titanic, als diese am 10. April 1912 von Southampton aus zu ihrer Jungfernreise nach New York in See sticht. An Bord des mondänen Schiffes begegnet Gladys einer illustren Reisegesellschaft aus Bankiers und Millionären, Aristokraten und Prominenten, für die die Jungfernfahrt des Meeresgiganten einen der gesellschaftlichen Höhepunkte des Jahres darstellt. Doch für ihre Feinde ist Gladys eine gefährliche Zeugin und selbst auf dem Schiff nicht sicher …

GMEINER

Wir machen's spannend

Bernward Schneider
Flammenteufel
978-3-8392-1179-3

»Ein düsterer, brisanter Noir-Krimi um den Brand des Reichstags und die Welt der Berliner Varietés – wieder ein Volltreffer!«

Berlin im Oktober 1933. Anwalt Eugen Goltz erhält einen Telefonanruf. Eilig sucht er seine Mandantin, die Tänzerin Alice Resow, in einem Hotel in der Lietzenburger Straße auf. Er findet sie tot vor. Im nächsten Moment stürmt die Gestapo in das Hotel, hat aber zu Goltz' Überraschung nur Interesse daran, Alice' Tod wie einen Selbstmord aussehen zu lassen.

Eugen Goltz beschließt, die Hintergründe des mysteriösen Falls aufzuklären. Eine heiße Spur führt ihn zurück in die Nacht des Reichstagsbrands vom 27. Februar 1933.

GMEINER
Wir machen's spannend

Bernward Schneider
Spittelmarkt
978-3-8392-1099-4

»Ein lesenswerter Roman.« *histo-couch.de*

Berlin im Herbst 1932. Der Anwalt Eugen Goltz reist im Auftrag des Bankiers Philipp Arnheim nach New York, um die Scheidung von dessen amerikanischer Ehefrau Florence zu regeln. Dort erfährt er von einem mysteriösen »Pharao«, dem Oberhaupt einer okkulten Geheimgesellschaft in Berlin, die mit der nationalsozialistischen Bewegung in Verbindung zu stehen scheint. Kurz darauf kommt Florence Arnheim auf rätselhafte Weise ums Leben.

Goltz kehrt nach Berlin zurück. Angewidert und fasziniert zugleich nähert er sich dem Geheimbund und macht eine furchtbare Entdeckung …

GMEINER

Wir machen's spannend

Franziska Steinhauer
Kumpeltod
978-3-8392-1374-2

»Wutbürger in der Lausitz.«

Trotz heftiger Proteste wird ein Dorf in der Lausitz abgebaggert, auch der Friedhof muss dem Kohlebagger weichen. Bei ihrer Arbeit stoßen die Totengräber in einem alten Grab auf eine frische Leiche. Kommissar Peter Nachtigall wird zum Tatort gerufen, auf der Fahrt wird sein Wagen von der Straße gedrängt. Die Ereignisse überschlagen sich, als nach dem Fund einer Bombe ein großer Bereich in der Stadt geräumt wird und einer der evakuierten Mieter bei seiner Rückkehr eine grausige Entdeckung macht …

GMEINER

Wir machen's spannend

Horst Bosetzky
Fahnenflucht
978-3-8392-1403-9

»Ein satirischer Sozio-Krimi, der auf einer wahren Begebenheit beruht.«

Berlin im Jahre 1917. Es gibt Massenstreiks gegen den Krieg und Hunger, auf den Märkten werden Stände geplündert, Schwarzhändler erzielen Höchstpreise.

Um nicht an der Front verheizt zu werden, desertiert der junge Friseur Louis Maleike, verkleidet sich als Frau und lebt als Louise Schulz in einem kriegsbedingt geschlossenen Herrenfrisiersalon. Als ein Mord geschieht, gerät Louise alias Louis unter Verdacht und muss untertauchen. Kommissar Fokko v. Falkenrhede heftet sich an seine Fersen …

GMEINER

Wir machen's spannend

Andreas Stammkötter
Goldkehlchen
978-3-8392-1380-3

»Der Thomanerchor in Aufregung: Das Grab Johann Sebastian Bachs ist geschändet worden.«

Im Umfeld des Thomanerchors ereignen sich seltsame Dinge: Das Grab Johann Sebastian Bachs in der Leipziger Thomaskirche wird geöffnet, die rechte Hand des Komponisten verschwindet. Am nächsten Morgen erkranken einige Chormitglieder und die österlichen Feierlichkeiten müssen erstmals in der 800-jährigen Geschichte der Thomaner abgesagt werden. Die Kommissare Kroll und Wiggins tappen zunächst im Dunkeln, bis sich zwei junge Sänger in die Ermittlungen einmischen …

GMEINER

Wir machen's spannend

Sandra Dünschede
Friesenkinder
978-3-8392-1398-8

»Nordfriesland in Angst und Schrecken. Ein hochaktuelles Thema!«

Vor der KZ-Gedenkstätte im nordfriesischen Ladelund wird die Leiche eines iranischen Arztes gefunden. Alle Hinweise deuten auf einen Mord mit fremdenfeindlichem Tatmotiv hin und schnell findet Kommissar Thamsen erste Verdächtige in der rechten Szene. Dann wird jedoch ein Neugeborenes aus dem Husumer Krankenhaus entführt und zwischen den beiden Fällen scheint es einen Zusammenhang zu geben. Kommissar Thamsen nimmt zusammen mit seinen Freunden Tom, Haie und Marlene die Ermittlungen in die Hand …

GMEINER
Wir machen's spannend

Harald Jacobsen
Mordsregatta
978-3-8392-1388-9

»Ein sympathischer Workaholic ermittelt im Rahmen des größten Segelsportereignisses der Welt.«

Während der Kieler Woche wird ein Toter aus der Förde gezogen, er wurde Opfer eines Gewaltverbrechens. Ausgerechnet jetzt, wo Kommissar Frank Reuter gerade begann, sich seiner Exfrau langsam anzunähern! Wieder einmal hat der Beruf Vorrang, und so begibt sich Reuter auf die Suche nach dem Mörder des jungen Bootsbauer-Azubi. Seine Ermittlungen führen schnurstracks zum Kollegen des Toten, dem Freund seiner Tochter. Ist etwa seine eigene Familie in den Fall verwickelt?

GMEINER
Wir machen's spannend

Reinhard Pelte
Mordsee
978-3-8392-1393-3

»Faszinierende Einblicke in die Welt der Marine!«

Die Untersuchungen zum Fall einer ertrunkenen Kadettin sind abgeschlossen. Lediglich eine Panne zwingt die Soko der Staatsanwaltschaft Kiel noch einmal zu Befragungen auf der »Gorch Fock«, dem Segelschulschiff der Marine. Kriminaloberrat Tomas Jung ist dabei, unterstützt von der Praktikantin Charlotte Bakkens. Je länger sich die beiden mit dem Fall beschäftigen, auf umso mehr Ungereimtheiten stoßen sie. War es wirklich ein Unfall?

GMEINER
Wir machen's spannend

Unsere Lesermagazine

2 x jährlich das Neueste aus der Gmeiner-Bibliothek

24 x 35 cm, 32 S., farbig; inkl. Büchermagazin »nicht nur« für Frauen

10 x 18 cm, 16 S., farbig

Alle Lesermagazine erhalten Sie in Ihrer Buchhandlung oder unter www.gmeiner-verlag.de.

GmeinerNewsletter

Neues aus der Welt der Gmeiner-Romane

Haben Sie schon unsere GmeinerNewsletter abonniert?

Monatlich erhalten Sie per E-Mail aktuelle Informationen aus der Welt der Krimis, der historischen Romane und der Frauenromane: Buchtipps, Berichte über Autoren und ihre Arbeit, Veranstaltungshinweise, neue Literaturseiten im Internet und interessante Neuigkeiten.

Die Anmeldung zu den GmeinerNewslettern ist ganz einfach. Direkt auf der Homepage des Gmeiner-Verlags (www.gmeiner-verlag.de) finden Sie das entsprechende Anmeldeformular.

Ihre Meinung ist gefragt!

Mitmachen und gewinnen

Wir möchten Ihnen mit unseren Romanen immer beste Unterhaltung bieten. Sie können uns dabei unterstützen, indem Sie uns Ihre Meinung zu den Gmeiner-Romanen sagen! Senden Sie eine E-Mail an gewinnspiel@gmeiner-verlag.de und teilen Sie uns mit, welches Buch Sie gelesen haben und wie es Ihnen gefallen hat. Alle Einsendungen nehmen automatisch am großen Jahresgewinnspiel mit attraktiven Buchpreisen teil.

GMEINER

Wir machen's spannend